長路飛歌

CHANGLUFEIGE

许马尔 主编

經濟日報出版社

图书在版编目（CIP）数据

长路飞歌 / 许马尔主编. -- 北京 : 经济日报出版社, 2021.4
ISBN 978-7-5196-0875-0

Ⅰ. ①长… Ⅱ. ①许… Ⅲ. ①中国文学—当代文学—作品综合集 Ⅳ. ①I217.2

中国版本图书馆CIP数据核字(2021)第069969号

长路飞歌

主　编	许马尔
责任编辑	王　含
责任校对	蒋　佳
出版发行	经济日报出版社
地　址	北京市西城区白纸坊东街2号（邮政编码:100054）
电　话	010-63567684 （总编室） 010-63584556 63567691（财经编辑部） 010-63567687 （企业与企业家史编辑部） 010-63567683（经济与管理学术编辑部） 010-63538621 63567692（发行部）
网　址	www.edpbook.com.cn
E - mail	edpbook@126.com
经　销	全国新华书店
印　刷	成都兴怡包装装潢有限公司
开　本	710mm×1000mm 1/16
印　张	20.75
字　数	135千字
版　次	2021年5月第一版
印　次	2021年5月第一次印刷
书　号	ISBN 978-7-5196-0875-0
定　价	88.00元

追忆流水年华

（代前言）

2007 年 11 月 29 日，这是我 60 周岁的生日。

因为这次生日一过，我就到了法定的退休年龄 ，这时就越会试图去回忆过去那些在生活中所发生的细节，而且夜晚躺在床上，总会时时想到它。

我把自己的工作经历如电影般地在脑中一遍又一遍地回放，尽管往事如烟，但今天重新追忆，有些事，有些人，依旧会令人动容。

过去的事情有些还很清晰，有些就已经很模糊了，还好，能想起几个片段。我就把这片段由人脑的记忆往电脑的记录上转移，一有空慢慢地开始整理，然后把它变成完整的文字，化作一种似水流年的追忆。

退休后在原岗位又留用了三四年，我的工作生涯整整 50 年了，在交通系统干过拉车、撑船的工作，也曾当过航运、汽运、工程等企业的主要领导，但更多时间还是在桐庐的公路建设战线度过的。

原来，提到“公路”，脑海里会浮现出一条简简单单的路。这路或平坦宽阔或曲折蜿蜒，没有太多的感情色彩。就算是每每走在公路上，关注更多的恐怕也只是公路两边的风景而已。对于脚下的这条路，说实话，的确是没有过多地关注过。

可谁知道进入而立之年的我却选择了公路，一干就是 30 多年，并且干到了退休后还继续再干，对此，我与它结下了不解之缘……

当年 15 岁的我（实际年龄仅 13 岁多点），稚嫩的肩上就早早地替父母亲分担了生活的重担。参加工作后我懂得一个道理：我们这代人的一生是注定要吃些苦的，不然，五味人生，何以会丰满呢？其实年轻人吃点苦，有时也是一笔难得的财富。我在年轻时吃过苦，后来的工作再苦也不觉得苦了，在苦难中磨练了自己的意志，增长许多见识，受益无穷。

就目前的生活条件而言，吃苦不再是一种为生活所迫的被动行为，而是做人应有的一种优良品质。每个人的一生中难免有缺憾和不如意，也许我们无力改变这个事实，但我们可以改变的是看待这些事实的态度。1976 年 10 月，一纸调令，我从县农机厂调至江南公路建设指挥部，与原本陌生的公路工作打起了交道，从内心来讲当时是不乐意的，但组织的决定，当时必须无条件服从。

一个人，无论从事什么样的工作，在刚开始的时候一定是激情满怀，对未来充满着期待与热望，他甚至可以看到在他面前是一条铺满阳光的大道。但是现实的生活中，往往不是那么回事。我的工作性质注定天天要与土方、石头去打交道；注定要头顶火辣辣的太阳，忍受汗流浃背的高温煎熬，戴顶草帽，肩上搭着毛巾走在公路建设的工地上；注定要在冰冷刺骨的严冬，站在寒风呼啸、雪飘雨淋的工地上，与工程建设者们一起并肩作战。

其实，人一生都在默默走路，在用脚丈量着自己人生的高度和长度。当匆匆忙忙地走过很长一段路程，再回首去解读自己当初的选择时，才会发现自己有时候的选择也许是幸运的。在公路行业工作了 30 多年后，才发现自己与路原来是有缘的。

也许没有人知道我们为公路付出了多少艰辛的劳动，但那一米米延伸的公路，却记载了我们曾有过多少艰难的拼搏！因为，那些延伸的公路里有我们洒下的血汗，有我们难忘的回忆啊……

为公路我跑遍了桐庐的山水田野、村庄城镇。哪儿需要公路，我们往往第一个出现在哪儿，把为老百姓修公路的事当作自己的天职，使那个没有路的地方变成有路，原来有小路的变成大路，坑坑洼洼的泥路改成沥青或水泥路。最后，当一条条公路在我们的脚下延伸，然后从身边向着远方飘逸，而这时我却老了，我行将离开这深爱着的公路事业了。但我无怨无悔，因为仅仅这三十几年的工夫，桐庐的公路在我的身边发生了翻天覆地的变化。我满足了，我可以笑得灿烂如花。

事实证明，30 多年前我做出了正确的选择，能够成为桐庐公路人的一员，这是我的骄傲。为公路的事我深入一线，串村走户，翻山越岭，无论走到哪里，都会看到老百姓期待的眼神，他们在等着我们的到来，父老乡亲都会用一种异常的热情来接待我们。

我知道，这里的人们太需要公路了，我们所服务的对象是多么需要小路改大路、泥路改浇水泥路啊！老百姓的一个眼神、一次问候，都可能对我产生极大的影响。当然，这种影响是积极向上的，它要求我们努力地为当地的老百姓多做事、多修公路。年复一年，日复一日，我和我的同事就这样辛勤地耕耘在桐庐的公路事业上，把满腔热情倾注在公路建设事业上。

人的一生，会有很多朋友，也会建立起很多社会关系，对我而言，最亲切、最珍贵、最无条件的就是那些共同为桐庐公路而奋斗的战友。因为，我们一起曾为公路建设共同筹划；为公路的延伸曾一起翻山越岭；为公路的质量共同把关，在公路建设的工地上同甘共苦。当然，为公路的事我们也一起争论过，有时还会争得面红耳赤。在公路建设事业中，我曾感受到被人爱的那种滋味，也学会了用爱心去来关怀所有需要路的人。

退休后，首先要做的就是认真去理一理这 30 多年的公路情缘。为此，我萌发要写桐庐的《长路飞歌》，书稿的素材要到我们公路人之中去寻找，要到那些曾经期盼过公路、曾经为公路而奋斗的父老乡亲中去寻找。

能把自己所经历的一段段有关公路的故事，用文字的形式奉献在大家面前，也算是我对后人做了件有益之事，也算是为桐庐交通做点微薄贡献了。

今天，当我再遍游自己曾修过的公路，并看到公路沿线发生的巨大变化时，感慨万分。自己修了一辈子的公路，苦过，累过，如今值得！是啊，当四通八达、高效便捷的公路网在桐庐大地上迅速构建，当公路沿线经济因交通条件的改善而得到迅速繁荣，人们生活水平因之而发生巨大变化时，作为一名公路人，我没有理由不为之高兴，为之振奋。

魅力，是一个多么诱人的词呀，而公路人就是有魅力的。我喜欢它，并为公路而工作着。今生筑路，走在这条路上，不管前面等待我们的是什么，我们都要走下去。虽然没有什么辉煌成就，但无怨无悔。

2010 年 11 月 16 日

目 录

国省道公路建设与改建

县乡道公路建设与改建

两江桥梁与隧道建设

乡村康庄工程建设

“四好农村路”建设

拥有现在　展望未来

公路诗赋碑记

后记

長路飛歌

CHANGLUFEIGE

国省道公路建设与改建

一个地方的道路，经过时间的洗礼，从羊肠小道逐渐拓宽至阳关大道，从曲径通幽逐渐发展成阡陌纵横，不仅见证了当地的历史变迁与发展，而且也蕴藏着深厚的文化积淀与精髓。同样，一条条道路也承载了太多的故事和感慨，我们今天所探寻的就是桐庐境内公路的发展历程……

从古驿道上走来

原始的道路是由人践踏而形成的小径。东汉训诂书《释名》解释 :“道，蹈也，路，露也，人所践蹈而露见也。”距今 4000 年前的新石器时代晚期，中国就有记载役使牛马为人类运输而形成驮运道，并出现了原始的临时性的简单桥梁。

桐庐境内唐时拓路，属全国第五条干道（驿道）其中之一段。据《新唐书 · 地理志》载：所举干道(驿道)第五条，自杭州西行，入桐庐，经睦州(梅城)，过仙霞关，至福建境内……德宗贞元二年（786)，全国普设驿站（馆)，桐庐县城始设驿馆。

清道光十九年（1839)，分水县典史亢澄捐俸倡议，分水、昌化两县民众响应，在分水县八管大计坪（即今合村乡大溪坪村）凿山开道 30 余里。

中国的路网发展过程，大体可划分为古代道路、近代道路和现代公路三个时期。随着近代交通工具火车、轮船、汽车的相继兴起，铁路、公路航线的不断开辟，进入民国之后，我国古代的驿路交通系统终于完成了它的历史使命，逐渐瓦解和废弃。

古代道路向近代道路转化是在清末和北洋政府时期（1912~1927 年)，当时公路开始出现萌芽状态，城市道路受到外来影响，也有了现代化设施的雏形。这时候还没有公路一词，浙江道路工程，可得而言者，不外乎“省会之马路”与“外县之省道”两种。“省会之马路”始于清宣统年间，据民国有关文献介绍:“杭垣初无马路，前清宣统元年间，沪杭铁路告成，设车站于清泰门内之羊市街，乃于站之附近，改设马路，长约千尺，杭垣之有马路，此其嚆矢。”“外县之省道”，浙江筹备修筑省道之举是在民国五年（1916)，当时吕戴之将军兼摄省长时，曾于署内设立修筑“省道”筹备处。当时规划的路网有 9 条干线，46 条支线，桐庐境内干线为杭广线桐建段省道，而支线则为芝厦至旗门底钓台旅游支线。“对于各大干线，均已逐一测勘，拟有具体之计划，终因无款中止，迨至十一年（1922）。”

古驿道

“公路”一词的出现，据考是 1920 年广东省成立“公路处”才开始，其称呼遂普遍应用于国内。

中华民国的肇创者孙中山先生倡言，“道路是文明之母和财富之脉”，并有百万英里“碎石公路”的设想。虽未能实现，但倡导之功，不可泯灭。于是，国内各界开始认识到道路建设的重要性，商营公路、兵工筑路和以工代赈所修的道路，一时出现于沿海、华北、华东一带，也促进了当时浙江的道路发展。

1908 年苏元春驻守广西南部边防时，兴建的龙州—那堪公路，长 30 千米，但因工程艰巨，只修通龙州至鸭水滩一段，长 17 千米，此为中国首条公路。浙江省第一条公路创建是萧绍公路，于民国十五年（1926）2 月，起自钱塘江南岸西兴，经萧山、钱清至绍兴北海畈公路，长 48.58 千米，时称浙闽正线的萧绍段筑成通车。

民国十八年（1929）9 月，杭（州）长（兴）公路全线贯通。路基为 7.3~7.5 米，路面宽 4.5~5.5 米，通车时系土路面。28 日，杭州至湖州段通车典礼在湖州举行，省国民政府主席张人杰出席剪彩。这是浙江与邻省贯通的第一条公路，也是中国首条近代意义上的省际国道。

一个地方的道路，经过时间的洗礼，从羊肠小道逐渐拓宽至阳关大道，从曲径通幽逐渐发展成阡陌纵横，不仅见证了当地的历史变迁与发展，而且蕴藏着深厚的文化积淀与精髓。同样，道路也承载了太多故事和感慨，我们今天所探寻的就是桐庐境内公路的发展历程。

桐庐境内第一条公路为贯严衢两属而至江西的杭广线，当时也称桐建线、杭兰线、杭衢线等，这是全浙公路之纲领的九干线之一，是纵横全省、为联络通都大邑之四条主动脉国道之一段。公路自县境上港至建德县杨村桥，当时建设里程为 51.57 千米，其中桐庐境内 30 千米。该公路于 1932 年 12 月开始全线测量施工，工程投资为 36 万元（国币）。

公路穿越县境段津山、排门山等地，依山临江，工程尤为艰巨，其路基半挖半填，特别是排门山，民工在悬崖峭壁间凿石开路，施工实属不易。据民国时期对该公路的有关描述：“杭广线之新桐、桐建及丽龙全线，非江溪间阻，即山峦重叠，开凿山石，连绵数十里，或峻岭当前，须迂回盘旋而上，或大江遥隔，宽度每达一二（数）百公尺者，设施困难，笔难尽述。”桐庐境内杭广线于1934年7月建成通车，当时路基宽度皆依双车道7.5米设计，唯开山困难之处，暂筑单车道，宽为4~5米，路面为泥结碎石路面。而分水江横堑，一时殊难使之脉络贯通，在桐君山脚石屋坞至县城之间，配置木质汽车轮渡与渡船，以资接送过江汽车与旅人。

民国二十年（1931），浙江省设立导游局，桐庐严子陵钓台当时被列为全省17处名胜之一。1934年7月随着桐庐境内第一条杭兰线公路的建成通车，与杭兰公路连接的芝厦至旗门底通往严子陵钓台的6.24千米旅游支线也相继建成。该公路工程费为2.8万元银洋，为桐庐县第一条旅游专线公路。

随着时代的变迁，境内的道路也在不断地变化。民国二十七年（1938）秋，浙江省政府在施政计划中提出“建立战时交通网”，浙西前线由浙西行署布置，修建於潜经分水至淳安独轮车道131.77千米，并于第二年完工。

民国二十八年（1939），分水县政府奉浙西行署电令，又修筑淳分、於分两段黄包车路，是年4月上旬征工修筑，8月底完成自安化（东辉）乡塔岭至南华（印渚）乡南堡36.07千米黄包车路，路宽为2米，架桥13座，征用民工3万工。

抗日战争时期，民国二十六年（1937）11月30日，为阻止日军犯境，国民党驻桐某师接上司命令转告桐庐县长朱海槎，共征工6160人，按照军事部门的要求，以不能行驶铁甲车为标准，破坏杭兰公路14.3千米。至民国二十七年（1938）2月28日，国民党第十、第二十一集团军奉第三战区司令长官令，对该线公路又实行全面破坏，桐庐至芝厦段每隔20米，挖一个长8~10米、宽1米、深1米的线沟，实做18467工，共开挖土石方12312立方米、挖沟1359米。

1938年7月1日至1938年9月30日，在已破坏的路面基础上，以不能修复为标准，又用横断法或纵劈法破坏公路路基，将沟加宽6.5米、加深3米，公路被外劈成斜坡，共146处，长度10米至100米不等。除了继续破坏杭兰公路以外，另又破坏芝厦至钓台富春江边的 6 千米支线，共征用民工 7830 人，实做 62601 工，完成工程量 4580 米，开挖土石方 90090 立方米。

1938 年 10 月 7 日至 1939 年 1 月 22 日，以日军无法修复路基为标准，继续破路工程，完成长 1495 米、均宽 2 米、均高 10 米，计 29800 立方米土石方，用横断法或纵劈法，并以不能修复为标准继续破坏钓台支线路基 540 立方米土石方工程量，同时彻底破坏涵洞 20 个、桥脚 3 座、水管 56 个，共计征用民工 13870 人，实做 30958 工。直到民国三十年至三十四年，还在继续命令各乡（镇）征集民工破坏杭兰公路。

抗日战争胜利后，修复破坏公路自为第一要务，民国政府曾命令各省限期修通省城与各县之间的公路，境内公路虽经抢修通车，旋以路面松陷而停驶，交通仍时通时断。至民国三十六年（1947）7 月，杭州经桐庐、建德至淳安公路，才全线修复贯通。而芝夏至旗门底公路直到 1958 年七里泷建造水电站时，因运输物资的需要，才由水电部十二工程局投资全面修复。

杭广线桐庐境内公路，后改为 320 国道线，即上海—瑞丽公路。该公路自上海向西南入浙江省，经江西、湖南、贵州、云南等省，连接沪、浙、赣、湘、贵、滇 6 省市，至中国和缅甸交界处的边境城市瑞丽为止，全长 3315 千米，为全国东西向公路主干线之一。

中华人民共和国成立之后，随着工农业生产迅速发展，该线行驶的车辆越来越多，而且各种车辆混行，由于公路坡度大，弯道多并急，路面较窄，经常发生事故，交通阻塞问题日渐严重。为此，经国务院批准，该道路被列为浙江省重点公路改建工程。1975 年，浙江省革委会下达“119 号”文，决定对 320 国道杭州至新安江段公路进行扩建，并成立了“杭新公路改建工程指挥部”，负责该路段的施工和管理。12 月 22 日动工，组织专业队与沿线公社劳力上路修筑，临安、余杭油路班前来支援，加快了工程进展，于 1978 年 11 月竣工。改建后的公路，路基宽为 12 米，路面宽 10 米（个别傍山地段路基宽 9 米、路面宽 7 米），成为我县首条二级公路。

1978年改建后的320国道

民国期间，县境内曾建修过第二条干线公路，时称“桐后公路”，即桐分公路桐庐至后浦段。据民国二十四年（1935）5月《浙江省建设月刊》记载：“奉经即据副工程师丁守常前往踏定线，是年动工支出填筑土方费3.6万元（法币），因经济困窘停建。”另据民国时期的有关资料介绍：“当时桐分公路与溪遂、余安孝等路均‘以工代赈’填筑路基土石方，终因经费不敷而辍工。”

“以工代赈”是一种独特的救济、赏赐方式之一，即政府投资建设基础设施工程，受赈济者参加工程建设获得劳务报酬，以此取代直接救济的一种扶持政策。“以工代赈”是自汉代以来就存在的经济思想，一般选择在灾情较重的情况下，政府又需建设某项工程，开工施赈，即由政府发给食粮作为报酬，以代替赈谷或赈银。

中华人民共和国成立之后，中国公路建设迎来了新高潮，虽然当初的落后状况令人难以想象，但在中国共产党和人民政府的领导下，全国各地发扬自力更生、艰苦奋斗的精神，修路架桥，为发展我国的公路事业，做出了很大贡献，并取得了光辉的业绩。

1949年10月之后，桐庐县在对以前的杭兰公路进行普遍修复、提高技术标准和通过能力的同时，又续建与新建了一批干线公路。比如1950年9月，由省交通厅下拨20万斤大米作为修路资金，当时通过“以工代赈”方法，修建了桐岭至分水段全长23千米的公路。

1951年10月，分水县人民政府发动全县人民每人派工一日，土法上马，用墙硝做炸药开山放炮。这一年除夕，民工在工地过年，县人民政府组织学生上工地慰问演出。后因工程艰巨、资金缺乏而暂缓建设。

1956年3月，金华专署交通局在后浦成立“桐、分、新”公路建设办公室，桐岭至分水公路开始续建，并派工程技术人员驻地技术指导。分水县人民政府组织19个乡的6万多民工分段包干，全线展开。经过半年时间的努力，该公路于当年10月15日在分水低水位桥头举行竣工通车典礼。

1956年3月，由“桐、分、新”公路建设办公室负责，同时开工续建桐庐至后浦公路。桐后公路全程19.23千米，路基宽7.5米，路面宽5米，为四级公路，总投资13.4万元，其中，省拨款4.4万元，县投资11.1万元，地方自筹木料110立方米。民工建勤折价工资6.8万元，每千米造价606元，新建公路桥4座，改建古桥1座。桐庐至后浦公路于1957年6月竣工，10月通车。

省交通厅公路局第一测设队于1955年开始对分水至塔岭段全长29千米的公路进行勘测，并于1958年1月动工建设。沿途山高路险，沟溪纵横，工程量大，当时共投入民工12万工日，开挖土石方20.2万立方米，沿线建设过水路面11处，筑桥梁5座(其中低水位桥2座)，计45.5米，涵洞101道，计836.5米，护岸18处，计638米，总投资25万元，其中，群众自筹材料费3.7万元，每千米造价5014元。1959年5月1日竣工通车。当时为四级公路标准，路基宽6~7米，宽为4~5米砂石路面。

至此，途经桐岭、高翔、后浦、分水、百江、东辉、塔岭，长52千米的新登至淳安公路的桐庐境内全线贯通，同时县境内干线公路主骨架遂成雏形。

一条在战备背景下修建起来的公路

——桐浦公路建设纪实

想起当年的桐浦公路建设，我那紧闭的心幕，就会慢慢地拉开来，涌现出很久很久以前的芦茨源印象来。

元至正六年（1346），胡公仲仁，存善于怀，倾其囊，修筑芦茨至炉峰之通道，于是这儿便横亘了一条很长很长古道。溯当年，芦茨源里的先民率以货炭为业，负薪度日。然而率倾侧少坦途，人们出山或进山不是肩挑背驮，就是绕壑跨涧，若遇山雨骤至之日，芦茨溪就会怒涛汹汹，骑者下，步者止，荷者弛其担，人们只好止步愁望，以待沧桑之变啊！

在1965年8月23日国务院第158次全体会议记录中，有一条说明“备战、备荒、为人民”这句话产生经过的第一手材料——周恩来在这次国务院全体会议上的讲话记录。在讲话中，周恩来说：“主席提出要我们注意三句话， 注意战争，注意灾荒，注意一切为人民。这三句话，我把它合在一起顺嘴点，就是备战、备荒、为人民。”

于是“备战、备荒、为人民”成为当年毛主席对敌战略总结出来的一句口号，在天南海北广为流传，妇孺皆知。这一战略口号使全国经济建设的中心从解决吃穿用转变为备战，出现了举国备战、全民皆兵的景象。桐浦公路就是在这样的背景下修建的第一条战备公路。

桐浦公路后改蒋义线，境内原起点在蒋家埠，途经祝家、七里泷、芦茨、蟹坑口、茆坪、石舍、枫林，于西坑口与建德境毛洲衔接，经建德、浦江，终点为义乌，故称蒋义线。境内全长21千米。2000年全国公路普查时，省道蒋义线改称桐义线，它的起点也由蒋家埠改为桐庐城北富春路与小岭路口交叉处。当年我曾参与了2000年全国公路普查桐庐境内公路的调查与线路调整工作。

原桐浦公路临水临崖路段

桐浦公路是半个世纪前那不堪回首的“动乱”岁月里修建的。1970年8月，浙江省革委会成立桐浦公路建设指挥部，同年9月，一场伟大的备战备荒为人民筑路的沸腾工地展现在人们面前。

因为这是一条战备公路，它是以“民办公助、民工建勤”的方针建设，当时调集严陵、金西、芦茨、歌舞、钟山、莪山、胜峰、九岭、凤联、旧县、桐君、三源、新合 13 个公社 2000 多名民工参加了筑路战斗。

把筑路当成政治任务来摊派，这恐怕是时代的特征。大公社 130 人，小公社 100 人，而且还必须配齐炮工、坝匠等技工。各公社施工队伍由公社干部带队在七里泷进行简单培训，然后就开赴各自的战场。

我经常在这条省道上往返，想起从眼前掠过的一道道美景，尤其面对富春江电厂大坝至芦茨那段悬崖峭壁上凿出来的公路，内心涌出的不仅仅是感激，更多的是感叹和震撼！我想象不出，在那极为艰苦、落后的历史条件下，桐浦公路的艳丽和传奇是怎样一步步铸就的？

桐浦公路富春江电站大坝至芦茨一段，是最为惊险的一段。这里堪称上是峭壁千仞，下是深潭莫测，真是天险地段。在这样的地段要从峭壁上凿出条公路来，简直困难重重。钟山公社民兵连就分配在大坝头，甭说要在这陡峭的山崖施工，就连人在这攀爬也得有猴子般本事才行啊。

就是在这种人不能走、路不能通的崇山峻岭之间，陡峭的山壁上，茂密的杂草中，到处闪动着民兵们的身影，他们或紧拉绳，或挥铁锤，或打炮钎。

在桐浦公路建设工地上，迎着初升的朝阳，披着绚丽的彩霞，向着开山工地的爆破点，民工们焕发着青春的笑脸。

坚定的脚步像战鼓，踏醒沉睡的山崖；矫健的身影像海燕，掠起深涧的浪花；用不容置疑的坚定口吻，响亮地喊出“备战备荒为人民”。

那矫健优美的身姿，又飞进了雾里云间，传来的是一串串惊天动地的隆隆炮声。有时硝烟刚散尽，他们就回到了工地，争分夺秒地抢工程施工进度。

在他们脚下，是万丈深涧的山谷，在他们眼前，是蜿蜒陡峭的绝壁；他们像瑶池仙女下凡，腰系着绳索飘荡在云里，披风掠雾是那么轻盈。他们铁锤高举，山摇地动，香汗挥洒，细雨濛濛。

但是，困难再大，也动摇不了他们“月亮当太阳，锄头铁耙当机枪”的决心，这就是当年筑路工地上民兵们喊出的口号。

谁说女人不如男子汉！打炮眼，她们抢过哥们手里的八磅锤，一气可以挥上八百下，汗珠如雨淋；劈山崖，她们像男子汉一样顶烈日、冒严寒，困难一脚踩；她们握着火绳的大手，点燃了一串又一串耀眼的火花；她们那充满青春热情的胸怀，把五洲全装下。啊！若不是山风吹起她们乌黑的秀发，谁信她们都是“半边天”呀。

各地出现了一批踊跃报名参战的场面，让每一个生命在岁月中勇于面对风雨。例如凤联公社女民兵赵根妹，当年还是一个20岁不到的小姑娘，家中母亲生病卧床已经半年多了，正需要亲人在身边照顾。但是，赵根妹为了参加桐浦公路的筑路大军，主动请缨上战场，她说我是一位女民兵，应该去参加建设战备公路。后因放炮被飞石击中头部，就这样，美丽灿烂如鲜花一般短暂的生命，献身于这条公路。

晨曦初启，下界微明，山影湖光，差可辨识。此时万籁俱寂，仅闻鸟语，而桐浦公路建设工地上的筑路民兵们早已“嗨吆嗨吆”地干开了，男的挥动八磅大锤，女的扶着炮钎……

芦茨的象鼻山是桐浦公路上的一头拦路虎，这儿传出了铁锤与钢钎相互敲打的叮当声，还有就是一种震动山谷的“嗨吆嗨吆”呐喊声，就这样，把拦路虎给移掉了，把一个个小山包给搬掉了，把一个个水坑给填平了，公路的雏形也出来了。

沸腾的白天过去了，接着而来的是寂静的黑夜。

我当年采访曾参加过桐浦公路建设的钟为有同志，他的一个回忆像闪电一样掠过我的心灵，把我的思绪带到了40多年前为备战而修建公路的施工工地上。新合公社是小公社，100位基干民兵在时任公社党委委员李小六的带领下，把队伍拉到了芦茨村。芦茨是个小山村，一下聚集了2000多人后，除了可以住人的农家全住满外，有的连猪栏牛棚也腾空来住人了。他们用稻草铺成的地铺，又湿又潮，100人的队伍，指挥部每天仅供应4板豆腐，这条件确实是苦啊！

俞守明同志是当年从县文化部门抽去负责宣传报道的同志，他就在一间猪栏内铺张床、搭张桌子，生活工作就在这间猪栏里了。

“说实在连豆腐也吃不起啊，只能是吃青菜萝卜。每人起早摸黑地劳动，我们得到的报酬是由指挥部发的每人每天4两粮票、2角钱，而且一直干到1972年8月竣工为止。”这是当年新合公社的钟为有说的。

桐浦公路于1972年8月竣工，同年10月通车。这是一条由西北向东南贯穿桐庐、建德、浦江、义乌4个县(市)的省道公路，在桐庐区域路网中起着主干道作用。而从大区路网看，这条省道起点为桐庐，与杭千高速公路和320国道相接；终点义乌，与杭金衢高速公路和03省道相接，它起着大通道干线之间沟通连接的作用。

2011年12月19日

一级公路实现零的突破

320国道是我国一条东西走向的交通大动脉，自上海至云南省瑞丽口岸，由桐庐境内穿越而过。到了20世纪90年代，随着车流量的增加，320国道堵车的事经常发生。“汽车跳，桐庐到”，这是人们对当时桐庐公路状况的一种嘲讽，人们多想改变这种落后的面貌啊！

改革开放的不断深化，为桐庐交通带来新的发展机遇。县交通部门以锐意进取的创新精神、对未来交通的预见性与强烈的责任感，及时把320国道公路建设摆上了工作议程。

20世纪的最后8年，在历史的长河中只是一瞬间。而这“一瞬间”，红叶一遍遍开过枝头，又一次次飘落树根。这一张张被风扯下来的日历中，对桐庐交通人来说，却是那么不平凡，那么令人难以忘怀，因为，20世纪的最后8年，桐庐终于根治了320国道的“肠梗阻”，终于找到了一级公路的那种感觉。

一

20 世纪 90 年代初，桐庐境内 320 国道面对每天 6712 辆次的车流量，县城过境成了一处瓶颈；而 320 国道分水江桐庐大桥，经 30 年的营运，尤其车流量的加大，汽车载重吨位的增大，也变成了危桥。

我的脑子里珍藏着这样一张照片:320国道桐庐大桥成危桥后，过境车辆全绕道横村大桥走，使县道桐郑线天天排起了数里的长龙，车满为患，被挤得水泄不通。

一个雨天的夜里，我和旧县乡领导在九堡公路上指挥过往车辆，任凭嗓子怎样呼喊、汽车喇叭怎样鸣叫，就是挤不出一丝儿缝来。司机们摇头叹息：经济要发展，这公路老是这样堵怎么行啊？320国道堵车，怎么办？

显然，人们开始为这段“肠梗阻”发愁了。交通落后已成为制约桐庐经济社会发展的主要瓶颈，也是全县人民心头的痛啊！

县人民政府为解这个痛，曾经提出种种设想，其中有个设想就是从桐君山背后沿着放马洲至肖王凸建一座与富春江并行的大桥。而且，此方案还委托华东水电勘测设计院进行过地质钻探。

怎样使 320 国道走出堵车的窘迫困境，当然也是县交通部门推卸不掉的职责。为此，他们用执着与豪迈，去实现一个梦想，那就是不花政府一分钱，用“四自公路”办法再造“320”。

面对这一切，当交通“先行官”的没有半点轻松感，只感受到肩上沉甸甸的责任。但同时也为自己手里掌握着两大优势而振奋：一是政策优势，国家实行交通发展的政策；二是有一帮素以善谋实干著称、能打硬仗的队伍。

1993 年，浙江省人民政府批准 320 国道桐庐段改建工程为“自行贷款、自行建设、自行收费、自行还贷”工程。

1993年5月22日，为加强320国道桐庐段改建工程的领导，县政府成立了由县长高德仁任组长的桐庐段改建工程领导小组，并从县级机关抽调精兵强将组成工作班子。

1994年2月2日，320国道桐庐过境段一期改建工程通过初步设计会审。

1994年4月12日，省交通厅批复320国道改建一级公路工程初步设计方案，方案分为二期：一期起点为富阳境内下港，架窄溪大桥，经前村、朴仁堂、乔林，过富春江大桥再与原320国道相接，全长18.2千米，按一级公路标准设计，双方四车道，路基宽24.5米，设计时速100千米/小时，总投资1.7亿元人民币。

1994年3月1日，320国道改建工程全线开始放样定桩。

1994年4月15日，320国道改建工程征地拆迁工作开始。

人类虽然都可能是从穴居过渡而来，但中国人似乎对有墙有瓦的固定居所怀有更加浓厚的依恋情结。曾几何时，几分田地，数间祖屋，可以让普天下的中国老百姓宁愿过着“面朝黄土背朝天”的凄惨生活。

然而，在320国道桐庐过境公路的建设中，通过运用广播、电视、报纸、黑板报等媒体进行宣传发动，拆迁工作却进行得异常顺利。不是沿线的百姓不想保住自己的房屋，是因为他们对320国道桐庐过境段改建工程的那份难得的理解。至5月15日，历时一月就完成征地、房屋拆迁及三线迁移任务。

1994年6月中旬，320国道桐庐过境段改建工程建设开始招投标，并于7月底定标。

1994年8月26日，虽然俗称秋老虎的天气已经过去了18天，但暴烈的太阳照耀着窄溪的高山头，炎阳当顶，热气从四面八方袭来，仍像盛夏一般把地面烤得滚烫滚烫，野草也被烤萎黄了。

眼前的山还是那群山，脚下的路还是那条路。但在我的眼里，那天的朝阳格外艳丽，蓝天格外高远，那山仿佛即将起舞，那水仿佛正在吟唱。因为这一天，桐庐县人民政府在窄溪高山头举行隆重的320国道桐庐过境段一期改建工程开工仪式。县级机关、厂矿和沿线乡镇代表及附近群众有万余人参加了开工典礼。

工程开工后，筑路人员来了。挖掘机、推土机、装载机、运输车接二连三开进来了。往日静悄悄的江南农村顿时像过节一样热闹起来。

建设者们同唱着一首歌，唱出的是火红的心愿，那就是一切为了320国道灿烂的明天。逶迤向前推进的公路，每一段都记录着一桩桩感人的事迹。窄溪是靠富春江流淌出来的一个古镇。新中国建立以来，随着陆路交通的逐渐发展，窄溪码头渐渐失去了它昔日的繁华，有人戏说窄溪变成“搁起”了。而承建窄溪大桥的建设者来了以后，窄溪古镇又一下热闹起来。那座长610米、宽13米的窄溪大桥桩基在水下深处扎根，墩柱一个个地拔出了水面，宛如一条跃跃欲试只待腾飞的苍龙。窄溪古镇随着一头枕着窄溪、一头连着富阳的下港，气势壮丽宏伟，总扼桐庐境富春江东大门的大桥建成，它也将要腾飞了。

走在尘土漫天的路基施工现场，筑路人的内心是那样的澎湃。他们远离故土，别离亲人，无论烈日当空或冬雾弥漫，任凭辛勤的汗水在脸颊流淌，数百天如一日，奋战在桐庐 320 国道这片火热的土地上，认真地去完成每一道工序的施工。

提起县交通局副局长周樟友，一直以来，人们对他的技术水平和敬业精神是赞赏有加。自320国道开工建设以来，他和指挥部同志们就没有了休息天，无论是春夏秋冬，还是阴晴雨雪，全都深入在工地第一线。周樟友同志对工作勤勤恳恳，认真负责，抓工程质量可用一个字来形容——严，哪怕有一丝不合规范的地方，他总会毫不留情地指出，必须整改。

320国道建设离不开各级领导的重视和关怀，领导们一次次把党和政府关怀带到了一线，把领导的期望带到工地……

1995年6月14日，浙江省副省长张启楣、省交通厅厅长郭学焕来到320国道建设工地。

1995年10月14日，五标段部分施工人员与上洋洲村部分村民为运砂石发生纠纷。县委书记项勤等领导及时赶到现场做工作，平息了事件，确保了工程正常施工。

工程到关键时刻，县人民政府在窄溪镇召开“百日大会战誓师大会”。会后，在筑路工地掀起了一个又一个的建设高潮，建设者们为按时完成工程建设目标，他们克服了一个个困难，挑灯夜战，日夜拼搏；窄溪大桥项目部的工人还打破了工作常规，实行 24 小时连轴转的施工方法……

1995年12月30日，320国道桐庐过境段第一期改建工程终于胜利完工。县政府为此在窄溪召开新闻发布会。

1996年1月20日，桐庐县首条自行设计、自行组织施工的一级公路正式投入营运，实现了一级公路零的突破，为桐庐公路建设史上树起了一块了不起的丰碑。交通部、省市有关领导钱永昌、邵克昌、王振民、刘庭智、杨一中、徐唐元和县四套班子领导出席了通车典礼。

初建成的320国道一级公路

二

320国道二期工程分荻浦至前村和乔林至芝夏两段。

1996年完成二期改建工程19.26千米的初步设计会审。320国道二期工程按一级公路技术标准改建，路基宽24.5米，总投资2.3亿元。工程分别于1998年4月18日和10月21日动工建设。

在县委、县政府的领导及省、市交通部门的精心指导下，建设者们夜以继日连续作战，紧紧围绕确保工程优良、确保按期完成、确保安全畅通的目标，以感人的敬业精神，坚持铁面无私抓质量，做到从每个细小环节抓起，确保工程质量达标。

质量是工程建设的生命线。由于320国道公路都是按段招标的，整条路有好几家单位同时施工。在施工中，绝大多数单位都诚信施工，对于工程干得好的项目部，指挥部每月评出流动红旗单位，并给予一定奖励。

不过，也有单位在工程中偷工减料。但他们忘了，监理单位不是吃素的，业主也不是吃闲饭的。第一次发现不合格，约见法人代表；第二次再不合格，对不起，我们总会有手段来制裁。

比如改建工程指挥部一次发现六标段蒋家埠附近 42.66 立方米片石混凝土基础不符合要求，毫不含糊地作出炸毁重做的处理，并清退了通道的施工队伍，对责任单位进行通报批评。

320 国道二期二标段是桐庐交通工程公司承建的项目，会山桥部分梁板外观出现了一点问题，虽然不影响工程质量，但它会影响整个工程的美观。施工企业最后决定砸掉重来。这一砸必定会造成一定的经济损失，可这就是筑路人在质量面前的态度。

渡济大桥是当年富春江上建设规模最大的桥梁。1998年10月21日，作为320国道二期工程的乔芝段建设就在渡济大桥建设工地宣布开工，省路桥工程四处建设者们当天在此打下了第一个桥桩。

他们克服地质和水文条件差的困难，日夜奋战，1999年11月22日，二期控制性工程渡济大桥胜利合龙。县领导王忠德、王斌鸿、吴关如到场祝贺。

仅用一年多的时间，一座长693.8米、宽10.75×2的双向四车道渡济特大桥飞跨在富春江上。

回家，一个多么亲切多么温馨的词语。320国道建设期间的春节，是游子归家的时候。可是，有这样一群人，他们放弃了回家过春节，为桐庐的经济建设修桥铺路。春节，他们仍在320国道的工地上过，家，总在千里之外。

这些有家不能归的工人，只能把对家的挂念默默埋藏在心底，他们把建设 320 国道的重任担在肩上。思乡之苦在心里，乐观的笑容在脸上。

320 国道改建需要投入大量资金，没有钱怎么办？

发展桐庐交通事业，是历史赋予当代交通人的重任，为了实现这个梦想，桐庐交通人走上了艰难的筹资之路。事在人为，只要精神不滑坡，办法总比困难多。既然路已在脚下了，交通人就没有后退的理由，不管前方的道路如何曲折坎坷，都要一步一步勇敢地跨越它。为此，他们励志攻难，四处奔波，靠的就是“腿勤”和“心诚”这4个字。“腿勤”就是要多跑省市，争取上级主管部门对桐庐的多支持；“心诚”，就是要实实在在地做工作，争取用人家的钱来办我们交通的事。

有人说：心有多大，舞台就有多大。是啊，320国道工程被评为质量和廉政“双优工程”，这是凝聚一代交通人的心血和汗水的工程，是他们春日辛勤地耕耘才换回秋日累累的硕果，桐庐境内总长31.024千米的320国道一级公路全线贯通。

2000年5月，正是初夏时分，桐庐的田野活跃而美丽。空气里面有着一种使人感到夏季的愉快的温暖，并且像是永远停滞着，再不会有阴暗的日子和暴风雨似的。17日，320国道桐庐段二期工程胜利竣工通车。杭州市副市长项勤、省公路局副局长杨才古、市交通局局长严华好等省市有关领导参加了竣工通车典礼。

建设者几年来的辛勤劳动，虽然流出了不少的汗水、付出了不少的心血，甚至还遭受重重筹资的压力，然而在320国道桐庐段工程胜利竣工通车这艘战船里，满载的却是一件件珍贵的胜利品。

胜利让他们洗却了艰辛，硕果让他们尝到了甘甜。那种喜悦，那种自豪，局外人是无法体会到的。如今，它如一条巨龙横亘桐庐大地，终日车水马龙，熙来攘往，不仅将改写桐庐的交通史，更将改写桐庐的经济发展史。

如果说当年“费长房有缩地之方，秦始皇有鞭石之法”的话，那么今天看到的桐庐320国道一级公路为人们带来的神奇魅力，他们的“缩地”、“鞭石”之法也就微不足道了。

桐庐320国道一级公路是当年最美丽的一条公路，灰色的水泥路面宽阔、平整，上面刷上了一道道白色的油漆，两边还安装上了波形防撞护拦，它就像一条带着白色点缀的灰色围巾。这条灰色围巾太长了，它的端庄，这是当年桐庐其他公路所不及的，更是不敢想象的。

沿着这条平坦的公路，在风景如画的原野上风驰电掣，让人会有一种“天涯任我行”的豪情。人们驱车穿梭其间，再也没有从前颠簸和黄尘蔽天的踪影，它为构建桐庐公路的快速畅通注入了新的活力。

更可喜的是公路两边的工业园区一批批厂房拔地而起，它们随着国道大动脉焕发出时代的生气，使桐庐的经济驶向快车道，成为桐庐县的富民之路、强县之路、文明之路。

现在我才知道，那些经常在这条 320 国道来往的人，原来他们都是搭着便车出去的，如今却驾着小汽车回来了；出去还是粗布褴衫的，回来的时候却满身华丽了。到底是怎么一回事呢？原来公路对人们的生活太需要了，这需要好比是空气、好比是水一样。

2008 年 9 月 10 日

赢得彩练当空舞

—— 05、16 省道改建工程纪略

“一江春水因山溢美，两岸青山为水铸情”。桐庐县素以山清水秀而著称，40 万人民依偎着母亲河——富春江、分水江枕河而居，沿河筑路，因河建镇。

桐庐从“以舟为车、以楫为马”，到320国道、05省道横贯东西，16省道沟通南北，形成县域交通主骨架，交通事业在改革开放中得到了长足的发展。1982年10月至1985年7月，桐瑶三级公路完成改建，之后又实施了林场至分水、分水至塔岭、桐岭至元川的三级公路改建，历时13年，桐庐西部交通主干线——05、16省道终于告别沙石路面。

善弈者谋局。进入 21 世纪后，县委、县政府面对桐庐经济社会发展的新形势，深知交通先行的重要。他们在上级交通主管部门大力支持下，及时绘就了一幅高标准、高起点、大视野，实现跨越式发展的宏伟交通蓝图。

第一篇　开弓没有回头箭

历史将永远铭记勇于探索与攀登者的轨迹。

在“接轨大上海，融入长三角”的大背景下，省市提出了“交通西进”和“干线畅通”发展战略。这是一个历史性机遇。县委、县政府以其抢抓机遇的敏锐性，把连南贯北、承东启西，在桐庐交通运输网络中占举足轻重地位的 05、16 省道改建工程适时列入议事日程。

于是，县第十二届三次人代会通过的政府工作报告把 05、16 省道改建工程列入计划……

于是，县领导亲自披挂上阵，跑省市、找有关部门，争取立项，争取列入“四自”工程……

于是，交通人开始马不停蹄准备工作，做好前期……

05、16省道桐庐段改建工程总长64.467千米，工程全部按一级公路标准建设，路基宽22.5米，双向四车道，行车道2×7米，路肩宽2×2.5米，总投资7.8亿元人民币。

工程立项了，工可批复了，建设所需的数以亿计的巨资如何筹措？为了经济社会实现跨越式发展，县委、县政府下定决心：砸锅卖铁也要上！

如果说当时16省道的开工建设是掀开了05、16省道建设这本书的扉页，那么融资这篇文章的布局谋篇就要比预料困难得多，这其中的酸甜苦辣只有局中人才能体会。

为了05、16省道的建设，四处“找米下锅”，上北京，下深圳，洽谈招商，那里有线索就往那里跑，县里主要领导还多次亲自出马、亲自谈判，仅一年多点时间，前后接触投资商100多次……每一次接触都必须认真，每一轮谈判都手心捏汗。因为，手中握着的不只是一摞文书、一纸协议，而是承载着全县人民的重托。

功夫不负有心人。2002年9月25日，由浙江省公路管理局、杭州市交通投资公司、杭州家景房产开发有限公司、桐庐县国有资产投资经营有限公司等四方共同出资组建的桐庐县05、16省道有限责任公司宣告成立，完成了项目建设资金的拼盘。

建设资金的“瓶颈”被突破后，先期开工的16省道建设立马进入正常轨道。

2002年12月25日是一个充满希望、令人振奋的日子。省委常委、杭州市委书记王国平，原省交通厅厅长郭学焕，县四套班子领导及市县有关部门和沿线乡村负责人亲临05省道桐庐段改建工程现场，随着王国平书记宣布一声令下，十几台挖掘机、压路机、推土机、装载机同时马达轰鸣。顿时，礼炮声声，鼓乐齐鸣，桐庐县有史以来投资规模最大、建设里程最长的公路交通基础项目在瑞雪纷飞中吹响了开工的号角。

第二篇　万众齐唱大路歌

“交通西进”是杭州市委、市政府构筑网络化城市、实施大都市发展战略的基础工程和推进新一轮杭州经济社会协调发展的先导性工程。

桐庐的05、16省道改建工程是“交通西进”战略的重要工程之一。在这一宏大的工程建设中，领导重视，部门协调，乡（镇）村支持，沿线群众“舍小家顾大家”，上下同唱一曲大路歌。

2002年7月30日，县委、县政府为加强对工程建设的领导，从有关部门和乡镇政府抽调了一批精兵强将，成立了以县委副书记王斌鸿同志任总指挥的05、16省道桐庐段改建工程指挥部。

指挥机构成立后，县委书记邵胜、县长陈祥荣先后多次来指挥部调研，协调有关部门和乡镇，共同解决资金拼盘，对加强工程进度、质量、安全管理，确保廉洁自律反复提出严格要求。县四套班子领导还多次到工程的施工现场指导工作和慰问建设者。

重任在肩，指挥部全体人员很快以饱满的精神状态进入角色，投入工作。

由于各级领导的重视，一个全方位的05、16省道建设氛围很快形成，建立起政府重视、群众参与、社会支持的工程建设机制，把05、16省道建设较好地从单纯的部门行为向政府各部门和沿线广大干部群众共同参与的社会行为进行转变，有力地保障了工程建设的顺利进行。

2003年4月10日，时任浙江省委书记、省人大常委会主任习近平冒雨来到16省道焦山工地……

2003年9月4日和2004年11月8日，省委常委、杭州市委书记王国平又先后两次来到16省道方埠、05省道焦山互通沥青摊铺施工点……

一双双博大的手与一双双结实的手握在一起，一颗颗兴奋的心与一颗颗激动的心融在一起，一句勉励的赞语，一声诚挚的问候，把党和政府关怀带到了一线，把领导的期望带到工地……

05、16省道工程涉及沿线5个乡镇、53个建制村，需征用土地228公顷、拆迁户1100余户，拆迁面积达21万平方米，各类杆线、光缆迁移3213根，C、G网站各1座，电塔11座。

在拆迁这一“天下第一难”面前，工程指挥部紧紧依靠沿线乡镇和有关部门，把思想统一到省道建设上来，把精力集中到省道建设上来，层层建立工作机构，宣传工作到位；动之以情、晓之以理，坚持公开、公平、公正，严把调查关、公示关、人情关、政策关，征地拆迁顺利进行，为工程施工创造了良好的环境。

分水镇大路村全拆的农户就有91户，当征迁人员上门动员时，拆迁户们异口同声地说，政府搞“交通西进”，最终受益的还是我们老百性，我们应当支持。

43年前，分水镇新民村的老一辈就是响应国家号召，为建设新安江水库背井离乡从淳安来到分水的。43年后的今天，新民村的一半村民再次遇到省道改建而举家迁移。该村村委委员何华春在村里召开动员会后的第二天，全家人便到妻舅家暂时住下，并请了10多个亲友带头完成了拆迁任务。

在瑶琳镇大庙村，今天我们看到的吴春木孩子已经两岁了。去年为配合05省道的建设，吴春木一家人按计划拆掉了自家的房子，全家人却搭了个临时棚去居住。他的妻子生下孩子后，克服了梅雨季节又闷又热又漏雨等等困难，就在这简易棚里“坐月子”。

当得知高翔乡桐岭村何金洪不慎摔伤后，县委副书记王斌鸿就带领指挥部人员前去慰问。在病榻前，王书记仔细了解他的伤情，叮嘱他好好休息养伤。何金洪十分激动，说：“国家建设也是为我们农民造福，我们吃点亏，受点损失没什么，请县领导放心。”

第三篇　不辱使命铸丰碑

筑路人的事业是伟大的，同时，筑路人的劳动也是极其艰辛的。05、16省道改建工程的管理者和建设者们十分明确工程的重要性和肩上所负的使命，“一丝不苟抓质量、万无一失保平安、争分夺秒促进度、齐心协力创优良”。他们是这样说的也是这样干的。

在每一次召开的工地例会上，与会人员的脸部表情都是凝重的，因为每次会议围绕的话题都是“质量、安全、进度”。这 6 个字承载着全县人民的期望。在两年多的时间里，指挥部上下基本放弃节假日。无论在烈日炎炎的酷暑，还是那寒风凛冽的严冬，在工程的各个施工现场，总能见到他们的身影，或了解工程施工进展、检查工程质量，或帮助项目部协调解决施工中遇到的问题与困难。

建设中难题一个接一个：东洲桥在钻孔时遇上了地下溶洞的暗流；炮台山隧道遇到地质变化；上结构物时刚好遇到钢材、水泥等原材料价格的陡涨；急需用人时又遇上“非典”，外地的工人调不进来；工程大干快上时又遇高温限电。但这一切难不倒我们的建设者，面对困难，他们仍坚定目标不动摇。

隧道，它是山的跨越、路的飞翔。建设者们面对四周冰冷的岩层和那震耳欲聋的机器轰鸣，在意志与岩石抗衡中，在生命与时空对弈中，洞在云中穿山走，路在脚下随意延。

那漫长的夏天，骄阳似火，建设者们挥汗战斗在工程的各个施工路段。工程监理师史磊站在刚刚铺好的滚烫的沥青混凝土面层上，身上衣服全湿了。

夜晚，当我们走近建设工地时，只见亮如白昼的灯光下，各标段工地施工人员还在挑灯夜战，远处拌和场机声轰鸣，运料的车辆来回穿梭；路面稳定层随着摊铺机徐徐地前进不断延伸；分水桥工地在项目经理陈国平的率领下，施工人员正在浇筑大桥的梁板，他们为的就是一个目的，确保工程按时完成。

在工程建设中，指挥部在各标段制定了以完成工程进度为主要内容、以奖惩为手段的劳动竞赛制度。2004年7月19日，在工程进入攻坚的关键时候又及时组织动员，开展“百日会战”，通过劳动竞赛，施工进度不断刷新。

建设者们同唱着一首歌，唱出的是火红的心愿，那就是一切为了05、16省道灿烂的明天！透迤向前推进的公路，每一段都记录着一桩桩感人的事迹。

叶银伟同志是交通战线上的一个老兵，无论是春夏秋冬，还是阴晴雨雪，他都深入工地。他对工作勤勤恳恳，抓工程质量认真负责，盯得紧、管得严，对不符合施工规范标准要求的，总是毫不留情。

春节该是与亲人团聚的日子，而来自全国各地的民工们，为了05、16省道的建设，他们一个个放弃了与亲人团聚的机会。大年夜，县委副书记、工程总指挥王斌鸿和指挥部的同志来了，与工地民工同吃年夜饭，欢聚在工棚，带来了县委、县政府的问候。

是啊，在工程建设中，我们的参建者们不知牺牲了多少个本该属于自己的休息日，也不知放弃了多少个该与亲人团聚的良机。他们一次次自我加压，全面提速，使05省道一级公路的路基在青山绿水间不断透迤地向前延伸。

辛勤的汗水终于结成硕果，2003年底，16省道桐庐至焦山段如期竣工通车。经省交通厅组织的交工质量验收，被评为优良工程。

质量是工程建设的生命线。

工程建设指挥部的同志们懂得抓质量的重要性。他们首先从健全三级质量保证体系入手，以感人的敬业精神，铁面无私抓质量，坚持做到从每个细小的环节抓起。05省道第六合同段有一座盖板涵，指挥部和监理办人员在检查时发现右半幅外观不符合优良要求，毫不含糊地作出了返工决定。虽说返工要造成10余万元的经济损失，但事关工程质量，施工单位也决不含糊。他们说“质量不达标的，损失再大该返工的还是要坚决返工”。

“安全生产”责任重于泰山。

指挥部为抓好这项工作，他们除成立由副指挥王樟松亲自任组长的安全生产领导小组，从组织机构上确保安全生产的正常开展外，还通过自上而下层层签订安全责任状，开展安全生产竞赛活动，经常深入工地进行安全生产督促检查等工作。特别是遇上雨季、台风时，他们总在第一时间赶到工地，以极其负责的工作态度，把安全生产工作真正落到了实处。

随着经济的飞速发展、小康社会的全面构筑，人们开始不仅仅满足公路的快速和安全，同时对公路的舒适、美观、经济、环保、生态、可持续发展等诸多方面提出了更高的要求。

筑路少不了使用大量的填筑材料，在工程建设中为做到最大限度地减少对沿线生态环境的破坏，实现公路建设与自然环境的和谐统一，建设者们尽量减少用开山挖地来采取填筑料，而是结合分水江及小流域的治理，利用挖取江流中的砂石来当筑路材料。

尖山是分水江畔的一座名山，“眉黛山尖蹙，青舒几点螺，如何颜变赭，为有夕阳多”。16省道扩建要从尖山脚下穿过，一边是陡峭的山体，一边是分水江，拓宽公路或开挖山体，或填江筑路，任取两者其一都将影响尖山一带的生态环境。为了保护生态环境，他们宁愿多花代价，也要保护尖山的一片绿。如今，在尖山脚下建造的公路栈桥，如同邢镜祥笔下的诗文那样，辉映在分水江畔。

在山区修建一级公路，所面临的困难是难以想象的，由于山体地质情况复杂，泥石流及滑坡时有发生。焦山是一座壁立的山峰，从脚到顶，全是赭红的泥石，看上去好像就要崩下来似的。为了防护这儿的山坡，仅加固一项就增加投入近500万元，用去水泥混凝土2800立方，各类钢材150吨。

焦山是05、16省道两条公路的交汇处，昨天还是一片断墙残垣，如今展现在人们眼前的是一番新绿的景色，桐庐第一座互通式立交桥已与世人见面。该座互通立交桥的两头匝道巧妙地利用了这儿的山坡地形，而且通过植草种树对这儿环境的美化，已成了桐庐主干公路上一道靓丽的景观。交通人不仅善于用钢筋水泥架桥铺路，也学会了用绿树花草做景绘色。

05省道一级公路

05 省道自开工建设以来，建设者们凭借他们的智慧和辛劳，在时间紧、任务重的情况下，克服“非典”、高温、限电和原材料涨价等不利因素，抢晴天、战雨天，硬是以难以置疑的施工速度，提前一年实现“杭州一小时半交通圈”，以诚实可信和一丝不苟的工作态度，最终赢得了彩练当空舞。

第四篇　青山绿水贯通衢

05、16省道改建工程是桐庐交通建设史上最撼人心魄的一页，几乎白手起家，又几度濒临停滞，而终能举全县之力、凝万众之心，成就此番惊天动地的千秋伟业。

回顾昨天，我们不禁为岁月峥嵘而感慨，为心血铸成的公路建设丰碑而自豪；喜看今朝，更让我们为这两条经济大动脉带给桐庐人民无限的商机和福祉而放声高歌。

改建后的 05、16 省道最终如一条靓丽的彩练定格在全县人民充满期待的目光中……

路是历史的长河，路是民族的脊梁，路又是大自然最美的诗。而新建成的桐庐05、16省道公路可算是诗中的极品。

如今展现在我们面前：一条现代化的公路，如黑色的蛟龙，穿越在青山绿水的桐庐大地；更似一条绚丽的彩练，把桐庐的山山水水、乡乡村村系在了一起；而那座座桥梁更像“飞来千丈玉蜈蚣，长卧青山秀水间”，它们一头枕着南岸，一头连着北边，天堑变通途，天涯成咫尺，西北部边缘的山村与县城、与省城的时空距离已不再如过去那么遥远。

05、16省道这两条曾经让筑路人挥过汗的热土，正以完善的社会服务功能和崭新的路容路貌诠释着现代化建设的卓越成就。

当我们驱车行驶在刚刚建成通车的公路上，宽阔平坦，绿意相映，让身临其境的人无不叹为观止。

沿途农村的变化更令人欣喜。车窗外跃入眼帘的是沿线美不胜收的景色，一幢幢农民的新居在路的两旁矗立，村村庄庄正展现一派新农村的景象。从那些乔迁新居农民的张张笑脸上，仿佛看到05、16省道的建设已经为他们带来福祉；公路两旁那一片片鳞次栉比的新厂房、新园区和旅游景点，也随着交通条件的改善，得到进一步地开发和发展，焕发出时代新的活力。

瑶琳镇东洲村过去因江流而分割，是桐庐唯一不通路的行政村，随着05 省道的建成，两座现代化的桥梁把东洲与外界连在了一起，昔日滚滚东流的江面，不再是绝人之路，变得坦畅无阻。这里昨天还能听到的叫渡声，也已物换星移，烽火已远。

那只摆了一年又一年的渡船，似像一个离岗的历史老人一样沉浸在往事的追忆之中。

道路一头担着过去，一头连着未来，随着国家经济的日益繁荣，国力的不断壮大，人民生活水平的日益提高，公路的地位将越来越重要，作用也越来越显著。

百江镇农民江长根说得好：“这条连着大城市的省道公路加宽修好后，道路通畅，山货也容易运出去了，也有更多的企业来这里投资了。”

初建成16省道一级公路

老人质朴的语言触动了我们。是啊，我们建设 05、16 省道公路，就是实现我们美好愿望的一条神路，省道的大动脉将使桐庐经济建设驶向快车道，它已成为桐庐的一条强县路、富民路、文明路。

成绩，只说明过去。未来，有待于拼搏。我们相信，在县委、县政府的正确领导下，桐庐的交通事业将如“扶摇直上九万里”的长风，为桐庐全面建设小康社会发挥巨大作用，它把老百姓带向更加富裕美好的明天。

美哉！一条犹如靓丽锦带的西进大道！

壮哉！一首充满豪情奔放的路魂壮歌！

2004 年 12 月 6 日

高速公路在桐庐横空出世

——杭千高速公路建设纪略

在漫漫历史长河中，30 年堪称弹指一挥间。而对我来说，30 年刚好是人生经历的一半。蓦然回首，这半生的经历竟然一直与桐庐的公路为伴，并目睹了它翻天覆地的变化。

1988 年，上海至嘉定高速公路和被誉为“神州第一路”的沈大高速公路的通车拉开了中国高速公路大发展的序幕。但是，论及桐庐建设高速公路，这在几年前简直是不可思议的。2002 年 3 月 5 日，新世纪杭州十大工程中的第 1 号工程——交通西进工程正式启动。“杭千高速公路”6 个字刚在媒体上出现，就令桐庐人个个心喜若狂。因为这六个字寄托了一个构建发达交通网络、发展崛起的梦想啊！

当时杭千高速公路在地图上还只能用“虚线”表示的时候，县外经贸局印制的各种招商手册就有了它的身影。因为对于桐庐人民来讲，这条高速公路太重要了，它承载了桐庐经济发展特别重的分量。

县委常委、副县长濮明升的一番话，让人感触颇深。他说：“桐庐离沿海大城市距离过远，在招商引资上曾经有过失败的惨痛。前几年，欧洲某企业来浙江寻找理想的投资地。因为公司的产品生产对环境要求很高，在找到生态环境良好的桐庐后，老外对当地的空气、水环境等都非常满意。但最后还是打消了在桐庐投资 3000 万美元的计划。一句‘与大城市半径距离太远’的评价，让忙碌了多时的桐庐人心痛不已。”

然而，这一切随着杭千高速公路的全线通车被彻底改变了。公路一通车，外来投资商洽谈的就明显多了起来，中国香港和广东、日韩、加拿大等国内外客商已有数十家投资上亿的企业有意到桐庐落户了。

杭千高速公路是杭州市人民政府实施“交通西进、旅游西进、产业西进”的关键性、基础性工程，它的建成将从根本上改善桐庐及杭州西部其他县市的交通状况，实现“县县通高速”，促进市域网络化协调发展。

2003年12月31日，那是一个让所有桐庐人都刻骨铭心的日子。随着挖掘机的一声轰鸣，它翻开了桐庐交通建设史崭新的一页，凝聚着全县人民智慧和希冀的杭千高速公路桐庐境内段正式开工建设了。杭千高速公路桐庐境内长29.323千米，路基宽33.5米，双向六车道，设计时速120公千米/小时，途经江南镇、凤川镇、桐君街道、富春江镇和桐庐经济开发区，其中还包括桐庐富春江特大桥、深澳互通、凤川互通、桐庐互通和富春江互通等5个大型项目和1个服务区、1个收费所，总投资15.2亿元。

当人们在为这条集便捷、美观于一身的高速公路而欣喜激动时，有的人的感受也许不能仅仅用欣喜激动来描述，因为他们与这条公路有太多的故事。在桐庐段建设过程中，他们的经历让这条高速公路多了一份用汗水、欢笑、感动浸染的美丽。

杭千高速公路桐庐段开工建设后，在工程启动比其他县市较迟的情况下，面对征地 4200 亩、拆迁房屋及附属建筑7.4万平方米的繁重任务，为确保全线无障碍施工，工程建设指挥部紧紧依靠当地政府和沿线村两委会的力量，仅用了短短 20 天时间就全面完成了外业实物调查工作，并进行公示、查漏补缺，确保调查数据的准确性和政策到位。征地拆迁和工程建设进度后来居上，为此，还受到了省、市交通主管部门的高度评价。

建设者们克服技术含量高、施工组织难等不利因素，保证了杭千高速公路建设得以按计划向前推进。在建设工地，到处可见坚守岗位、忘我工作的建设者们在奏响一曲曲火热的乐章，建设工人的使命感、责任感和无私奉献的精神在桐庐大地回荡着。

桐庐段五大控制性建设工地上，为使工程顺利进行，五一、国庆、春节等长假，数千名来自全国各地的建设者们仍坚守在岗位上。他们放弃了节假日，放弃了与亲人团聚的机会，用辛勤的劳动度过一个又一个节日。

5月2日，在杭千高速公路凤川互通工地上，中铁四局五公司的一批建设者们正在忙着搭建制梁台座，争取早日开始制作板梁；另一批建设者忙着制作桩基钢筋网笼，为即将开始浇注桩基做准备。十四项目部书记王东旭等一大批同志已连续两年没有回家过年了；十四项目部经理赵成升的孩子出生都已4个月了，当父亲的还没见上一面；十三项目部经理冯峰母亲病重也顾不上回家探望。他们一次次放弃与家人团聚的机会，心中只有让杭千高速公路早日建成的愿望。

炽热的太阳当空照，酷暑难熬，但广大建设者们干劲不减，继续披暑挥汗在杭千高速建设工地上。路基填筑随着挖掘机的挥动和运输车辆的来回穿梭，在热浪滚滚的桐庐大地上不断抬高着并延伸着；桥梁和互通的桩基像雨后春笋般地冒出水面或地面；重大控制性工程取得了突破性进展。

2004年底，杭千高速公路路基填筑基本完成，它似一条巨大的黄龙横亘桐庐大地。

2005年7月18日，经过工人们的紧张施工，高速公路的富春江特大桥主体右半幅中跨顺利合龙。富春江特大桥主桥为三孔连续结构，跨越富春江主航道。由于富春江地表无淤泥覆盖，水流湍急且施工区域上游为富春江电厂，发电及泄洪时流量可达到6000立方米/秒，地质、水文条件极为复杂；再加上后期工程变更，造成工期较紧。因此，无论是施工环境还是工期对建设单位来说都是一个艰巨的考验。

面对困难，建设该路段的第13合同段项目部及时组织有关的技术和施工力量，制订了科学合理、实施性较强的施工技术方案。此外，在施工过程中强化工程管理，责任落实到人，坚决做到不返一次工、不浪费一分钟。

2005年3月6日，杭千高速公路桐庐段全面进入路面施工。高温季节是沥青路面施工的最好季节，为了有效保证杭千高速公路年底建成通车，来自全国各地的建设者们抓住夏季施工大好时机，冒酷暑，战高温，发扬连续作战的精神，有效地推动了工程建设的进度。

在炎炎烈日下，工地上运料车来回穿梭，巨型沥青摊铺机在欢快地轰鸣着，将摄氏160度高温的沥青混凝土均匀地摊铺在新建的路面上，后面跟着一辆辆压路机，沥青路面施工在紧张有序地进行。

2005年12月26日，这是一个注定要载入桐庐交通史册的日子，经过广大建设者的艰苦奋战，杭千高速公路正式宣布通车了。

一条路承载多少年的梦想，一条路激起多少群众的喜悦。发展、富裕、文明、和谐……一片令人向往的乐土，也正因为有了这条高速公路而变得越来越触手可及。

桐庐人用“顺藤结瓜”来形容杭千高速公路给他们带来的好处。杭千高速桐庐境内的4个互通口，分别紧靠县内省级经济开发区、台商投资园区、省机械工业园区及大奇山国家森林公园景区等。这为桐庐扩大招商引资、坐享杭州市区产业的梯度转移及旅游发展奠定了良好的基石。

杭千高速公路通车后，为构成一个交通安全、环境优美、特色鲜明的多功能绿色长廊，使它成为一条景观大道，县政府根据杭州市委、市政府的统一部署，后期又投入资金5000多万元，对部分地段裸露山体、废弃工厂以及坟墓、“赤膊墙”等进行综合整治，并以富春山水自然与人文景观为基本背景，以自然借景、生态修复、环境防护和景观组织等方法，使杭千高速公路成为空间结构最完美、视觉景观多样性最丰富的公路，成为富春山水风光的典型代表。

路是历史的长河，路是民族的脊梁，路又是大自然最美的诗，而新建成的杭新景高速公路桐庐境内段可算是诗中的极品，展现在我们面前：一条现代化的公路，如黑色的蛟龙，穿越在青山绿水的桐庐大地；更似一条绚丽的彩练，它把桐庐的山山水水与杭州、上海等大城市系在了一起，使桐庐与“长三角”的时空距离已不再像过去那么遥远。

今天，杭千高速公路曾经让筑路人挥过汗的热土，正以完善的社会服务功能和崭新的路容路貌诠释着现代化建设的卓越成就。人们沿着这条平坦的公路，在风景如画的原野上风驰电掣，还真会让人产生一种“天涯任我行”的豪情。

2008 年 9 月 15 日

20省道 诗意盎然 画境隽永

——20 省道改建纪略

阳春四月，因和友人下乡去采风，我们驱车在新建成的20省道桐义线上。

昨天晚上一场雨，似乎把大地、空气的微尘与杂质都滤走了，一切都变得很干净、透明。微风轻吹，明媚的阳光透过路旁草木茂密的山坡，洒落在微湿的原野上。也许正是这点滴光亮的滋润，那山坡上啼血的杜鹃花、田野中撒金的油菜花显得格外鲜艳奔放。

车窗外湿润的空气中，散发着幽幽的清香，时不时吹进车内，沁人心脾。我们一路赏心悦目地观赏云山雾海、淙淙溪流，公路与山水自然相融，使人有一种“车在路上行，人在画中游”的感觉。

这时，我脑中突发奇想地为自己出了道题：桐庐境内哪一条公路最有个性？我想当然地首先推出20省道桐义线了。因为，20省道是桐庐境内第一条为平时与战时结合而建设的公路。它一头连着高楼大厦的城

改建后的20省道

市，一头通向枫岭石舍的山村；沿线有富春江上第一座大桥梁，还有龙门山脉浙江省二级公路称第一的长隧道；左边飞瀑小溪，右边巉岩峭壁；沿途文化底蕴很厚实，有古村古迹，还有一路美景，特别是那一座座刚建成的、美轮美奂的港湾式候车亭……

车行在这条公路上，回想当年哪怕曾经荆棘丛生，但交通人依旧步伐坚定地一路走过来，渴望带着一颗诗意的心，去创造公路的美丽。

20省道一路诗意盎然，美画相配，生态和谐，成为桐庐最有个性的公路。

一

我经常在20省道上跑，想起从眼前掠过的一道道美景，在富春江电厂大坝至芦茨那段悬崖峭壁上凿出来的公路，内心涌出的不仅仅是感激，更多的是感叹和震撼。我想象不出，在那极为艰苦、落后的历史条件下，20省道的艳丽和传奇是怎样一步步铸就的。

20省道由西北向东南贯穿桐庐、建德、浦江、义乌4个县（市），在桐庐区域路网中起着主干道作用。而从大区路网看，20省道起点为桐庐，与杭千高速公路和320国道相接；终点义乌，与杭金衢高速公路和03省道相接。它起着大通道干线之间沟通连接的作用。

但是，该公路由于建设年代较早，公路技术标准低，坡陡弯急，道路狭窄，路况又差，交通拥挤，事故频发。一旦遇到雨雪天气，时常交通中断，严重制约了桐庐与东南部的联系。这些年来沿线群众要求打通“瓶颈”、改造20省道的呼声十分强烈。

2003年9月18日，时任中共浙江省委书记习近平率部分省领导和省直15个有关部门负责人，在浦江接待群众来访，零距离倾听群众呼声，面对面解决群众难题。

听说省委书记到浦江，蒋星剑和其他两名来自杭坪镇的群众代表抱着试试看的想法，作为第一批来访者，忐忑不安地走进第一信访接待室，向习近平同志反映20省道浦江段改造问题。

仔细听完群众代表们的诉求并征求省交通厅负责人的意见后，习近平当场拍板：这是一条山区群众的“小康之路”，为了山区20万群众的切身利益，20省道改造工程要尽快开工建设。

省委书记的爽快表态，设计、论证、会审……不到百天，20省道浦江段改造工程的前期工作基本完成，创造了浦江公路建设史上的一个奇迹。

省委书记对浦江20省道改建的拍板，也是对桐庐、建德20省道改建的拍板。这条消息当然也为桐庐交通人带来了希望。因为20省道浦江境内段的开工建设，意味着桐庐、建德境内20省道改造曙光就在眼前了。

县主要领导和交通部门高度重视20省道的改建，积极向省里争取项目，多次到省里与有关部门进行沟通、协调，得到了省有关部门的大力支持，多次派专家到实地进行勘察，并对工程可行性进行反复研究论证。

2004年4月20日，浙江省发展和改革委员会委托省公路局在桐庐召开20省道桐庐上杭埠至建德马岭段改建工程初步设计审查会。

20省道（桐庐段）改建工程全长23.72千米，概算投资2.878亿元，起点为桐君街道上杭埠，终点为富春江镇石舍村，按二级公路技术标准设计，设计时速40千米每小时，其中前段路基宽为17.0米，路面宽14.0米，后段路基宽为10.5米，路面宽9.0米。共有大小桥梁14座、隧道6座、320互通1处、白云源匝道1处。

二

2006年6月30日上午，20省道（桐庐段）改建工程开工典礼在桐庐县芦茨村蟹坑口隆重举行。杭州市人民政府副秘书长赵立康、杭州市交通局副局长索学金、杭州市公路局局长曹国银、桐庐县四套班子相关领导出席开工典礼。

开工典礼由县长陈祥荣主持，县委书记邵胜致辞，副县长濮明升对改建工程总体概况进行了介绍，杭州市交通局副局长索学金作了讲话。省交通厅、省公路局为开工典礼发来了贺电。

20省道（桐庐段）改建工程被列为省重点建设项目。随着一声开工令下达，建设者们从全国各地汇聚到这条路上，搭起工棚，在这儿奏响了一曲曲雄浑的工地交响乐。

开山的炮声唤醒了龙门山脉，钻孔机嗡嗡轰鸣着。挖土机、压路机，机声隆隆，一辆辆运输车来回飞奔，川流不息。筑路工人们加紧砌筑路基石坎。施工场景热热闹闹，用土石填高路基、拓宽路面，使坎坷成为坦途。

工程开工后，虽然面临地质条件复杂、原材料价格和人工工资上涨等不利因素，但是，各项目部制定了一系列工程施工的保证措施。他们按照施工计划，保证施工人数与施工设备数量，采取先进的施工方案，积极推广先进经验和先进技术，确保工程按时完工。

中铁十六局集团三公司项目部承建任务最重、难度最大的第一标段，工程全长10.895千米，包括隧道3005米/1座，中小桥梁128.86米/4座，路基挖方5.6万立方米，路基填方29.9万立方米，涵洞1159.07米/55道。

据这个标段的项目部工程负责人介绍，大峡山隧道是整个改建工程的难点和关键。隧道出口处地形、地质很复杂，给施工带来了不小的难度。

建设者们克服隧道长、地质条件复杂以及围岩较差等原因，为保证施工安全和质量，多次请专家到现场勘察指导，并主动与业主、设计院联系，将明洞的套拱加长、围岩级别变更等，采取“短进尺、弱爆破、强支护、快衬砌”施工方法，强化施工管理，严把工程质量关，不断加快了施工进度。

项目部经理周新安为建设大峡山隧道，一心扑在工作上，隧道开挖听不到炮声他睡不着觉，而炮声不准时又不能入睡，无论多迟他都要一一打电话询问才放心。

大峡山隧道开工正值隆冬季节，由于天气太冷，周新安的痛风病又犯了，时间一长，脚就肿得疼得着不了地。大家劝他休息，但他仍旧坚守在工地，把医生请到工地为他打吊针。周新安那种忘我精神，不仅保证了施工的安全和质量，而且也激励了其他参建者的斗志。

2008年3月28日，杭州市境内最长的公路隧道——桐庐大峡山隧道胜利贯通。

在周新安的带领下，项目部全体员工共同努力，又取得了一系列骄人业绩：在5家施工单位参与的综合评比中一直名列前茅；大峡山隧道被业主定为样板工程，并号召全线兄弟施工单位向这一标段学习；项目部被评为“优秀项目部”“安全质量先进单位”。

周新安说，要说修路这几年我们最得意的事，就是科技攻关，我们开展了各种技术课题研究与攻关，所取得的科研成果对全线施工起到了十分积极而重要的指导作用。例如，在大峡山隧道贯通对接中，我们创造了特长隧道施工中贯通误差世界最小的零误差奇迹。

为确保20省道能够如期建成通车，工程指挥部全体工作人员主动放弃休假，抢抓有利天气，奋战在建设一线。他们克服施工难度大、技术要求高和台风雪灾等困难，坚持精品工程为目标，以安全生产为根本，狠抓工程质量和工程进度，全线实现了安全无事故和人员零伤亡目标。

2008年6月，工程路基土石方、桥梁隧道结构工程基本结束，接着路面、机电、安全设施、绿化等工程相继铺开施工。

12月15日，完成隧道消防、供配电等机电设施安装及沿线交通安全设施。

2008年4月21日，20省道改建工程进入路面施工，11月完成沥青路面浇筑。

12月25日，交通验收专家组首先通过交工验收台账资料审核，然后分三路对工程现场进行实地踏看。经过一个上午的实地踏看，专家组同意20省道（桐庐段）改建工程交工验收，这意味着20省道（桐庐段）改建工程正式竣工。

三

12月30日上午，芦茨村蟹坑口村彩旗招展、锣鼓喧天，20省道桐庐、建德段改建工程通车典礼在此隆重举行。杭州市交通部门和建德市的领导，县领导戚哮虎、陈国妹、竺泉海、濮明升、方志远等出席典礼。

县委书记戚哮虎在通车典礼上致辞。他说，20省道桐庐段改建工程，凝结了各级领导和交通部门的大量心血和艰辛劳动，凝结了全体建设者的智慧和汗水，凝结了桐庐人民的期盼和夙愿。改建工程的竣工通车，桐庐交通事业的蓬勃发展，不仅改善了我县交通条件，方便了群众出行，更改善了我县发展环境，提升了区域竞争力，有力地促进了全县经济社会又好又快地发展。

通车典礼结束后，领导以及各界人士乘车，首次亲身感受20省道行车的畅快与道路两旁景观的秀美。长长的通车典礼车队经过沿线村庄，群众欢呼雀跃,很多人还燃放鞭炮来庆贺,噼里啪啦声响彻芦茨源山谷。

人们不顾那强烈的鞭炮声冲击着耳膜，也不顾那遮天蔽日的硝烟呛得透不过气来，兴奋的神经没有半点停顿的意思。所有人跟我们一样，完全沉浸在欢乐的海洋里。30 多年前江南公路通车的场景又出现在我的面前。

有村民对我们说："现在的政府真是好啊，芦茨源小路变成大路了，政府为我们办的好事多得箩筐都装不下。"他们自发地来到公路边，特意掏钱买来长长的鞭炮燃放，用最质朴的方式表达他们内心的感激之情。

20省道是桐庐至义乌的唯一通道，改建后，桐庐到浦江的路段将缩短7公里，盘山险道大多被桥梁和隧道所代替，道路也将更为平直顺畅，人们出行安全感增强，道路交通条件得到改善。

沿途我们采访了一位常在这条路跑车的司机。他说："过去20省道是条四级以下的公路，不仅弯急坡陡，而且路面狭窄，来往车辆行驶很危险，极容易发生交通事故。我们早上出门家里人要一直担心到车子到家为止。现在好了，路面平整宽畅，昔日的爬山越岭，现在改为穿隧道了，而里程缩短了，速度更加快了，省油、省时间，浦江到桐庐至少要缩短30至40分钟，这应该感谢政府啊！”

2010 年 10 月 2 日

迎来高铁新时代，千里桐江一日还

——杭黄高铁建设纪略

2018年12月25日，这是一个永远让桐庐人铭记的日子。因为这一天，万众瞩目的杭黄高速铁路迎来正式通车。我作为一名老交通人，有幸见证了杭黄高铁的首发盛典。

作者应邀见证了杭黄高铁的首发

我们参加首发盛典的人员，早晨在县府大院集合乘大巴车到杭州东站统一上车。杭黄高铁首发列车为复兴号D9551次，早晨8点34分从杭州站发车，9点12分列车准时抵达桐庐站，10点30分我们已经站在黄山北站的站台上了。

我虽然乘过沪杭等地的高铁，但今天乘自己家门口的高铁，其意义就非同一般了，确实难掩内心的兴奋之情。我很庆幸自己，在年逾古稀还赶上了一个好时代！

当我好奇地打量着车内的设施，发现我们乘坐的车厢内从窗花、座位、行李架、墙面到小礼品，全是桐庐元素。这时忽然觉得窗外的景物在向后移动了，原来列车已经启动。高铁的速度真当快啊！只见两边车窗外的景物在我们的眼前一闪而过，而坐在车厢里，如同坐在家里的沙发上一样，觉得很平稳，没有什么震动的感觉。

一会儿，中央的媒体来了，省市的媒体来了，各县市区的媒体也来了。县广播电视台还在高铁上向全县人民和网络观众现场直播站场动态及高铁运行情况。这是怎么了？让他们也和我们一样来见证杭黄高铁通车这一盛典。

当时记者采访到我时，问我有什么感受，我只能用“激动”二字来表达此时的心情了。杭州与黄山之间265公里，风驰电掣中，真让人有“千里家乡一日还”的感觉，这高铁把我从家门口一下子带到了远方。

曾几何时，“绿皮车”还是中国铁路的主车型时，我每次到上海岳父母家过年，挤火车的情形至今还历历在目。“绿皮车”上人挨人，简直连立脚的地方都没有，就连厕所也挤满了人。再说那时候的火车速度又很慢，这旅途的煎熬真是不堪回首，只有经历过的人才会知晓。

记得1976年春节前夕，我们桐庐有11个人一起到上海去过年，早上6点坐上轮船整整6个钟头才到杭州，然后在南星桥火车站等车，一直到下午5点多才挤上一列从宁波过来的加班棚车。杭州至上海一路让让停停，像在原地踏步一样，一直到第二天的夜晚才到上海的家中。桐庐至上海的途中整整花了36个钟头，到上海之后，又急急忙忙要去排队买返程火车票。

而今天我们从桐庐到上海连两个小时也不需要，时空距离竟然一下压缩了这么多。杭黄铁路车外风景如画，车内兴高采烈，大家由衷地感叹，桐庐通铁路的这个梦，对于我们这代人来说至少做了半个世纪了，今天终于梦想成真。

但筑梦、筑高铁，也绝非一日之功。记得当年我还在单位上班时，听说铁道部已经召开专题研讨会，规划建设杭黄铁路之后，我的心里当时就埋下了一粒希望的“种子”，并天天在盼望着这粒种子发芽、长叶、开花、结果……

2014年1月的一天，这粒“种子”终于露出了“嫩芽”，《杭州至黄山铁路可行性研究报告》已经过中华人民共和国发展和改革委员会批准。杭黄铁路全长265千米，其中浙江段185千米，设计时速为250千米每小时，全线共设10个站点，其中桐庐境内设一个站点。

当然，等待种子的长叶、开花、结果，直到有收获，我知道需要经历一个漫长的过程，这其中还要人们去付出辛勤的汗水。

2014年9月30日，杭黄铁路浙江段征迁工作动员大会在桐庐顺利召开。会议对杭黄铁路征迁工作进行了具体部署，并提出了总体目标，拉开了全线动工的序幕。

杭黄铁路（桐庐段）项目沿线4个乡镇（街道）紧紧围绕指挥部总体工作部署，抽调了304名工作人员组建28个工作组，全力配合施工单位进场施工，各项工作有条不紊地推进。截至11月28日，线型用地即完成交地472.6亩，交地率33.8%；临时用地交地285亩，交地率85.4%。

这是汗水的浇灌，更是情感与责任的构筑。桐庐境内第一个完成征地拆迁任务，为杭黄铁路的全线建设打下扎实基础。

正如城南街道东兴村村民吴西苟所说：“盼着早日通车，盼着日子越来越好。”为了杭黄铁路开通，为了高铁新城建设，吴西苟和千余名乡亲离开了世居的地方。

2014年10月26日上午，杭黄铁路站前Ⅴ标项目开工仪式在富春江镇七里泷村举行，标志着杭黄铁路（桐庐段）已正式开工建设，开工时间领先于杭州市沿线区县（市）。富春江特大桥长全长2987.41米，是杭黄铁路项目中难度最大的特大桥工程，也是杭黄铁路站前Ⅴ标的一个控制性节点工程。副县长潘立铭参加了开工仪式。

Ⅴ标段全长33.804千米，由中国交通建设集团第二航务工程局负责施工，其中桥梁20.776千米，占标段全长的61%；隧道6.691千米，路基6.337千米，跨越富阳、桐庐、建德3个县（市）。其中，桐庐段全长28.174千米，东起江南镇荻浦村，西至富春江镇芝厦村大竹弄。

富春江特大桥开工建设以来，项目部先后投入了多台套的挖泥船、塔吊、挂篮等关键设备，攻克了厚卵石覆盖层条件下的桩基施工和大流速条件下的深埋式承台基坑开挖以及钢围堰安装施工等难题，按照既定节点目标完成了施工任务，为杭黄铁路浙江段打下第一桩。

2015年8月，盛夏，铄石流金，正是用汗水浇灌梦想的黄金季节。在桐庐大地，东起江南镇荻浦村，西至富春江镇芝厦村的杭黄高铁施工工地上，也与天气一样热火朝天，千余名工人挥汗如雨，在“高、精、严、细、实”的要求下，他们既埋头苦干，又科学巧干，既当筑路者，又当圆梦人。

修铁路的一个个都是“忙人”。他们几乎没有休息的时间，甚至连节假日都在工地上忙着。筑路工人李凯说：“本以为来了以后，总有机会去看看桐庐的美丽风景，但除了开会去几趟县城，我连富春江都没有去看过一次啊。”

修铁路的一个个都是“铁人”。他们起早摸黑、兢兢业业，开山筑路，遇水架桥，每天与大型机械、粉尘、噪音为伴；而在隧道工地上，那机器的轰鸣声震耳欲聋，“讲话靠吼”在这儿也要大打折扣；高温天，汗流浃背、连续作战的他们一个个变成了“高烤状元”。

“70多个日日夜夜的施工，终于打通了，再辛苦也值！”在富春江镇象山桥村的上竹坞隧道施工现场，来自安徽的筑路工人刘高海有着丰富的隧道施工经验，这时他那黝黑的脸上露出难得的笑容。上竹坞隧道在6月底成为杭黄铁路桐庐段首个实现贯通的隧道。

2015年9月28日上午，中交二航局杭黄铁路首榀箱梁架梁仪式在石墙里特大桥举行。首榀箱梁长约32.6米，重达714吨，不仅是桐庐境内架设的首榀箱梁，而且也是杭黄铁路浙江段内架设的首榀箱梁。在运梁机160个车轮的一齐转动下，迎着蒙蒙细雨，首榀箱梁被稳稳当当地运送到指定地点。

县委常委、副县长潘立铭代表县委、县政府向施工单位表示热烈祝贺，并向参与支持铁路建设的各级干部群众表示衷心感谢。架设首榀箱梁，这是杭黄铁路建设取得的又一阶段性重大成果，也是“桐庐服务、中交速度”所结的硕果之一。

2016年4月2日，由中交二航局承建的杭黄铁路桐庐隧道进口暗洞顺利贯通。全长1836米的桐庐隧道，分为明挖和暗挖两段。此次贯通的是暗挖段，全长340米，3次下穿杭新景高速公路匝道，隧道最大埋深达20米。

因隧道开挖断面较大，且车流量较大，开挖过程中易造成土体松垮坍塌及路面下穿、开裂等安全隐患，所以在施工过程中控制隧道围岩稳定、路面沉降是隧道施工重点。项目部全体参建人员夜以继日、分秒必争，在地方政府和相关单位的通力配合下，圆满完成了桐庐隧道下穿桐庐匝道施工任务。

HHZQ-5标项目共有12座隧道，桐庐隧道更是典型的高风险隧道。据项目部一架子队技术负责人黄海波介绍，桐庐隧道表层多为冲洪积粉质黏土、卵石土层、下伏基岩，加上施工工法多、施工设备多、周边环境恶劣，对于施工管理具有较大的风险。

不仅如此，桐庐隧道施工还遇到了“拦路虎”，这个拦路虎就是110株古桑树，把原设计为明挖的桐庐隧道拦腰截断。这些古桑树最高的超过10米，平均根茎周长约70厘米，最粗的有1.4米。有专家曾对这些桑树进行考证，近七成的桑树都超过100岁，“年纪”最长者约330岁了。

为了保护百年古桑园，项目部决定采用暗挖的方法，“穿”过古桑园。这一改，桐庐隧道施工风险直接从二级提到了一级，而且增加直接费用超过100万元。“这其中，光是岩土开挖的总方量，就达到了14200方，是平常的两倍多。”黄海波说道。

在杭黄铁路工程施工过程中，项目部精心组织、精细管理，依靠BIM技术平台，集数字化建造、智能化监控、可视化管理于一体，使隧道的设计与建设由粗放型向精细型转变，成为确保施工安全、进度、质量的重要保障。

这些场景，不但现场可以看，而且能在中交二航局项目部通过视频系统实时观测。有了这套系统，既可实时了解现场施工动态和原材料储备，及时进行调度管控和纠偏，也可强化对工程的安全和质量监督。

此外，混凝土输送车上安装了GPS车辆行驶和油料使用监控系统，为统一车辆调配提供支撑，还可防止混凝土、油料的异常消耗，成为文明施工的重要保障。“既要保证进度，也要最大限度减少扰民影响。”项目相关负责人说。

在这背后，50多名一流技术人员成为提升软实力的重要支撑。由于铁路项目概算清理和设计变更工作量较大，他们常在晚饭后集中在办公室审阅图纸、熟悉规范、编写方案。这就是他们的“战场”，同样活力十足、激情四射。

为了保证整个标段安全施工，项目部制定了比业主要求还高的安全管理体系。执行每月“二四八”频次的检查，架子队形成六大资料体系。与此同时，为进一步优化完善自控体系资料，项目部成立自控体系检查考核小组，制定奖惩制度。

2014年10月，项目正式开工建设之后，项目部包括架子队在内的所有管理人员都签订了《安全质量红线管理承诺书》，组建了QQ群，这个群的主要功能，就是“曝光”。规定每一名管理人员必须实现“一岗双责”。QQ群也成了“人人履责”的主要阵地，谁发现危险不论大小，都发在群里，一则警示，二则改进。到2018年，项目建设接近尾声，3年多的时间里项目部的每一个人都养成了习惯，到了现场，必须查看安全。

2016年8月18日，杭黄铁路重难点工程之一的桐庐隧道顺利贯通。杭黄公司董事长兼总经理王志平亲临现场，并向建设者表示感谢。他说：“在桐庐隧道整个施工过程中，中交二航局充分发扬特别能吃苦、特别能战斗、特别能奉献的精神，精心组织，精细管理，文明施工，确保了桐庐隧道顺利贯通。”

是啊，在这个值得铭记的日子里，我们是应该对每一名铁路建设的参与者由衷地道一声感谢！他们舍小家为大家，那种特别能奉献的精神难以忘怀！

正如铁路工人张根火所说：“有的人早上6点就来了，有的人夜里10点都还没有走，今年以来为了工程早日顺利完成，我只回过一次家，再辛苦也值得。”

2016年5月19日，杭黄铁路富春江特大桥完成全桥墩身浇筑；11月13日，富春江特大桥水上连续梁顺利合龙；11月29日，富春江特大桥连续梁全部合龙；12月6日，作为杭黄铁路的重点控制性工程——富春江特大桥胜利贯通。

2018年1月19日，标段内开始铺轨作业施工；2月5日，标段内铺轨工作全部完成。这时大家高兴极了，3年多的时间，33千米的铁路，安全施工零事故。为了这个数据，项目部的每个人几乎都变成了“千里眼”“顺风耳”，恨不得时时刻刻蹲守在现场，看护着每一位工人的安全，每一道工序的运转。至3月12日，杭黄高速铁路铺轨全线贯通。

5月1日上午，在杭黄铁路浙江段桐庐站施工现场，建设者们还在各自岗位上紧张地施工着。五一劳动节期间，施工人员坚守岗位，铆足干劲推进杭黄铁路桐庐段建设……

7月25日，杭黄高速铁路进入静态验收阶段；9月11日，杭黄高速铁路开始联调联试。

2018年8月，全国铁路系统现场会在桐庐召开，项目的边坡生态复绿工程也将作为杭黄铁路绿色标准化建设的样板，接受全国铁路系统专家和行业内建设单位的观摩和检阅，新版“富春山居图”将徐徐展开。

杭黄高铁与杭千高速

2018年9月6日，全国人大华侨委员会委员，浙江省十二届人大常委会党组书记、副主任王辉忠，市人大常委会党组书记、主任于跃敏，嘉兴市委书记张兵，率浙江选举产生的全国人大代表第一小组来桐视察杭黄铁路建设情况。视察组对我县前一阶段杭黄铁路（桐庐站）建设工作给予肯定，对我县立足大民生、大配套、大枢纽、大交通的定位，坚持“最美标准”不动摇，坚持便民惠民、以民为本导向不动摇，坚持科学精神不动摇，着力打造杭黄铁路最美站场的决心表示由衷地赞赏。

11月4日，杭黄高速铁路联调联试全面完成；11月11日，杭黄高速铁路开始列车运行图参数测试。

今天，杭黄高速铁路的开通运营，结束了桐庐乃至浙西不通高铁的历史，对改善沿线群众出行条件、优化和完善区域快速路网布局等具有重要意义。同时，该线路连接起杭州、富春江、千岛湖、黄山等名城、名江、名湖、名山，有助于促进沿线旅游业开发，推进区域经济协调发展。

生活因高铁而改变。飞驰的高速列车不仅改变着人们的出行方式，更颠覆了人们的时空观念。我相信一种因高铁而至的全新生活方式，正在为我们打开一扇扇崭新的大门。

当年我们所挤“绿皮车”的时光已渐行渐远，即将成为我们这代人的一种记忆。桐庐境内纵横交错的高铁梦，在时光的隧道里加速，一步步将成为现实。赶快收拾好行囊，倾听春天的脚步，载满人民梦想的“和谐号”，把世界带到了我的眼前，也把我带向世界的远方！

2020年7月28日

县乡道公路建设与改建

严冬季节，工地上没有挖掘机、推土机等机械的轰鸣声，但乡亲们修路的热情依然十分高涨。他们劳动时发出的『嗨吆、嗨吆』的声浪一浪高过一浪，这声音虽然很劳累，但也很鼓舞人心。因为这条江南公路就是在这样的声音中，山包一座座地在降低，挡土墙一道道地在垒起，低洼地一处处地在填平，公路一段段地在形成，一段段地在向着前方延伸着，并贯成了一条长长的线，这线似一条黄龙般地横亘在桐庐的江南大地。

风雨过后见彩虹

——江南公路建设纪略

十年“文革”期间，社会矛盾尖锐，党和国家遭受了空前的浩劫，国民经济几乎到了崩溃的边缘。因此，国家的各项建设也无从谈起，公路就是其中之一。

1976 年 10 月，中华大地爆发了一声惊雷：“四人帮”反党集团被粉碎了。经过 10 年的漫漫长夜，中华大地在经历严冬的考验和孕育后，开始复苏了，开始春意萌动。30 年前，桐庐县自电厂大坝下游起的富春江南岸共有 9 个公社，人口占全县三分之一，但这儿还没有公路，建设江南公路对桐庐人民尤其是江南老百姓来讲是多么的重要。桐庐大地风雨过后见彩虹，掀起了一股公路建设热潮，江南公路就是其中之一，于 1977 年 11 月正式开工建设。

一

江南公路起点富春江电厂大坝的南侧，终点深澳村，总长 40.11 千米，其中 8.7 千米为上杭至岩桥内线，建设标准为山岭重丘四级，路基宽 6.5 米，泥结碎石路面。这在当年算是一个重大交通基础设施建设项目。县政府抽调人员专门成立了工程建设指挥部，我是成员之一并参与了江南公路建设的全过程。

江南公路是按照“民办公助”方式建设的，上级的补助标准为每千米 1 万元，这光购买工程需要的钢筋、水泥、炸药也不够啊。

资金不足怎么办？我们只能把经费开支做到了节约再节约，常常把一分钞票掰开来当作二分用。没有钱，就用我们老百姓的一双双手来解决；没有机械设备，我们用锄头、洋镐，用畚箕、扁担。

一段段的施工任务划分到公社、大队后，沿线 87 个大队每天足有数万人上工地参战，每到一处，建设工地上都有一面面彩旗在那里随风飘扬，公路施工现场到处是人头攒动的景象。

虽然已是严冬季节，工地上没有挖掘机和推土机等机械的轰鸣声，但乡亲们修路的热情十分高涨。他们劳动时发出“嗨吆、嗨吆”的声浪一浪高过一浪，这声音虽然很劳累，但也是很鼓舞人心的。因为江南公路就在这样的声音中，山包一座座地在降低，挡土墙一道道地在垒起，低洼地一处处地在填平，公路一段段地在形成，一段段地在向着前方延伸，并贯成了一条长长的线，这线似一条黄龙般横亘在桐庐的江南大地。

在江南公路建设中，我不得不佩服我们农民兄弟的伟大了。当年无论水利或公路等大工程，几乎所有工地不都是他们呼啦啦地一堆人在劳动吗？他们挖土的挖土，挑泥的挑泥，有的挥洋镐，又的抡铁锤，有的扶炮钎，白天在工地上劳动，晚上回生产队画圈圈，虽然可记上 10 分、12 分的工分，但这工分是在一种不等价交换方式的劳动下得到的，待到年终分红还不是户户见赤字，最后成了一场场义务劳动。

指挥部三位工程技术人员，一个个忙得像个救火兵，他们不断地在工地上来回赶着，哪里需要就出现在哪里，等到下班回家早已天黑了，人也精疲力竭了。黑夜中的上杭渡、下杭渡埠，肯定会多出几声熟悉的叫渡声，那就是我们的施工员。

路基工程完成后，在筹划路面工程施工时，又遇上了一个又一个的困难。这困难就是江南公路远离大山，很多路段铺筑泥结碎石路面的石渣没有地方采，如金西至洋洲一带连一点可利用的石渣也没有，路面的铺筑材料到哪儿采呢？虽然，富春江有采不完的鹅卵石，可它深藏在水底啊。只有每天的后半夜至早晨这段时间，水电厂关闸停止发电了，江中的鹅卵石才会露出它的水面。

我们的民工为采运铺路石，在寒风刺骨的严冬，男女老少不得不抢在天明前踩着冰冷的江水，摸着黑走到富春江的沙滩上捡着石头挑着石头。有的为赶时间还动员家里的孩子们也上阵，一家人捡的捡，挑的挑，从江边朝着公路上挑石头，铺筑一块块的路面。

路面铺筑好后，压路的问题怎么解决？因为当时桐庐还没有一台压路机械，从杭州借台压路机即使不付租费，光来回 3000 元的运费也是一笔不小的数字，对当时来讲这可要占江南公路补助费的百分之一啊。这 3000 元钱毕竟太手重了，最后决定要省下这笔钱，没有压路机械，用石碾子来碾压公路。

对于现代的孩子们来讲，石碾是陌生的。而对我来讲，即使闭上眼也会再现它的容貌来：一个既大又圆的青石碾盘，高约1米，长1.2米左右，两头碾杠插在碾框里，在碾杠上系上绳用人或牛来拉动。当然，真正能使石碾在地上滚动起来，并一点点把路上铺的不平之石碾压下去，没有十几个人是不会动弹的，要把道路压平坦，得付出人们艰辛的劳动。如今想起，这石碾真像愚到极点又智到极点的老人，经它的滚动使铺上碎片石的路面慢慢地平整起来，让人有一种实实在在的感觉。

一分耕耘，一分收获。依靠沿线乡亲们一双双粗糙而有力的手，那无限伸展的长路才默默地在江南大地飘逸，并绽放出异彩缤纷，人民多年期待的江南公路在眼前变成了事实。

二

1979 年，人们所期待的那个春天早早地来到了身边。桐庐大地春意浓浓，农民兄弟又开始年复一度的春播生产。而我和同事们却忙碌着为江南公路通车作准备，因为江南公路要在这个春天里宣告通车了。

5 月 11 日上午，富春江水电厂大坝南侧，一辆辆大客车早早地停在了新建成的公路上，每辆车头扎上了一朵很大的红绸缎彩球，车顶一面面彩旗迎风招展，而车身两边庆祝江南公路竣工通车的横幅更是激动人心。

来自县级机关及厂矿的代表，来自各公社、大队的代表，更多的则是放下农活的当地农民，他们在等待着激动人心的那一刻，等待着牵系江南

1979年5月11日江南公路通车典礼

农村10多万人的江南公路的胜利通车。

这一天处处洋溢着欢乐的气氛。在简短而隆重的通车仪式上，农民出身、被毛主席表扬过的时任县委副书记严如湛同志，身穿一套传统便服出现在通车典礼上。当他为通车典礼剪彩并宣布江南公路胜利通车时，现场一下欢腾起来。人群在欢呼，在雀跃，而锣声、鼓声、鞭炮声、欢笑声更是不绝于耳，响彻云霄。

通车典礼的彩车依次沿着江南公路的起点出发，车上坐着县机关部门和厂矿的代表，坐着各公社、大队的代表，大家一起沉浸在一派喜气洋洋的氛围之中。

当我们乘坐的大客车驶上江南田野的路上，人们无不为此欢呼雀跃，兴奋不已，其场景十分感人。因为自盘古开天地以来，桐庐江南农村还是第一次目睹有客车从自家门前开过。

沿线的一个个村庄，人们早站在村口等待了，他们齐刷刷地在等待着通车典礼的彩车队伍到来。车队所经之地，村民满脸洋溢着灿烂笑容。他们自发燃放鞭炮表达着喜悦；而在农田插秧、耘田、拔草的农民，看到彩车徐徐到来，个个放下了手中的活儿，注视着彩车从身边开过。最难忘的还是彩车经过石阜珠山学校那一刻，数百名学生从教室奔出操场，然后跟在车后的扬尘中狂追，直到目送着我们乘坐的汽车远去，一种怅然若失的感觉袭上心时方才返回。

一路上，乘坐在车上的人们时而笑声朗朗，时而又从车窗里探出头去摆手示意。我端着相机对着车外把那激动人心、瞬间即逝的一幅幅画面，一一定格。

通车那一天，千年古村的深澳早已成了无人空巷，男女老少推推攘攘地全拥在村口等了。他们在等待激动人心的一刻到来。当一辆辆大彩车一停下，就涌上来一拨一拨看热闹的人群。他们在彩车的四周挤拥着，一个个乐不可支地围着汽车转圈，伸手触摸着车门、车灯、四个轮子，做妈妈的还抱起手中的孩子让他看看后视镜，一遍又一遍，直到有了满足感后才一一离去。

我知道，这其中有不少人还是第一次看到汽车，看到他们一张张笑脸，一双双眼神，我感受到的是一道道美丽的风景。从人们看着公路通车的眼神中，我知道这是老百姓的一种期待，这期待已经等了多年了，今天终于实现了。

看到这情景，我不知道说什么才好，唯一能做到的是叫每辆客车的司机赶快打开车门，让那些挤在车身旁抱着孩子的妈妈们和那些天真的孩子们去满足他们的一种欲望，去满足一下坐车的滋味。

今年，是中华人民共和国成立 60 周年，又是江南公路建成通车 30 周年，此时此刻我怀念起已经离开我们的张庆阁、李荣光、袁福兴三位同志。

当年我们曾在江南公路建设工程指挥部一起并肩战斗过，张庆阁和李荣光是交通战线的老同志，在人生的道路上都有一段坎坷的历程，而参加江南公路建设应该说是他们人生的新转折。他们没有看到江南公路的后来变化以及过多地享受这条路带来的福祉，更没有看到当年自己参与修建的公路两边，又多了 320 国道一级公路等四通八达的公路网，就匆匆地离开了自己喜爱的公路事业，永远地离开了这个世界。

曾为公路奋斗过的老同志们，若是在天有灵，看到桐庐今天日新月异的公路事业，看到今天一条条高等级公路横亘桐庐大地，我想一定会很欣慰的。

1999年5月11日

1978年深澳公社实现队队通公路的一次采访

1978年3月17日，我来到深澳公社了解队队通公路情况，采访的对象就是时任深澳公社党委书记徐关罗同志。当年我与他是因路而相识的，后来也是因路成了忘年之交。

当天徐关罗书记说，70年代以前我们深澳公社还没有一条公路哩。

那时连自行车都很难骑，我们公社里唯一一辆自行车也没人会去骑它一下。特别是谁家有个生病急痛的人，如果不及时送，没准抬到半路就命归西天了。尤其农村社队企业一家家发展起来，深澳多么需要有公路啊。

1976年，华丰大队有位20岁的小青年，山上干活时不慎跌伤，结果就是在路上抬了几个钟头，抢救不及时而命丧黄泉，假如有公路的话他就不会死的。

徐关罗书记又说，人家机械化，我们深澳还是靠肩膀，这里就连双轮车也派不上多大用场。当时农村开始用手扶拖拉机耕田了，但是在深澳是必须把手扶拖拉机先拆开，然后由人抬到田里拼装好才能使用。因为没有路，当时公社有辆小四轮拖拉机停在公社农机厂硬是坐了几年“禁闭”。

在这样的形势下，我们深澳公社党委才下决心要修建公路。

但是，在深澳这地方真要修起路来，也不是一件很容易的事情，首先遇到的难题就是土地问题，因为深澳这个地方人多地少。

刚开始，公路定线三次都打不下去一个桩，主要是大家思想有顾虑，因为要想修路又怕损失良田。后来公社党委通过做工作，向干部群众大谈实现农业机械化需要公路的大道理之后，才统一了各大队干部群众的思想，动员全公社每个生产队出劳力，集中力量突击修公路。

当时只有人均3分多点田的深六大队，修公路的事群众抵触情绪比较大，后来通过做工作，思想一通，办法就来了，造公路损失的土地，我们可以改溪挖山去夺回来。结果尽管损失了140亩土地，硬是通过造田夺回了344亩。

西坞大队为修路造桥损失了3亩多土地，他们通过在其他地方去造田给补了回来。

后来各个大队听说要造公路，他们都把田地事先空在那儿等了。

为达到队队通公路的目标，公社党委一方面大张旗鼓地宣传发动，一方面把建设任务分配落实到每个大队、生产队，有的队还把修路搞定额责任制，按完成任务的好坏规定务工工分。在深澳公社一条条修路的工地上，到处一片热火朝天的劳动景象：有的大雨大雪不停工；有的大寒天气干得光膀子；有的四五点钟就背上工具到修路工地干开了。有位退休工人当时已经70多岁了，为了修公路尽义务，他每天上工地干活挑190多斤的担子。

1979年5月11日，看江南公路通车典礼

几年工夫，全公社修公路投工15万工。

公社党委还专门制作了三面红旗，开展劳动竞赛。梧村、深澳两村发动群众修路进度快，得红旗；而石泉大队虽然施工进度慢了点，受到了批评，但没过多少时间，后来居上竟夺回了红旗；并且在公路施工现场半个月开了4个现场会，抓两头带中间，加快了公路进度。

涵管没有钱买，土法上马就用石头来砌筑。

建公路需要的材料，到四面八方去求援。就连公社造房用的黄沙、石子也拿出来用到公路上了。

没钱买炸药，砌坎的石头发动群众到处去找，有的到溪里去挖，有的连砌墙脚的石头都拿出来用在公路上。如华丰大队砌石坎的石头跟不上，把当地农户造房用的石块也借来用上了。

有座墓穴，无论改田或什么运动都没有办法把它迁移掉，而为了修公路，墓主人的后代却主动让路了。

这次采访有两件事我记忆特深，一件是徐关罗书记当时叫来了李增喜并交代说："增喜，到街里去称点肉来，今朝马尔来了，烧碗红烧肉给他吃吃。"现在一碗红烧肉恐怕也算不了什么，而在当年的条件下，徐书记叫人给我烧碗红烧肉，这是足足可以感动一辈子的。

另一件事情，就是在那天我第一次看到了一座高高的环溪安澜桥，还听到了一个当年桥造好后，造桥师傅不敢拆桥架的故事。

告别探汉岭

——岭源至洪坪公路建设纪略

那些曾经流逝的记忆再一次浮现在我的脑海，记忆的清晰让我再次回到当年所经历的点点滴滴。过去的一切虽然已经远去了，但回忆能让我更加怀念那些遗失的美好。

退休后，尘封了30多年的一段峥嵘岁月，今天忽然想起了它，虽然没有参加这如火如荼的修路过程，但我当年参加了这条公路的通车典礼，我知道这条公路修建的一段艰辛历史。

岭源至洪坪公路的建设历程，是最让人感动也是最值得引起人们自豪的。因为，这是当年岭源公社依靠“民办公助”方式修筑的一条农村公路，它是桐庐公路建设史上很典范的一条公路，修路的经验曾在全省范围内推广。

一

1979年5月，桐庐大地雾幕氤氲，细雨润物，春光熟透，夏绿始现的季节。山中的鸟儿隐藏在岭源公社麻溪峡谷两旁的树丛中，用它们那圆润、甜蜜、动人心弦的鸣啭，唤醒了人们新的希望。

雨后初晴的一天，岭源公社所在地的小茆坞村庄，处处红旗招展，人头攒动，热闹非凡。人们聚集在这里参加岭源至洪坪公路的通车典礼。

这次通车典礼还邀请到了省、市交通部门的领导，省交通厅副厅长蔡体楞亲自到场祝贺。这是我继江南公路通车后，第二次参加这样的公路通车庆典，其心情也格外激动。

通车仪式后，我们乘坐的大客车行驶在新建成的公路上，全被那沿途村庄的一派喜庆场景感动了，沿线的村庄内早已是空无一人。

车队过探汉岭脚村庄后，我们就来到门户庄严的麻溪峡口。眼看着重峦叠嶂扑面而来，新建的公路像是一条巨蟒蜿蜒在麻溪峡谷的左岸。车子越往里开，四围的山包得越发紧了，仿佛是前无去路的样子，并且山势峻峭，看上去觉得格外高险。

这时，浮在半山的薄雾已升到山头。阳光充满峡谷，面前有一片裸露的花岗岩山体出现，使人大有“苍崖忽相逼，绝壁凛可悸”的那种感觉。这是我第一次见识如此壮美的山景，赶紧下车往车前方向奔去，把这车、这山、这雾、这阳光一起定格在我的相机之中。

我们乘坐的客车开始沿着陡峭的山崖盘回而上了，越升越高，到了丫口处，我和王天瑞老师就迫不及待地下了车，因为我们要站在岭巅拍盘山公路的画面。

这儿是小洪岭，往西北俯视，眼前一条平平宽宽的公路像是一匹彩绸，从我们的脚下抛出后，在山坡上转了几个弯就一滚而下，一直滚到了远去的洪坪村。我为这儿的盘山公路而感慨！这公路的壮观气势，堪称桐庐当年盘山公路之最。

1979年5月，岭源至洪坪公路通车典礼

见到扎着大彩球的客车从家门口新建的公路上一一驶过，沿途村庄的群众自备鞭炮燃放起来，其场景充满了欢乐与喜庆。而最热闹的恐怕还是在洪坪村了，全村男男女女、老老小小早就在村口齐刷刷地等待通车典礼彩车的到来。浓浓的乡情和喜庆的氛围，让人感受如沐春风，鞭炮声与欢笑声交织在一起，洪坪成了欢乐的海洋。我端起相机把这感人的场景一一拍了下来。

1999年，我拿着30年前拍摄的照片到洪坪村去给老乡们看，照片中放鞭炮的小伙已变成老头了，而那一个个小姑娘也早已成了当家主妇了。他们看完这一张张旧照片，不约而同地在心头勾起了一段对美好往事的追忆，这往事让人感慨万千。

洪坪属于原岭源公社三合大队，它与黄山、茆源、岳山三个大队地处桐庐最西北的僻远山区。那儿交通闭塞，压在人们头上的一座座山岭让人吃足了苦头。人们想走出山外去看看，要爬上几个钟头的崎岖山路，还得翻越连山羊到这儿也会累得呼吸急促、大口喘气的探汉岭。

探汉岭，旧称汤安岭，位于岭源公社的麻溪南岸，岭长七八里，道窄坡陡，蜿蜒盘曲自古为天然屏障，素有“山高齐云，探入霄汉”之称，原来是分水县北面关隘之一。这儿旧时是到昌化的必经之道。1934年11月29日，中国工农红军第十九师在师长寻淮洲率领下，由赣入浙，经淳安岔口进入桐庐境内，就是翻越探汉岭后再转昌化北上抗日的。

探汉岭的山路似蜿蜒曲折的一根细线，它挂在那断崖绝壁上，风一急，好像会被吹断一样。就是这条藏在杂草丛中的羊肠小道，在当年，却是三合、岳山等大队独一无二的生路。曾经有多少村民上山下山，来来往往，踏着这条小路，翻越探汉岭，脚底的汗水差不多把石磴都浸透了。

三合、黄山、岳山等大队每年产茶1000多担，桐籽900多担，萸肉500担，还有大量的木材、毛竹等资源，这些东西都得靠肩挑背驮地走羊肠小道，翻越探汉岭才能挑出山外，而日常用的物品与粮食又得经过探汉岭一担担地从外面挑回家。

木材烂在山上，毛竹用来烧炭；谁家有个人生病上趟医院，非得用七八个人抬不可；小孩到山外读书要翻山越岭。山里山外两重天，其苦难言。这里的老百姓多么希望有一条通向山外的公路啊！

二

1972年，冬天已严严实实地浸透了整个桐庐大地，在岭源山区即使寒风不兴也觉得脸上割得痛痛的，静穆的山卸去了青绿的妆束，露出它黄褐的肤色，赤条条地交给了冬天。

而这时岭源公社正在召开的全公社党员大会的会场却热火朝天。会议开着开着却偏离了主题，人们朝着修路的事儿上议了开来。原三合大队党支部书记吴龙爪站起来说："要说我们山区的农民苦，苦就苦在资源没有出路；我们山区的农民穷，穷就穷在公路没有通。这条公路不开通，小洪岭若降不下去一丈，我死也不瞑目啊！"

面对干部群众要求修通公路的强烈呼声，1973年春，公社党委就公路建设问题专门召开一次次会议，并就开通茆源、洪坪等大队的公路问题统一了思想，提出"一年到黄山，两年到茆源，三年到岳山，四年实现队队通公路"的重大决策。

当交通工程技术人员包宗明同志测量好岭源至洪坪等地的公路后，拿出了设计图纸一测算，完成岭源至洪坪、黄山至茆源等公路，共需资金50多万元，这在当时可算是天文数字。干劲有了，图纸有了，但缺少的就是钱啊。

其实，岭源公社当时的7个大队都很穷，有的穷到连公社布置工作张贴几张标语，也得由公社拿红纸去才行。再说公社财政也是个空壳子，靠寅吃卯粮过日子，哪里还有什么钱可拿出来修公路啊。

再说，全部依赖交通部门的投资也不现实，全县几万块民间交通建设经费，哪怕全甩在这几条路上也不够。更主要的是，公路经过之地，山势地形复杂，尤其是麻溪两旁的山体全是壁如屏的花岗岩，临崖临水，光是桥涵就有120多道，工程非常艰巨，施工十分困难，怎么办？

面对困难，岭源公社党委的领导们，他们没有退缩。没有资金，坚信群众中蕴藏着无穷的力量；没有技术，他们可以边干边学。这时，公社党委成员分头下至基层，到各大队召开党员和群众骨干会议，一方面统一修路的思想，另一方面从干部群众中征集修路的办法和措施。

通过层层发动，各大队的干部群众表决心了，有的说“哪怕我们社员年底不分红，也要把公路开通”；有的说“有钱的出钱，没钱的出力，也要全部投到修路中去”；还有的决心更大：“为了通公路，不要说损失几亩地，就是房子挡道我们也拆。”

思想统一了，决心有了，修路的办法也就出来了。

全公社受益大队每人投资20元钱修路。这20元钱对当时每个劳动日只有七八角甚至少到三四角分红的农户来讲是多么难能可贵。因为这在当时农村，谁家有个一二百元钱就可动手造房子的年代啊，不要说家里有存款，大多数人家的零花钱也是靠着老母鸡的蛋去换的。

而且除了投钱外，每个劳力再投工20天。凡是土方路段，无论挖方或填方，全部依靠当地社员投工来解决，而且这任务连公社机关和当地供销社等单位也同样分配，就连公社中心学校的学生们也要上工地参加修路。

没有技术人员，他们就调来了学校的老师，请他们来测量放样和计算工程量，反正好动员的、该利用的，在公路建设的工地全都给用上了。对于坚石路段由公社统一组织施工，岭源至洪坪公路建设终于这样拉开了序幕，于1973年9月工程正式开工建设。

修路工地上，男女老少自带工具参战，他们为了劈山造路，冒酷暑，顶严寒，肩膀磨破了皮，双手挖出了泡，有时甚至还点起火把挑灯夜战，却没一个人哼一声苦。

筑路工地处处涌现感人场景。在那特别淳朴、厚实具有吃苦耐劳的人员中，有一批人担当起了主角，那就是各大队派到工地上来的女同志。她们干活与男同志一争高下，有的还把自己的小孩也带到了工地，比如黄山村刘彩娥、三合村童满玉等女同志，她们干活时还把孩子背在了身上，大人吃苦，把婴幼儿也连累上了。这一幕，真叫人心酸！

走进热火朝天的施工现场，让人感受到岭源人有一种气吞山河的气概。土石方运输缺少工具，他们硬是用扁担挑、用双手捧；路面施工急需细料和黄泥，公社指挥部发动群众到附近山上的石缝中去一点点抠，到溪涧里去一点点挖。

他们挖平了一个山包又一个山包，开通一条拉沟又一条拉沟，直至公路一段段地像模像样地形成。一条穿越千年沉寂群山的公路路基与外面的公路连在了一起，给生活在闭塞、贫困中的山民带来新的希望。

齐心协力劈山凿路的壮举，在当地引起反响，也得到了各级政府的肯定。县政府组织各公社代表到筑路工地来召开现场会，市、县交通部门领导一次又一次亲临工地指导与检查工作，领导们的到来极大地鼓舞了村民的士气。

修路最大的难题是征地拆迁，而这里却没有这难题。工程技术人员的花杆瞄准到哪，公路修到哪。老百姓对用掉自家的土地，斫掉自己的树木一点也没有怨言，一个个显得非常大度。他们表示，为了通公路，不要说损失自家的田地，哪怕房子挡道也要拆掉让路。

外黄山村董传乐家一座好端端的厕所因开路需拆除，用不着集体赔一分钱，他爽快地为公路让了道。小洪岭至洪坪段的线路范围全是临安二联村的土地和山林，为了公路，指挥部人员只与二联村干部打了个招呼，他们无偿提供了山林与土地，仅在完工后授了个感谢的镜框而已。

洪坪至瑶源口公路的路基刚刚有点儿模样，一天，指挥部负责人童振华找到三合大队支书吴龙爪说，三天后杭州市交通局周文贵、曹树久等分管领导要到这儿来检查公路建设，吴爪龙当即表态，三天内我保证做好路面，如果不能完成，我会负责把领导乘坐的汽车抬到瑶源口去。

经过岭源公社4000多名民工的艰苦努力，终于圆了公路梦。公路开通的那一刻，大家反而沉默了，人们抚着手中的锄头铁锹，热泪盈眶。因为，老百姓将要彻底告别探汉岭、小洪岭及麻岭了。他们已经好久好久没

1979年5月岭源至洪坪公路通车典礼

有激动过了。然而，就因为公路将要从自家门前经过，人们沉寂许久的情感竟然又奔放起来。

路还没通，我们已看到了倔强而又乐观的岭源人为我们描绘的蓝图：让山上的木材、毛竹走出山外，还要让更多的荒山植树造林，让村民的荷包鼓起来……那时候，使这里真正成为世外桃源。

岭源至洪坪公路于1973年9月开工，至1979年5月全线竣工，投工25万工，开挖土石方23万立方米；黄山至茆源公路于1978年10月开工，至1979年7月竣工；洪坪至里陈家公路于1979年4月开工，至1981年1月竣工。至此，岭源公社所属7个大队全部通上公路，建成公路33千米，而且37个生产组有32个通上公路，比桐庐县2000年底实现村村通公路的乡镇足足提前了20年。

7年在历史的长河中只是一瞬间，而在岭源至洪坪等一条条公路的修筑历程中，它是很漫长的。当年岭源公社党委动员群众投工投劳修路的事迹，省交通厅在富阳召开的全省交通工作会议上给予了表扬推广。

2000年10月21日

县道柴雅线雪水路段

雪水岭，不再寂寞

——三源至新合公路建设纪略

桐庐县新合乡旧时称四管乡，处于桐、浦、诸、富4县市交界处，距4县县城各40千米，交通阻塞、地势险恶，实际上当年是个国民党鞭长莫及的四不管乡，恰好也成了金萧支队的革命根据地。

新合乡的老百姓当年为新中国的成立曾做出过巨大的贡献，但是解放都已30多年了，这里还没有一条公路可以通向县城。人们到县城走一趟，不是翻越杨家岭、雪水岭步行个七八个钟头，就是绕道浦江、建德才能到达。如果遇上马岭塌方或雪阻，还得绕道更远的兰溪，新合乡的交通条件太落后了。新合老区的广大群众多么渴望走出大山，祈盼着有一条属于他们自己的路，通向城镇、通向富裕……

自1954年起，担任里松山村的党支部书记达30余年的钟宜迪老人，说起当年新合的交通情况深有感触，他说："新合在1972年前是没有一尺公路的，当年我到桐庐县城去开会，唯一能走的路就是翻越杨家岭山路，若遇下雪天，我还要用草绳在鞋上缚起一道道来防滑，否则掉进山沟也没人晓得。我们这里的老百姓苦就苦在没有公路啊。”

一

1978年初，为方便老区群众的生产、生活，改善当地的投资环境，促进革命老区的经济发展，在当年金萧支队老同志的关怀下，县政府把修建三源至新合的公路问题列入了议事日程。

1978年7月，肖岭至三源段公路开工建设。当年我在江南公路建设指挥部工作，该工程由我们指挥部的同志兼管。在肖岭水库高挡墙的工程施工中，我和王维亨工程师一次又一次地骑着自行车到这儿。一过肖岭，我感觉山峦重叠，纵横起伏，山也愈来愈陡峭，愈来愈高了。原来，这儿的公路是在手推车的小路基础上拓宽的，经过肖岭水库那一段，巉岩壁立，这路是从峭壁上凿进去的，是从水库脚用石块砌上来的，沿着山体蜿蜒而向山里延伸。工程异常艰巨，1980年完成四级标准的泥结碎石路面公路。

1978年8月1日，县交通局领导及工程技术人员就三源至新合公路的线路走向开始现场踏勘。我们一行数人带上花杆、皮尺等工具，从县城乘车至三源公社所在地下车后，由当地干部带领，从钟家庄开始朝着大山深

1978年8月1日，
县交通局领导和工程技术人员勘探肖岭水库段线路走向

处的松香坞村行走进发。

在杨家岭西北的松香坞村农户家稍作休息，并喝上一碗“神仙茶”后，再由当地向导带路，沿着古人走出来的那条山径，一步一步地翻越杨家岭。

杨家岭是为在桐庐境攀登的第一个高高山岭。

选择攀登杨家岭的日子，天气很热，阳光很足，许多灰暗的、轮廓朦胧的云片，悠闲地浮在湛蓝的天上，山风虽在不断吹拂着，但仍不能驱走暑天的酷热，又热又闷的空气，像划根火柴就能点着了似的。

杨家岭那1368档踏步，每挪动一档都会让人气喘吁吁。行至半山腰，向导把我们带到一乱石堆上稍坐，突然，屁股下感觉有一股凉风往背上吹来，酷热的8月天，周身顿觉暑气全消了。

原来这是杨家岭最有名的风洞，在原三源乡境内类似这样的风洞还有很多，如华家塘村一农户家旁，无论外界的气温有多高，而石坎缝中吹出的风只有14℃。

爬上杨家岭山巅，我们驻足往东远眺，但见这里的大山雄浑起伏，敞开她宽阔的胸怀。这儿之所以能成为当年新四军活动的根据地，因为这里有母亲才有的这般胸怀的大山。

现场踏勘后第三天，包宗明工程师就带着一批工程技术人员进军杨家岭了。他们从三源钟家庄开始测量，然后翻越杨家岭，一直测到新合外松山为止。

当时选择这条线路，应该说是经济合理的，它不仅里程短，而且还少损失沿线村庄的土地。

但是，后来有人建议三源至新合公路应该翻越雪水岭，虽然路程比走杨家岭到新合要远，但这样能把三源、新合两个公社的大多数村庄串在一条线上。最后选择雪水岭建设三新公路应该说是更合理的方案，因为公路的受益面会增加更多。

雪水岭是三源与新合交界的一座山岭，属于浙江龙门山脉。附近山峰的海拔均在八九百米以上，周围山峦层层叠叠，连绵起伏，直插云霄。春日花发，满目堆金错秀；深秋叶红，通体色彩斑斓；飞鸟时而钻入林间树丛，时而翱翔蓝天，景色壮美。

1979年夏天，交通勘察设计人员走进荒芜人烟的雪水岭大山，白天钻在阻碍施展手脚的杂树藤棘中，或瞄着前方竖着的标杆在定线，或两人拉着皮尺在认真测量着长度；夜晚在农户家昏暗的灯光下计算、描图。大家的心愿只有一个，那就是尽快拿出设计图纸，让革命老区的群众尽快走出雪水岭大山，建一条通向县城、通向富裕的大道。

我的同事们放弃了休息，也忘记了回家，就连工资、粮票也有几个月没到单位来领了。

这时，我想起该为他们去送工资、粮票了。我从桐庐车站搭乘班车出发，绕道芦茨、马岭、浦江后，再辗转到新合公社所在地外松山。然后沿着小路搭乘手扶拖拉机一路颠簸至一旧庄，再沿着雪水港那条小溪徒步赶往雪水村，及至到雪水村已时近黄昏了。

第二天返桐，我没有按原路折回，而是翻越雪水岭往回家的路上走。这是一条古老的山路，我的表妹夫是雪水村人，当年我的表妹就是走这条山路嫁到婆家的，据说从县城到雪水村足足走了八九个钟头。

后来，有了桐浦公路，新合与县城往返大都乘车绕道了，这条古老的山路也开始被冷落了。山路一旦走的人少了，就会变得树枝藤蔓交织，荆棘丛生起来。在雪水岭山顶与亲戚道了别，我远望着将要回家的路时，只见路也不知在何方了，而伸向远处的是苍茫的峡谷。过雪水岭，我走在通往山下的小径上，手执棍棒边拔开树枝藤蔓交织，边敲打着草丛，直往回家的路上赶。

二

1981年7月，新合老区人们日夜盼望的公路——三源至新合公路正式开始建设了，工程建设指挥部设在雪水岭西北山脚的一幢平房内。

三源至新合公路全长25.83千米，尽管县交通局当时的干部、工程技术人员很缺乏，但为了确保工程建设，还是设法抽调人员组成了指挥部的工作团队，这毕竟是当时县交通局的一个大工程啊。1979年9月23日，县工业交通局分设后，我虽然被调至县交通局办公室工作，但为了工作我也经常跑工地。

开工后，采取分段建的方法，于1982年起先后完成新合至雪水段和三源至雪水岭段的路基工程建设。

建设者们为了把公路修到雪水岭的山那边去，冒着严寒、顶着酷暑，几年如一日地战斗在深山僻壤之中。这里远离村庄，这里荒芜人烟，他们虽没有豪迈雄壮的乐章，没有惊天动地的壮举，但在火热的工地，个个致力于跨越，勇于迎接挑战。

昔日的筑路人，他们是多么艰辛啊！雪水岭的山坡上用茅草搭着一个个小草棚，这草棚按乡人的称呼为“狗头舍”，是供狩猎或管山人用的，草棚小的只能挤上二三个人。

当大地刚从薄明的晨曦中苏醒过来的时候，在肃穆荒凉的雪水岭上，就开始传来一阵阵“嗨哟吆嗨哟吆”的劳动声，这声音铿锵有力。白天，筑路民工攀爬在悬崖峭壁上，头顶着火辣辣的太阳，脚踩在烫人的崖石上，一个个“嗨哟吆嗨哟吆”地挥舞着大锤、扶着炮钎，一天又一天这样重复地劳动着。

夜晚，民工们就挤在这小小的茅舍中，忍受着山谷中的潮湿闷热煎熬。那山上毒虫很多，蚊蝇滋生，身上总是被虫咬得一块红一块紫的，且奇痒难以忍受。而一日三餐吃的菜，除了榨菜皮还是榨菜皮。为了桐庐的交通建设事业，筑路民工们付出了常人难以想象的艰辛，有的甚至在此贡献了生命。

在雪水岭西北坡，有条五六百米的悬崖峭壁。这峭壁堪称三新公路上的一只拦路虎，在这样险峻的地段上要劈出一条公路、铲除拦路老虎，其困难是难以想象的。但我们的筑路民工们经过一个又一个的日日夜夜，在这一华里悬崖陡壁上打出了数以千计大大小小的炮洞，为了争取分秒时间，就这样苦苦地坚守在工地上。

他们腰系保险带，穿梭在悬崖之上，然后立稳在峭壁之上，手握着铁锤，先往凿在岩石上的炮钎轻轻敲三下开门钎，接着就前手往下捺，后手往里拽，抡起大铁锤，高高地举起，狠狠地落下。这一锤一锤地狠命敲击，铁锤与炮钎叮当叮当的撞击声与嗨呦嗨呦的号子声、风声、雨声交织在一起，震撼着雪水岭的山谷。

我被这动人的场面震撼了。筑路工人真的很伟大，他们起手似蛟龙腾空，下锤如横扫千军，其形态潇洒自如，姿态优美，老练的绝不会有滑锤发生。他们形容自己的职业是“嗳嗨呦化工厂”，这是多么贴切的比喻啊！我想，这“嗳嗨呦”的声音真是美过一切音符了。

是怎样的精神，让我们交通人能甘于相守寂寞工作在雪水岭筑路工地？担任现场施工的姜宝荣同志，为建设新合老区公路，天天坚守在施工现场第一线。他对工作认真负责，勤检查、严把关。有一次发现工程质量有问题，他叫来施工包工头，黑着脸说：“全部返工重来！”直到包工头拿着刀与他要拼命，但姜宝荣同志没有畏难，没有退缩。

担任三新公路总设计师的包宗明工程师，忘我的工作精神更是让人赞叹不已。1983年1月19日，他正在读初中的儿子得重病，这时正需要做父亲的在儿子身边照顾。包宗明同志顾不上儿子的病情，2月2日，因公路改线需要他，他带着人马又钻走进了雪水岭大山。这时的包宗明只能在心中暗暗为儿子祈祷……没想到他的儿子由于得不到及时救治，3月11日离开了人世，这件事包宗明同志一直很内疚。

在广大建设者的共同努力下，公路就这样在深山坞中不断向前、向前，向着外界延伸。我们在流汗的同时，内心禁不住地叹息筑路人的艰辛与伟大。我每一次到这儿的工地，心中就会感叹这些筑路民工真是不容易啊，哪怕是不修路，只是在这个地方睡上一晚，也是个了不起的功臣呀。

三新公路的建设，时刻挂在各级党组织和政府领导的心中。雪水岭拉沟开通的那一天，县长方仁祥风尘仆仆地登上了雪水岭，为开山筑路的民工送来了祝贺；1983年的一天，工程建到关键时刻，杭州市交通局鲍长根局长带着市局全体班子人员到雪水岭施工现场视察、检查工程建设情况。上级领导的到来，对广大建设者来讲是无比的关怀，也是最大的鼓舞与鞭策。

1983年的年三十，大雪纷飞，而雪水岭上的积雪更比山外深，都齐膝了，在这儿开山的民工却仍在山上的茅草舍中过年。这时雪地中, 一抹纤细身影慢慢地向着雪水岭移动着。原来是新合、三源公社的领导们扛着大米、菜油及豆腐皮等物品来慰问了。

一天，我突然想起我同事在雪水岭住着、工作着，其生活肯定很艰苦，应该为他们送点什么才是。尽管当时的物质异常匮乏，但我还是想方设法买了200只松花蛋，再买了点榨菜皮之类的菜，然后用两只白铁桶将菜挑到雪水岭去。

这一天乘下午客轮从柴埠上岸，边搭拖拉机边走路。待我走到钟家庄时天已经黑了，而钟家庄至雪水岭这段路已是没什么车可以搭乘了，我只好一路摸着黑急匆匆地往山里赶。戴家畈村一过再往里就看不见点滴儿灯光，因为山里已经没有一户人家了。就这样，我担着两铁桶的菜，独自一人壮着胆行走在深山荒野中，待到看见闪着光亮的指挥部居地时，已是深夜10点多了。

当年刚建成通车的三源至新合公路小岭水库段

在茫茫山谷之中，竟然有一条清晰的绵延无尽头的公路横穿其间。这就是我们桐庐交通人最伟大的成果，因为是当年无数的筑路人在经过了无数的艰辛困苦之后，才开辟出这条通向革命老区的公路。

我每次路过这段公路，都会下车看一看。这路的一边是壁立悬崖，一边却是万丈深渊，看到险象环生的公路，心中感慨万千。

通车典礼异常热闹，市县的领导来祝贺了，当地老百姓来参加了，松山的板龙与湖田的竹马也来凑热闹了。

柴埠至仁村公路全线贯通是在1985年2月13日，当时我已在桐庐航运公司担任经理，因繁忙的工作没能去参加三源至新合开通的竣工典礼，确是件憾事，但指挥部的同志还是给我送来一条毛巾被作为纪念品。因为，为了三源至新合的公路开通，我曾出过微薄之力。

1987年，新合乡在交通部门支持下，又完成仁村至雅坊公路建设，而后雅坊又与诸暨马剑公路接通。

柴埠至雅坊公路的全线建成通车，是桐庐交通非常了不起的一次跨越，它寄托了人们太多追寻的梦想。从此，老区人民往县城可放下沉重的包袱，结束了肩挑步行的历史，初次尝试便捷交通给人带来的福祉了。

2010 年 11 月 30 日

我与公路再续缘

——桐庐至钟山公路改建纪略

有一天，我的人生竟翻起了一段意料之外的波浪，渐渐远离了公路，远离了晨烟暮霭点缀下、清山秀水陪伴下的公路，走马上任当上了桐庐航运公司经理。

也许今生对公路还真有那种永难磨灭的缘分，数年后，离开公路转了一个大圈后，我又重新回来了，回到了曾经熟悉的岗位——公路。从此，一年四季，我就奔波在公路上。秋月春风，夏日冬霜，脸庞变得越来越黑，头上的银发也渐渐地多了起来，直至满头白发。或许我对公路前世有缘，今生有约，公路这事越干越得心应手，更没料到会在以后的日子里，竟和公路成了很要好的朋友。

桐钟公路是我人生经历中参与建设的第二条公路。上了年纪的人恐怕不会忘记当年流传在耳际“汽车跳，桐庐到”的那句流行语。30年前，行路难、乘车难是桐庐人反映最为强烈的社会热点。那时的公路不是坡陡弯急，就是路面狭窄、坑坑洼洼，乘车人不知遭受多少的颠簸之苦。

改革开放的强劲东风，推动了桐庐的交通建设事业。为改变桐庐公路落后状况，交通部门首先加速境内主要干线公路的拓宽改造。桐钟公路就是这一时期拓宽改造的第一条县道公路。

1986年11月20日，桐钟公路改建工程正式启动。我到该指挥部并担负起负责工作时，已是1987年11月，且第一期横村至丰乐亭段2.6千米的路基改造工程基本成雏形。

当时碍于地方政府财力所限，桐钟公路拓宽改造采取逐年分段改造的方法进行。1986年11月，先开工改造横村至丰乐亭段；1987年底开工丰乐

改建后的桐钟公路，即桐郑线旧县境内段

亭至莪山段、旧县至横村段；1988年底开工莪山至钟山段、西武山至旧县段；1989年底开工洋塘路口至西武山及钟山集镇段，然后逐渐浇筑水泥和沥青路面，前后工期达4~5年，1991年元旦全线恢复通车。

桐钟公路是县道桐郑线桐庐至横村段和县道徐七线横村至钟山段的合称，该两段公路分别建于20世纪的六七十年代。这次列为改造的里程为22千米，改造标准为山岭重丘三级，路基宽10米，为7~9米水泥或沥青路面。

旧县集镇沿江那段改线是工程最为艰巨的，为了把这段工程真正建成放心工程，我们指挥部的几位同志严格把好了各道关口。首先是原材料进口这一关。在数万方块石中决不能用上一块风化石，在基础施工中更是做到万无一失，因为下基的地方刚好是条古溪的河道，我们采用松桩打基，硬是在江边的基础地夯下密密的一排松树桩的基础，再在松桩上架起一层直径20厘米以上的松树横梁，横梁上再铺水泥混凝土块石基础，而石坎缝隙用20#砂浆灌缝并用震动棒一一震捣密实，使档墙成为一体。

实践证明，当年我们这样抓质量是抓对了。这石坎20年过去了，它承载着一辆辆过往汽车的重压，经历了“6·30”这样一次次大洪水的冲刷，它丝毫没有动摇，仍然巍然屹立在分水江畔。

王根木同志是指挥部聘请来的施工员。他养路工出身，有着丰富的现场施工经验。当时他已是60多岁的人了，人很瘦，有点能被风吹走的感觉，但抓施工质量却似磐石一块，硬碰硬掺不了半点的假。一天上午，我检查工地到了旧县，原本早该在工地的老王，怎不见他的人影呢？后来我找到老王住的地方，才知他带病坚持了好几天，这一夜因拉肚子起来了十几次，这时人躺在床上起不来，整个人更瘦得仅剩一层薄皮包着骨架……

再说，当时除了手扶拖拉机外，用锄头铁镐挖、用扁担畚箕挑是公路一点点延伸的唯一办法。老路被破坏，新路又没好，班车停开了，厂车也通不来了，但沿线群众却没有半句怨言。

横村至奚家坑这段路是当年堵车最厉害的地方。这儿的挖方路段，遇上下雨天，路基一翻浆，汽车的四个轮子就陷得没法动弹了，即使大家一起去推也不能向前移动一步。尽管我们将块石及宕渣一车车地往翻浆的路基上去填，但没过多久，块石、宕渣就变得无影无踪，这路仍泥泞不堪。

横村可是桐庐的轻纺重镇啊，车辆装货载物少不了要经过这儿，我蹲在路边的山坡上一筹莫展……

这时，有位40多岁讲温州话的人到我跟前打听一个人，当我得知他是常年在外修公路的后，指着这泥泞不堪的路基说，假如你能把我这个问题解决好的话，你不用去找你所要找的人，留下来就有生活做了。没想到第二天他带着一帮人来这干活了，而且经他们几天一干，这儿竟奇迹般地恢复通车了。这人名叫吴金魁，后来干筑路这行当干了十几年，并且全家还在桐庐落了户。

莪山与钟山两乡交界的胥子岭，公路改建需要降坡一二十米，这种工程对今天的施工条件来说并不复杂，而当年仅靠那突突冒着黑烟的手扶拖拉机，靠着锄头、铁锹来挖，靠着扁担畚箕来挑作为公路一点点延伸的办法，其工程就显得异常艰巨了。

1989年底，桐庐至钟山路基工程全线贯通，有的已完成泥结碎石路面的铺筑，有的开始浇筑水泥路面了。

改建后的桐钟公路，即徐七线莪山境内段

铺筑路面时，莪山至钟山段遇到铺筑路面的宕渣没地方采的难题。怎么办？最后我们采取在胥子岭两头的公路上现场收购石块，不管是山上捡来的、菜园篱笆里拆来的，还是自家墙脚挖出来的，只要符合铺筑路面的石料，统统按每立方10元钱现场收购。此招一出，果然效果很好，原本缺乏的铺筑路面石料就有人源源不断地送上工地来了。

皇甫丽萍同志刚从省交通学校毕业分配在指挥部工作。一天，她早早地在工地统计着运来的石块，尽管这时浓霜很厚，西北风呼呼地吹，人站在这旷野中冻得发抖，但她对工作认真负责，哪怕拖拉机运来的石块少上零点零一方，她也会给你计算出来。这时几个调皮的拖拉机手，看到验收石块的小姑娘扣掉了自己的方量，半开玩笑半认真地骂开了。皇甫丽萍委屈地流起了眼泪，待我们赶到，看见一滴晶亮的泪水从她的脸颊上淌下，她眼圈也红了，毕竟还是个小姑娘。

大凡搞过工程建设的人都知道征地拆迁工作的困难，桐钟公路改造也不例外。当时指挥部没一个专门搞征迁的人，具体工作也只好由我和施工员去跑腿说好话了；再说，这次政策处理的补偿标准又低，征用良田每亩

650元，拆迁房屋每平方米也只几十元。虽说有难度，但最终还是得到了沿线乡村干部与群众的理解和支持。

莪山畲族乡双华村徐阿照家，两间两弄的泥墙青瓦房，住着老夫老妻和两个老大不小的儿子，只因家庭困难，本应早该成家的儿子还没娶上媳妇。桐钟公路改建线路正好从他们的屋顶穿过，为此，这家的小儿子放出谁拆他家的房子就和谁拼的话来，因为他们家这时确无条件再造房子啦。最后，经我们耐心地做工作，他们还是拆房让路了，到路旁的另一个地方搭起了临时房。

有人说农民是小农经济意识很浓的一个群体，但我却认为他们有时也是很无私的。这不，双华村徐阿照全家为修公路竟无私地把房屋也让掉了。他们在临时房一住就是十几年，还没等新房造好徐阿照老人就早早地过世了。我每次乘车途经这儿，看到这临时的住房心中不免产生一种莫名的愁怅，我要感谢这家农户对我们公路的支持啊。当然，类似这样的事例还有很多很多。

时任旧县村党支部书记的单良同志，为了支持桐钟公路建设，得知修公路需要大量石块，他慷慨地对我们说：只要是公路建设需用的石头，在旧县村境内的山上有的，你们不必赔偿，可以随便去开采。

横村镇人民政府的领导看到我们天天奔波在公路建设工地，还专门调出一辆昌河牌小车。要知道这时候大多局领导还没条件配专车，而我一个跑工地的人却有了。从给我破例配小车的一个侧面，可以看出各级领导对桐钟公路建设有何等重视啊！我肩上的担子有多么的重。

桐钟公路拓宽改造征用了不少农民的土地，这对以耕种为生的农民来讲是心痛的。钟山乡中一村党支部书记胡关生就是惜地为命的人，当时为征用中一村部分土地，尤其用掉一些好田，他就是舍不得。我就同胡书记讲起了大道理："现在的公路不是太宽了，我觉得还应该再宽些才对，我估计中一村的公路不会超过15年，肯定又要修的。"我当年说的话今天在中一村验证了。胡关生每次碰到我就会说起："老许当年的算计真是准啊，我们中一村15年不到真地又建起了一条与桐钟公路平行的公路了。”我想公路这事并不是我会算计，因为这是历史发展的必然趋势。

经过旧县乡四联村的公路原来弯弯扭扭地在田畈中穿行。我们的勘测设计人员看到这里刚刚平整好的一块块良田，也没敢做大的改动，只在原有公路基础作了加宽的处理。

时任旧县乡党委书记梅荣潮和乡长钱地清得知这一情况，考虑桐钟公路在旧县境内有良好的线形，从长远发展的眼光看还是建议把公路改直为好。为此，我和局领导和旧县乡领导及设计人员一起爬上了那座馒头山，为这段公路再做改线。当然，把改好的良田用来建公路，这对当年曾挖过泥、挑过土改造这畈田的农民来讲是心痛的，有的还跑到县长那里去告状。

这时，旧县乡主要领导出面做工作了，从发展的大道理说服了部分告状的人，确保了桐钟公路旧县境内公路建设的标准。

如今，当年对选线有争议的这段公路，一排排厂房呈两列纵队在它的两边延伸，建成了旧县街道颇具规模的工业园区，而且原有的公路又拓宽了一半多。这时乡村的干部们笑了，当年有想法的四联村农民也笑了。原来的这些抱怨、这些想法，随着时间的推移在悄然地发生变化。因为，当年的公路改线没有错，虽说损失了一点良田，但为老百姓带来的好处却远不止这些……

修公路本是政府为老百姓办的一件好事，可少数群众不理解，死活不买账的事也是会发生的，有时还真弄得我哭笑不得。比如在尧山村路段造尧山桥时，一次拖拉机运水泥，在倒车时压倒了两三棵黄豆，主人拉住拖拉机驾驶员的手不放，非要敲竹杠赔上十元八元钱不可。其实，这时的黄豆已经可以收割了，一般人压坏田塍上几棵黄豆也就算了，而这个主人却怎么也不好劝，最后我从口袋拿出5元钱了事。

一个人一辈子会遇到很多这样那样的事情，这些事情很可能会成为人生中的一段段回忆，或许是美好的，或许是痛苦的，而这两三棵的黄豆小事情，我总也说不出它个中的滋味，后来我总想删除人生中的这段记忆，但总也删不去。

因为社会就是这样，毕竟它是在发展中的社会，其意识也是在逐步转变的，一步步地走过来，既有正面的典型，也有不尽如人意的。

2007 年 10 月 3 日

这里把我们进山的那天定为“时节”

——旧县至尹峰公路建设纪实

4月的雨，在桐庐的大地上，借着春色无眠的夜晚，悄悄地像婀娜多姿的少女一样款款而来，绿色和心境一样蓬勃疯长。

在这静谧的雨夜，人们在感叹着雨的力量。春笋破土了，桃花绽放了，山上那枯黄的颜色中也泛出新绿了，种种激情都仿佛因雨夜的洗礼而更加靓丽。

这是20世纪90年代初春的一天，就在这个雨夜里，当时旧县乡合岭、尹峰、大山湾、洪儒村和合岭水库的干部们又走到了一起。这是第几次的聚集，谁也记不清了。他们在一起商议的事却是一件老事情，那就是要让这儿的老百姓走出大山去，要续建那条一停已经好多年的洪儒至尹峰公路，让这封闭的一个个山村与外面的世界去对接。

改革开放的春风早早地吹进了合岭村，渴求富裕的人们一个个赤着脚从泥田里拔出腿走出来了。他们穿上鞋子走进了工厂，当起了工人。合岭村一下办起了服装、皮件、皮鞋等多家工厂，最大的工厂当时可吸纳职工1000多人。但好景不长，毕竟这儿交通不便，客户的车开不进来，厂里的产品运不出去，春风在这儿仅仅回荡了几个圈就消失得无影无踪了，原先办起来的工厂或一家家外迁，或关门了事。

没有一条像样的公路，给群众的生产、生活带来了不便。老百姓风趣地说：这里的泥路，晴天路上凸起一条条辙，它很像是火车道；而雨天路面积起一潭潭水，则是可以开上轮船。进入20世纪90年代后，随着经济社会的不断发展，广大群众对改善交通条件的呼声也日渐强烈。合岭片的村民多么希望有一条平整宽阔的公路啊。

无论是城市还是农村，公路的不断延伸都给人们的生活带来了巨大的变化。在农村，大山再也不能成为人们了解、接触外面世界的屏障，公路所带来的一切变化都是这样的显而易见。那窄窄的机耕泥路已经不能满足当地村民需要了，村民们迫切希望有村干部站出来带领大家修路。而这天召集大家开会的领头雁正是合岭水库党支部书记张关荣等同志。

其实洪儒至尹峰的公路早在20世纪80年代初就开始打算修建了。当时规划的公路从旧县修至莪山沈家止，而且县交通部门还设计好了施工图纸。但是，这条公路只修了旧县至洪儒一段后，因经费跟不上，后面那段该建的公路一搁就是近10年。

今天再提出修建洪儒至尹峰公路，能成功吗？当时有不少人持怀疑态度。毕竟不是小工程，再说当时县乡两级的地方财力也有限，能建好这公路确实不是件容易的事。这时，洪儒村党支部书记王金法同志在会上发了言：虽然洪儒村已经通公路，而这次修路所用的土地又百分之八十是洪儒村范围，今天，我可以表个态：凡是修建公路用上的土地，只要是洪儒人的，我们不用赔一分钱，而且在工作上还要大力支持。

4个村修建洪儒至尹峰公路的思想统一了，以张关荣为首的村干部们也开始筹划起来了。他们跑乡镇人民政府，跑县交通局及有关部门，为公路的立项、为争取资金而四处奔波。

对修建洪儒至尹峰公路的事，当时曾有同志在我耳边吹起了冷风：合岭、尹峰这地方他们要修公路是吃力的，这是空想想而已，就目前的条件来讲根本不可能，还劝我不要过急地去插手。

但我被这4个村的干部精神所感动了，觉得时空的隧道它已穿过了20世纪90年代，山里人走出大山的时机应该是成熟了。对这种坚毅要走出大山的精神，作为交通人就应给予大力支持，应该相信这里的干部与群众是有决心、有能力修好这条公路的。

1991年11月23日，我随分管副局长周樟友同志在旧县乡副乡长倪项龙的带领下，徒步从洪儒走到了尹峰村。这次到尹峰主要是踏勘公路走向。就这样，1992年1月12日，包宗明主任带着交通勘测设计室人员进山来测量公路了。

这是个隆冬季节，而山里的冬天似乎比外面更冷。在洪儒至尹峰的路上，寒林萧瑟，晓霜犹凝，飕飕的西北风吹在脸上像刀子割一样的难受。我们的技术人员就是在这样的季节里，帮助这里的村庄测量公路。谁知还没完成定线，正式的测量也没开始，天上却又纷纷扬扬地飘起了大雪。在行人都要冻得直打颤的情况下，更不要说钻在山中的树丛柴草里干测量公路的活儿了。测量人员个个穿得厚厚的，还用围巾围着脖子，把人裹得很严实了，但还是冻得缩成一团、全身发抖。这里的村干部们看在眼里，虽然心痛，但他们也担心把工作停下来啊。这时，不知谁出了个主意，农户酿的红曲酒不是可以喝了吗？村干部们立即去把红曲酒加生姜烫热，然后一碗碗地捧到测量技术人员的手上，每人喝下一碗红曲酒暖暖身子接着干。

设计图纸拿出来了，村干部们刚一阵欣喜，脸上又露出了那种无奈的忧愁。面对120多万元的投资概算，他们傻眼了。这钱到哪儿去筹呢？但想起对未来公路的憧憬，他们心中燃烧的那把火无法浇灭，资金困难我们依靠群众的力量干！

1992年5月，迷人的春天慷慨地散布着芳香的气息，人们一张张清新纯真的笑面与一地的春色竞相辉映，显出了一片生机和希望。洪儒至尹峰的公路在村民的欢笑中开工建设了。当时的旧县乡人民政府为确保该公路的顺利进行，还专门成立了由乡长钱地清挂帅的公路建设指挥部，工期目标确定3年内完成。

他们将全线施工的工程量分别划到了4个建制村，然后再分到自然村并一一落实到每家户主手上。有的组还规定每人包干做一段路，有的规定每人上工地劳动15天，男女老少齐动员。在修路的工地上，最多的时候足足有近千人，挖土的挖土，挑泥的挑泥。他们在比着谁的贡献大，宁愿手上挖起血泡，肩上挑脱皮，甚至瘦掉几斤肉，也立誓要把公路修到外边去。

我的同事俞建中同志被抽调到这条公路上负责技术工作，因工作关系我也经常在这条线上跑，当时热火朝天的修路景象，至今还历历在目，一句话，真的太感动人了。

工夫不负有心人，只用了短短几个月的时间，全线路基就一段段地显露了出来。

这时，能否邀请县级有关部门及与合岭等村有关系的人，到合岭来做一次客，这是他们心中惦念的一件事情。让领导及朋友们到这儿来看看，或许更能鼓舞起我们修路的积极性。邀请书发出去后，没想到未完全修好的土路基上，竟会一辆接着一辆的汽车颠簸着开了进来。这一天足有四五十位领导和同志如约到了合岭村委，当然我也是其中一个。

副指挥张关荣面对着来自各单位的客人，心里虽然有苦，可脸上却没吐露出半个苦字来，他仍露出了一副灿烂的笑容；心里有几多的知心话儿想说，他没说，因为他知道修路这艰辛，别人也看在眼里了。大家都知道合岭等村的老百姓，为了修路不仅少则几十、几百元，多则有几千元，个个都捐了款，而且他们还投入了大量的义务劳动。

捐款也好，投入劳动也罢，这一切对修好整条公路来讲，只能说是杯水车薪。全线还有好多的挡土墙需要砌筑，而且后面还有更大的路面工程在等着铺筑呢，这一切都需要资金啊。

修路的事情不仅使这里的百姓着急，也让县政府各部门的领导所牵挂。这一天，到合岭来看路的领导与客人，被那种奋发昂扬的修路精神所感动，各部门及社会各界纷纷解囊相助，有5万的，有1万的，一一汇集到了公路建设指挥部同志的手中。这钱虽然不多，但对急等着钞票修路的村干部们来讲，无疑是送来了雪中炭、及时雨。

看到风餐露宿的民工，我体会到修路之艰难。修路民工因拿不到工钱，他们租住的地方电费缴不出，供电部门拉掉了电闸。这时旧县乡乡长钱地清同志来帮助解决了。修路的资金跟不上，旧县乡兄弟村所筹集的14万元支援款项也送来了。

建桥涵没有拱架怎么办？这时人们想起了土牛拱的老法子，硬是挑来泥土堆起拱形土堆，架起了桥涵，并节约了一笔不小的开支。

修路条件十分艰难，但合岭、尹峰等村的干部群众没有被困难所吓倒，而是迎难而上。大山见证了这里“人心齐，泰山移”的大无畏精神；感受到了山区人民修路的艰难；更敬佩他们战天斗地的意志，硬是靠着一种精神把一条长7千米多的公路开出来了。

1993年6月18日，公路修通了。虽说当时还是泥结碎石路面，但合岭等村的干部群众为了庆贺来之不易的胜利，在合岭村举行了既简朴又隆重的通车典礼。

他们请来了县上的戏班子，请来了电影放映队，在合岭放电影、演戏文，热热闹闹地庆祝了三天三夜，让全体村民一起沉浸在欢乐的气氛中。

这时合岭、尹峰、大山湾村的干部们又走到了一起，他们又作出一个重要决定：即三个村同一日开始过“时节”。

过时节是桐庐农村的传统习俗，虽说在桐庐不少村庄有这样的节日，但合岭、尹峰、大山湾这三个村是从来不过时节的，为公路修通而决定过时节，这在桐庐还是头一遭。

选择什么日子？是公路开工那一天，还是选择竣工通车这一天？议来议去都觉得不妥，最后大家选定每年的农历十月十八。因为这一天，是我们交通人第一次走进合岭山区踏勘线路的日子。不过这里过时节倒不是为了特别纪念我们的进山，而是这一天是群众的愿望和政府的打算合成拍的日子，是正式确定修建公路的日子，所以特别有意义。他们要把合岭、尹峰、大山湾村修公路的精神世世代代地永远记住并传承下去。

合岭、尹峰、大山湾村从1993年农历十月十八开始过时节后，一直就这样延续下来。现在桐庐其他地方在淡化时节，而这里的时节却仍然兴盛。我知道这其中的含义是不同的，至少这里的人在时节里相聚，为的是让人们记住一种精神，记住一段艰辛与辉煌的历史，这精神、这历史是会把人们带向美好明天的。

这条公路通车仅仅过了一年多时间，这里的干部群众又不满足现状了。他们为使这条公路的路面硬化又在筹划着，又四处奔波……

1995年，旧县至合岭公路的砂改沥青路面工程正式开工建设。这是桐庐人首次引进外地技术浇筑的县乡公路沥青路面，经市交通部门验收被评定为优良工程。

县道旧钟线合岭段

我迎风而立，伫望铺满夕阳的公路越过山头延续到天际，忽然间觉得眼里的公路与自己有一种别样的情结。的确，这或宽阔或蜿蜒的旧县至尹峰公路凝聚着多少人的心血和汗水啊！正是靠党和政府的一项项惠农政策，靠一批批为民办实事的干部，靠广大人民群众的共同努力，使这里的公路在不断变化、不断延伸。宽阔的水泥路今天已经通到了张家舍，通到了大山，而且还联系上了莪山畲族乡塘联、沈冠等村庄，公路使这里的农民群众拥有了不一样的生活。

包括我在内的每个现代人其实都在不知不觉中享受着公路带来的无限便利。它就像是阳光、空气和水一样，在现代人的衣食住行中，这个“行”字与公路的关系是密不可分。

合岭这个昔日的偏僻小山村，随着公路条件的逐年改善，漂亮的小洋楼也一幢接着一幢地在合岭水库周边矗立起来，优越的自然环境使这儿变成了远近闻名的农家乐山村。张关荣自打水泥路一开通，就看到了发展旅游的商机。2005年，他和妻子先在自家的屋子里搞起了“农家乐”，没想到生意十分红火，第一年收入就有5万多元。

谁说时间在历史的长河中会变得无影无踪？它的足迹通过修路人的双手印在了这一丝一缕的变化之中。山路弯弯向远方伸展着，把人们带向富裕的明天。

今天我们驾车行驶在旧县去尹峰村的公路上，一路看去，山，还是那些山；溪，还是那条溪；人，还是那些人。却因为畅通的水泥路面公路，把这里的村与村之间、户与户之间、山里与山外之间连在一起了。

站在这条充满艰辛、充满自豪的大道上回眸曾经走过的历程，我们有成功的喜悦，也有创业的艰辛，深知这成功是多么来之不易。苦也罢，乐也罢，过去的一切已成为过去，美好的明天还在等着我们去创造。

2000 年 10 月 11 日

叁

两江桥梁与隧道建设

『飞来千丈玉蜈蚣，长卧青山秀水间』。富春江上第一座大桥的建成通车，从此结束了富春江上没有桥的历史，沟通了桐庐县南北交通，极大地方便了群众的生产与生活。

富春江大桥的架起，打通了扼桐庐城市发展之咽喉的两江天堑，对于浙江古镇的桐庐县城来讲，桥是这座城市的标志性建筑，它是托起城市的生命之舟，为桐庐的城市建设和经济发展注入了新的生命活力。

桐庐富春江大桥

富春江上有了第一座公路大桥

1987年4月，桐庐县第九届一次人民代表大会在桐庐人民大会堂召开。我作为交通选区推荐出来的县人大代表参加了这次会议。这是我生平第一次参加能够商议政府大事的会议。

20年过去了，在这次会议上应绍其等代表向大会主席团提出要求造富春江大桥议案的事深深地印在了我的心中，如今想起仍记忆犹新。

当时我听到这个消息，简直是不可思议，在富春江上造桥是桐庐人民盼望已久的一个夙愿，能造得起这样的大桥吗？如果说桐庐人能把建造富春江大桥的梦想变成现实，那么桐庐境内的富春、分水两江必将会有一座座大桥的再雄起，就会把桐庐人的建桥梦引入一个新天地。

县人民政府对这体现全县人民意愿的议案十分重视，经过两年多紧张的筹备，1989年9月28日富春江上第一座公路大桥正式动工兴建。

富春江大桥总投资2150万元，大桥全长812米，其中主桥长659米，桥面行车道宽10米，两侧人行道各宽1.5米，桥型为预应力混凝土连续箱梁，主桥箱梁有80米跨径，这在当时的浙江还是先例。

"飞来千丈玉蜈蚣，长卧青山秀水间"。富春江上第一座大桥的建成通车，从此结束了富春江上没有桥的历史，沟通了桐庐县南北交通，极大地方便了群众的生产与生活。

富春江大桥的架起，打通了扼桐庐城市发展之咽喉的两江天堑，对于浙江古镇的桐庐县城来讲，桥是城市的标志性建筑，是托起城市的生命之舟，它为桐庐的城市建设和经济发展注入了新的生命活力。

1991年10月26日，县城处处悬灯结彩，富春江大桥上彩旗招展，像办喜事一样火红而美丽。这一日是桐庐有史以来最热闹的一天，也是最激动人心的一天。因为这一天，富春江上的第一座大桥——富春江大桥将举行通车典礼。

上午，参加大桥通车典礼的人们穿着最华丽和最漂亮的服装，坐着客车、骑着自行车、搭上手扶拖拉机，源源不断地来到富春江大桥的两头，沿着富春江两岸在等待着激动人心的时刻到来。

也就在这一天，千百年来富春江的上杭埠两岸往来交通以舟楫济渡的历史将正式宣告结束，而政府的"跨江发展"战略也将于大桥通车的那一刻开始启动。这在桐庐人心目中真正是"千年等一回"的旷世盛典。

通车典礼安排在下午3点举行，可县城富春江两岸从清早开始就已站满了人，据估算当天桐庐县城参加庆祝活动超过10万人。他们中有的是县城的居民，有的是乡下赶来的农民，大家都显得有些迫不及待，既焦急又兴奋地翘首等待通车典礼的早点到来。更有意思的是，当天在县城和江南的三合、金西等地大片农村，回娘家的女儿特别多，有的出嫁已四五十年的老姑奶奶，也由晚辈陪着走娘家来。大桥通车的前两天，县城和上杭、中杭、下杭三村的农民和居民家中，家家宾客盈门，锅碗瓢盆交响不绝，就像过节日一般。

除了忙招待赶来参加通车典礼的四方宾朋，通车前夕，县城各单位和居民几乎家家都在忙着做同一件事，那就是赶制为通车典礼那天晚上所用的江滨公园彩灯和富春江点放的4000多盏水灯。为增添通车典礼的氛围，江滨公园将悬挂数千米的彩灯。制作彩灯的任务一一落实到各家单位；而通车当天夜里，将安排4000盏水灯在富春江上悠悠而过的特别节目，制作水灯的任务就由县城几所小学的孩子们担任。每个孩子在制作水灯过程中,几乎全家人都参与了进来。这些集中了全家人智慧的水灯，有的是用雪碧瓶改制的“荷花灯”，有的是用木头雕制的“游龙灯”，还有的用泡沫塑料等材料制成“军舰”“海轮”等等，一盏盏异彩纷呈，妙趣横生。

文化馆的同志们更是忙得找不到北。通车典礼上的民间艺术表演组织这一块，重担全落在了他们肩上。根据上级的布置，届时将由窄溪“竹马”、石阜小潘“十二生肖”、分水大路的“布龙花灯”以及桐庐中学、桐庐镇中的布龙腰鼓队和军乐仪仗队等民“闹场”。这么多表演者进城，这么多人要在通车典礼这个历史性时刻展露民间艺术风采，这副担子显然不轻。为了这一刻，文化局的领导和文化馆的同志们几个月前就忙活起来，到了通车典礼的前夜就更紧张。他们忙得没有时间记挂吃饭和睡觉，但忙得非常开心。表演者们更激动，有的表演队伍干脆提前一天就进城等那历史性的一刻。

与兴高采烈的人群形成鲜明反差的是上杭埠渡埠上的船老大们。在大桥即将通车的这几天里，他们的神情就已非常沮丧，话也出奇的少，看得出他们很茫然。这些渡船老大大多是“世袭”的摆渡工，从祖上“吱呀吱呀”摇着小木船载人摆渡起，秋去冬来，年复一年，直到他们开上了机动船，上杭埠、马家埠称得上是他们赖以生存的一方宝地。他们靠着这两个渡埠来回地摆，日子也越来越好过。在他们听来，从古至今渡埠上不绝于耳的“渡船开过来——”的呼唤声，是世界上最美妙的声音。他们绝没有料到，今天却成了上杭埠码头的“末代船工”：富春江大桥通车后，他们的财路断了，饭碗得重新找，今后的路怎么走，心里一点谱也没有，这叫他们心头如何不沉重呢？

不过，船老大那点伤感实在太微不足道了。大桥通车的欢乐声浪把整个桐庐县城都包裹起来了。

26日下午，县城富春江两岸已是人挤人。大桥两头，更是拥挤得难以插足，连江北桥头的杨梅山都是人头攒动。两岸用“人山人海”来形容恰如其分。

为庆贺富春江上第一座大桥通车，原中共中央顾问委员会主任陈云同志还特地为富春江大桥提名。

下午3时整，通车典礼正式开始了，县领导作了热情洋溢而又激动人心的讲话。随即领导们为大桥通车剪了彩。当县领导宣布大桥正式通车时，两岸近10万人的欢呼声犹如海潮阵阵，震耳欲聋。

在万众的欢呼声中，鞭炮礼花一齐升空。桐中的布龙腰鼓队、镇中的军乐队、二小军乐仪仗队三支队伍走在前，后面是4辆新的大客车，再后面是100多辆小轿车在人们的欢呼声中缓缓从桥上开过来，刹时江两岸一片欢腾。由于拥挤喧哗，地上到处有被挤落的鞋子，但人们一边找鞋一边仍是笑。这笑声感染了上杭埠满面愁容的船老大们，他们也挤进人群参加通车典礼，不知不觉和人们一起欢笑起来……

“众人盼桥千百年，只有靠党才实现”，这幅对联集中反映了人们的心声。通车典礼结束了，人们还没有离去，许多人干脆买了干粮在江边坐等天黑。当天夜里，富春江里又是另一番热闹景象，4000盏水灯荡荡悠悠而下，在水中摇曳生辉，与天上星星交相辉映，两岸灯火恍如火龙……富春江展示出从未有过的神奇魅力。“富春江太美了”，到处是人们充满自豪的惊艳之声。

狂欢活动一直持续到28日。

26日和27日晚，桐庐剧院举行了文艺晚会。本次晚会由著名主持人毛威主持，并邀请到了北京、沈阳、西安、上海、杭州等地的著名演员殷秀梅、李金斗、陈涌泉、石国庆等参加演出。27日上午、下午、晚上，来自窄溪陈庄的140余人竹马表演队伍，来自石阜小潘村“十二生肖”“锦鸡啄蜈蚣”节目；分水大路村布龙花灯，以及镇中军乐队、桐中布龙腰鼓队、一小“大头秧歌队”、退管会的秧歌表演，还有镇中舞狮队、二小军乐队都上街载歌载舞，整个桐庐县城变成了欢乐的海洋。

桥梁似彩练般飞舞在境内的江河溪流上，使从前因江流而分割的大地，由现代的桥梁把它连在了一起，昔日滚滚东流的江面，不再是绝人之路，变得畅畅无阻。当年的那些叫渡声也已物换星移，烽火已远，一切都成了人们淡淡的记忆。喜看今日之桐庐，桥，是经济发展的生命线；桥，是经济腾飞新的增长点；桥，是人们生活重要的组成部分；桥，是桐庐境内一道靓丽的风景线。

2000 年 9 月 16 日

桐浦界新添荡江岭桥

——仁檀线荡江岭建桥纪略

壶源溪又名壶源江，源出浦江县境高塘，北折东流经杭口坪折北流至毛店，过桐庐、诸暨县境入富阳，北流经湖源至场口镇。河分两支，一支北流至青江口，一支西南流至上村，均从右岸汇入富春江。溪长102.8千米，其中桐庐境内长10千米，沿途滩多流急，属山溪性河流。

引坑村是贴近浦江县大梓村的一个村庄，中间仅隔一条壶源溪。当年壶源溪上流传这样一句民谣："壶源十八弯，弯弯要过渡，一处不过渡，裤裆滤豆腐（蹚水过溪水没湿裤裆处的状况）。"当年桐庐境 20 华里长的壶源溪，就设有汲港、荡江等 4 个渡口。

稍上点年纪的人，肯定不会忘记荡江渡口1960年9月暴发的一场洪水。渡工张阿三和义子就在这场洪灾中船毁人亡，永远葬身在壶源溪里。当地桐、浦两县的百姓多么想在荡江岭建一座行人、车辆都很方便的桥梁啊。

仁檀线是桐庐县东部与浦江县沟通的一条县道公路，在浦江交界处的那段低水位过水路面，一遇洪水车毁人亡的事故就经常发生，建设荡江岭大桥是当地老百姓多年的愿望。

为促进区域经济的发展，完善县道干线公路网布局，切实保障人民生命财产安全有重要作用。钟樟仁代表在县十一届一次人代会上提出了关于"要求建造新合乡荡江岭公路大桥"的建议。

浙江省第十届人民代表大会第二次会议上，桐庐籍代表孙关昌等人为建造荡江岭桥一事，向主席团提交了一份议案。他们认为，建设仁檀线荡江岭大桥对保障桐庐与东部县市交通畅通和确保人民生命财产安全具有重要意义，并希望上级政府对此桥建设给予资金补助。

交通局倪项龙局长多次到现场踏勘，并多次跑杭州上级交通主管部门要求立项。

由于该项目建设、政策处理涉及浦江的用地，前期政策处理受到影响。经倪项龙局长多次与浦江方面沟通，该工程政策处理基本落实，招投标结束，准备进场施工。

2005年，桐庐交通围绕“外畅内联，村村通达，完善城乡交通网；硬件更新，体制创新，扩大县域公交网”为重点，真正从老百姓的需求着手，建设新一轮交通，大力实施“1518”工程。而新建仁檀线荡江岭大桥就是其中15项工程之一。

2005年5月18日，桐庐县召开仁檀线荡江岭大桥初步设计审查会。仁檀线荡江岭大桥及接线工程按计算行车速度40千米/小时的二级公路设计，路基宽10米，大桥长155.1米，路线全长0.4千米，投资设计概算606万元。

2005年9月20日，杭州市交通局仁檀线荡江岭大桥及接线工程列入2005年交通基本建设计划。

交通局的领导从关爱人民群众的生命财产出发，积极向省市交通主管部门争取，在2005年11月7日，一座二级标准、总投资500余万元的荡江岭大桥终于正式开工建设。

该工程由于涉及桐庐、浦江两个县城，政策处理难度较大，严重影响了工程进度，经多次协商才得以解决。交通局针对前期进度滞后的现状，加班加点，严抓质量管理，在2006年完成桥梁主体工程的基础上，进一步完善桥梁安全设施，规范设置道路交通标志标线，实施绿化种植，终于在2007年初顺利通车。

2007年初，建成通车的荡江岭大桥，以崭新的雄姿屹立在壶源溪上。那段与浦江交界的壶源溪过水路面车毁人亡的往事，永远地成为历史。

桥梁与文化相生相伴，桥梁建设也孕育了桥梁文化，桥梁文化更是支撑并促进着桥梁建设。我国也有着悠久的桥梁文化历史，有关桥的诗词、铭赋、碑记、对联、民间故事与传说，数量繁多，遍布神州，已成为我国文化百花园中耀眼的奇葩。

桥梁传承历史和文明，桥梁促进沟通和发展，桥梁展现文化和精神。

通过桥梁文化等活动，多层面多形式地向社会展示桥梁建设的优秀成果和桥梁文化的深厚底蕴。这是交通文化建设的一次创新实践活动。为此，我萌发要为荡江岭桥写篇碑记，并从钟山乡陇西村采得巨石一块，镌刻此碑记立于桥南，以示后人。

2007 年 1 月 8 日

大桥架南北　天堑变通途

——改革开放30年桐庐交通建设成就回眸之一

桐庐境内山峦绵亘，溪涧纵横，富春江、分水江蜿蜒流长。30年前，两岸南来北去的百姓除了舟楫济渡外，别无他路。年纪稍大的人永远不会忘记当年渡埠上那些此起彼落的叫渡声。“走遍天下路，难过下杭渡”，这是当年埋怨过渡难的俗语。那时的渡船遇洪水、浓雾和风雹时而停渡，如果过渡人遇上急事，而这时的渡船却在对岸，那焦急的叫渡声真是撕心裂肺。

两江第一座大桥——分水江桐庐大桥

在富春江上造桥，这在从前是天方夜谭。30年前，富春江、分水江泱泱170余华里，除1961年在周总理关怀下建起桐庐大桥外，再也没有第二座公路大桥出现过。如果说当年分水江上建成桐庐大桥把桐庐人建大桥的梦想变成了现实，那么改革开放后一座座大桥在两江的雄起，则把桐庐人的建桥梦引入了一个新的天地。而富春江一桥的开工建设，则是梦的开始。

1987年4月，在桐庐县第九届一次人代会上，应绍其等代表向大会主席团提出了建造富春江大桥的议案。县人民政府对这一议案十分重视，经过两年多时间的紧张筹备，1989年9月28日，富春江上的第一座公路大桥终于开工建设。

富春江大桥全长812米，其中主桥长659米，桥面行车道宽10米，两侧人行道各宽1.5米，为预应力钢筋混凝土连续箱梁，主桥箱梁有80米跨径，总投资2150万元。

“飞来千丈玉蜈蚣，长卧青山秀水间”。富春江上第一座大桥的建成通车，天堑变通途，结束了富春江上没有桥的历史。1991年10月26日，这是桐庐县有史以来最热闹的一天，也是最激动人心的一天。富春江上第一座大桥举行了通车典礼。也就在这一天，千百年来富春江的上杭埠两岸往来交通以舟楫济渡的历史正式宣告结束，而政府的“跨江发展”战略也将于大桥通车的那一刻开始启动。这在桐庐人心目中真正是“千年等一回”的旷世盛典。

“人盼桥千百年，只有靠党才实现”，这幅对联集中反映了人们的心声。文艺演出、民间艺术和游艺等活动热闹异常，观众达10余万人，富春江展示出了从未有过的魅力。

印渚是分水江上游的一个边陲乡镇，它的地域分布在分水江的两岸。自古印渚、砖山就设有渡埠，那时岭源、合村、恰合等乡村的山货均靠摆渡到印渚埠集市去交易。千百年来渡船换了一只又一只，渡工换了一茬又一茬，当地的人们多么希望在这里有一座能自由行走的桥啊。

改革开放的春风鼓舞了印渚的干部群众，在县、市交通部门的支持下，首开桐庐乡镇一级政府在分水江上造大桥的先河。他们靠“民办公助”方法，于1986年10月20日造起了钢筋混凝土双曲拱的印渚大桥。这座气势恢弘、桥型典雅的印渚大桥长182.5米、宽7.5米，三孔桥拱既高又阔，俨然似三座巨大的大门。

印渚大桥在分水江上游的建成，更加激发了桐庐人在分水江上造桥的热情。20世纪80年代，经县、乡级政府的共同努力，只用了短短的5年时间，又相继建起钢筋混凝土结构的分水、洛口埠、至南与横村4座公路大桥，这在当时可谓显赫一时。

20世纪90年代后，在县委、县政府领导下，桐庐交通建设步伐加快。他们用大手笔勾画出宏伟的交通蓝图，“四自公路”方式首次引入桐庐交通建设机制，古老的富春江又一次欢腾了起来。造桥工人在富春江上游和下游开始建造窄溪、渡济两座公路大桥。

窄溪是靠富春江水流淌出来的一个古镇，新中国成立后，随着陆路交通的逐渐发展，窄溪码头渐渐失去了它昔日的繁华，有人戏说窄溪变成“搁起”了。

窄溪大桥是一座长610米、宽13米的钢筋混凝土简支梁大桥，气势壮丽宏伟，一头枕着窄溪，一头连着富阳的下港，总扼桐庐境富春江的东大门。窄溪大桥的建成通车，使桐庐的南北交通更便利了，物流更畅了，人们行走更自由、更方便了，一度冷落的窄溪古镇又重新活跃起来，为这儿的经济发展和城镇建设创造了良好的条件。

渡济大桥的建成，使320国道一级公路在桐庐实现了南北贯通，国道大动脉从此变得更畅流。

进入21世纪，在“东网加密”“交通西进”战略指引下，桐庐交通实现了历史性的跨越，桥梁建设再谱新的篇章。

毕浦是分水江畔古村落。这儿青山环抱，绿水相依，天目溪漂流的竹筏从村前的江上悠悠而过，自然风光极佳。在毕浦那条穿村而过的毕源溪上，横亘着三座桥梁，它们分别记载着三个不同时期的历史。第一座是建于明嘉靖三十六年（1557）的三孔石梁“同仁桥”，它在毕源溪上迎送着路人，见证了毕浦乃至桐庐400多年来一段段心酸的历史；第二座是建于1961年的毕浦公路石拱桥，这是中华人民共和国成立后，国家全面进入社会主义建设新时期的产物；第三座是建于1991年的两孔13米钢筋空心板梁桥，这是改革开放后桐庐经济迅速发展的见证。

随着省道新淳线拓宽改造，建设者们又在毕浦建造跨江公路大桥了，它与前三座毕浦桥不同的是，今天的桥梁已标志着改革开放取得了重大成果，桐庐进入全面建设小康社会。毕浦大桥的建成通车，毕浦渡埠上那只摆了一年又一年的渡船，便像一个离岗的老人沉浸在往事的追忆之中。

今天，杭千高速桐庐段公路上的互通、分离式立交桥及高架桥像珍珠般地一座连着一座，而那座从唐家埠飞越至对岸的富春江特大桥梁，更是成为桐庐人桥梁建设的梦想之巅。它是桐庐县最长最大的桥梁，其雄伟、壮观的气势格外引人注目。

2005年12月26日，在杭千高速公路富春江特大桥上，彩旗招展，大桥的双幅车道各立起一个大大的红色拱门，4根耸立的圆彩柱上"交通西进，造福百姓""融入大都市、建设新桐庐"的标语格外引人注目。舞龙、腰鼓队伍依次从县城赶到了通车典礼现场，当一辆辆大巴士载着杭州地区各级领导到达富春江特大桥上时，现场一片欢腾。桐庐人从此有高速公路特大桥了。

如果把时针倒拨到30年前，不要说富春江、分水江造桥难，就是前溪、后溪、大源、壶源等境内溪流，人们也只能望溪兴叹。改革开放的春风吹进新合老区后，壶源溪上掀起一股又一股的"民办公助"建桥热，先后建起仁村、高枧、何家、雅芳等5座桥梁。1990年5月10日，高枧村一座长65米、宽4.5米的5孔空心板梁桥架成通车，当地百姓无不对政府感激万分，说出了"还是共产党领导的政府好"这句发自肺腑的心里话。2007年初建成通车的荡江岭大桥，以崭新的雄姿屹立在壶源溪上，那段与浦江交界的壶源溪过水路面车毁人亡的往事，永远地成为历史。

进入21世纪，桐庐大地的溪流河涧上，又有一座座新桥飞跨两岸，为人们展示出一派现代交通风采。如05省道邵舍埠桥、16省道法道桥、县道南横线排后桥、县道徐七线溪南桥、黄山头桥、后岩桥、富家桥等。而长125米、宽10米新龙大桥的建成，使龙潭村到分水镇的路程一下子缩短了13千米，龙潭村交通闭塞的状况永远成为历史。

30年在历史长河中只是短暂一瞬，30年在人类征途上不过咫尺之间。然而，改革开放的30年，在古老的富春江、分水江上竟掀开了如此波澜壮阔的历史画卷，两江建起了15座公路大桥，它演绎出沧海桑田的人间巨

富春江三桥　黄强摄

变。今天，一座座桥梁如千条彩练飞舞在江河溪流上，使从前因江而分割的大地，由现代的桥梁把它连在了一起。昔日滚滚东流的江面，不再是绝人之路，变得通畅无阻。当年那些叫渡声早已物换星移，烽火已远，一切都成了人们淡淡的记忆。

喜看今日之桐庐，桥，是经济发展的生命线；桥，是经济腾飞新的增长点；桥，是人们生活重要的组成部分；桥，是桐庐境内一道靓丽的风景线；桥，又是城市的标志性建筑，是托起城市的生命之舟。今天，在县城富春江和分水江上座座大桥的架起，打通了扼桐庐发展之咽喉的两江天堑，为桐庐的城市化建设和经济发展注入了新的生命活力。

2008年9月10日

再见吧 ！雪水岭

我们今天驱车去新合乡，呼吸着雨后的清新空气，感受着细雨的朦胧。革命老区新合乡就位于柴雅线的东头。公路两旁的女贞树叶经过雨水洗礼，像刚刚出浴的少女，鲜嫩欲滴；又像是经过一夜的疯长，突然间冒出了无数的嫩叶，犹如婴儿的肌肤一般，张扬着生命鲜活，散发着青春的活力，是那么的晶莹剔透，令人心醉。

20世纪70年代末，当年规划三源至新合公路时，有人曾提出过杨家岭或雪水岭打通隧道的设想，当时真要穿越大山谈何容易。进入21世纪，修建雪水岭隧道的设想又有人提了出来。这个人不是别人，就是新合乡党委书记钟樟仁同志，而这一次却成功了。

今天，人们往返县城与新合之间，再也用不着翻越那高高的雪水岭，汽车从大山的胸膛径直穿过后，东面的出口便是新合乡境内了。

一

雪水岭隧道竣工通车的那一天，新合乡党委书记钟樟仁同志的心情特别不平静。他回想自己为建设雪水岭隧道所走过的历程，感触万分。

柴雅线雪水岭盘山公路

县道柴雅线是桐庐境内东连诸暨、浦江等县市的一条县道公路，起点为凤川镇柴埠村，途经肖岭、钟巡、东毛、雪水岭、松山、仁村，至雅坊与诸暨境接壤，全长43千米。公路两侧崇山峻岭，谷深崖陡，让人最害怕的就是中途那高高的雪水岭了。

汽车在蜿蜒的雪水岭盘山公路上绕个不停，车轮子在悬崖峭壁凿出的公路碾来轧去，像是在人的心里穿行，如果不小心向窗外看一眼，准会提心吊胆。如果遇上严冬的下雪天，汽车途经这儿恐怕就会趴在那里无法动弹，走出这层峦叠嶂的雪水岭是何等不容易啊。

2001年，浙江省新四军研究会会长、原省人大常委会副主任杨彬，中国老区建设促进会副秘书长宋俊生到新合乡了解新四军研究会工作，没想到一次普通的谈话会说到雪水岭建设隧道上来。第一次听到“雪水岭隧道”5个字，钟樟仁同志着实激动万分，说明原金萧支队老同志们很关注新合革命老区的建设，很关注新合的道路交通条件。

于是，新合乡党委、政府的领导为建设雪水岭隧道之事开始四处奔忙。他们通过新四军老同志们的关系跑项目、跑资金，堪称不遗余力，倾注心血。

于是，2002年9月25日，雪水岭隧道工程通过初步设计会审。

走过的是回忆，当年为争取立项、争取资金，其苦衷只有当事人心中最有数。当第一张报告报上去后，时间就这样一天天地过去，一拖就是一年。这一年中，钟樟仁书记光北京就跑了十几次，其中两次是当天往返于桐庐与北京之间，为争取雪水岭隧道建设项目甚至还找到了时任国家发改委主任的曾培炎同志。

功夫不负有心人，建设雪水岭隧道项目最后得到中国老区建设促进会、浙江省发展和改革委员会以及省、市交通部门支持，并把此项目列为浙江省重点项目之一。钟樟仁说：“想不到新合老区能争取到如此大的工程项目，这说明北京与新合人民的心是相通的。”

雪水岭隧道主隧道全长1952米，为当时杭州市范围内第一长的隧道，引线1003米，桥梁两座，设计标准为两车道的二级公路隧道，总造价4300万元。

巧妇难为无米之炊，面对雪水岭隧道4000多万的建设资金，怎么办？

新合乡政府以老区的名义，通过全国老区建设促进会渠道积极向上级争取资金。

桐庐县交通局积极向省、市交通主管部门争取支持。2002年底，在市局对话2003年度计划时，在已有的徐七线横村二桥项目基础上，经过沟通，将雪水岭隧道项目与横村二桥项目捆绑在一起，使项目提前进入省厅2003年度建设计划盘子。这是我亲自参加的2003年度建设计划的对话。

孙关昌等省人大代表，利用2003年1月参加浙江省第十届人大一次会议的机会，向大会主席团提出了《关于要求对桐庐县柴雅公路雪水岭隧道建设加大资金支持的议案》。

为了筹措资金，新合乡人民政府变卖水电站，把所得资金全部用于雪水岭隧道建设。

二

2003年4月20日，在新合乡举行雪水岭隧道工程开工仪式。原农业部副部长、老红军刘培植，全国老区促进委员会秘书长宋俊生，原浙江省人大副主任杨彬参加开工典礼；原空军副司令员85岁高龄的王定烈将军为雪水岭隧道题字，并亲自从北京赶来新合参加开工典礼；时任浙江省省委书记习近平、副省长章猛进为雪水岭隧道工程开工也发来贺电；县四套班子有关领导参加开工典礼。

随着钻头发出刺耳的轰鸣，一尺、两尺……隧道在建设者的身后不断延伸……

来到雪水岭隧道的建设工地，但见一片暗淡的冰冷中，奋战在此的建设者们为寂寞的隧道注入了生机。像寒冷中的火种，像黑暗中的火把，引导人们战胜恐惧，冲破艰难，勇往向前，给生命以无限希望。

我几次到雪水岭隧道工地，看到从隧道出来的工人身上像从垃圾堆里捡出来似的，白净的脸庞都变成了古戏里的包公了。进入隧道后发现，隧道壁上爬满不少正在忙碌的工人，机器声、喊声、放炮声夹杂着混杂的空气，令人感到窒息。

刚放完炮，硝烟还没散尽的时候，破碎的石头哗哗往下掉，危险紧张得让人透不过气来，光看这场面就使人不寒而栗。

隧道开挖期间，缺水、缺电、缺钱等困难一个接着一个，而且还发生了岩爆、涌水等地质灾害。岩爆即岩体中聚积的弹性变形能在地下工程开挖中突然猛烈释放，使岩石爆裂并弹射出来的现象。轻微的岩爆仅剥落岩片，无弹射现象；而严重的岩爆则可测到4.6级的震级，一般持续几天或几个月。雪水岭隧道工地就发生过多次岩爆，强大的能量把岩石破坏，并将破碎岩石抛出。

面对施工难题，面对四周冰冷的岩层和震耳欲聋的机器轰鸣，我们的建设者们没有退却，一次次克服地质条件差和工作环境乏味等不利因素，用坚强的意志与岩石抗衡。在生命与时空对弈中，他们向着“洞在云中穿山走，路在脚下随意延”的目标前行。

2004年11月5日，原浙江省人大常委会副主任杨彬在省政府副秘书长王小玲、省公路局领导的陪同下，视察雪水岭隧道建设工地。县领导陈祥荣、王斌鸿、孙关昌、濮明升陪同视察。

杨彬指出，新合乡在解放战争时期是浙东金萧支队的重要革命根据地，建好雪水岭隧道，是一件为老区人民所做的大好事，是康庄工程又是民心工程。它的建成将大大改善老区乃至桐庐通往浦江、诸暨、富阳等毗邻县市的交通条件，提高通车能力，经济和社会效益明显。他要求工程建设者们要善始善终，狠抓质量，越到最后越不能放松，确保达到优良工程，为老区人民交上一份满意的答卷。

单调而枯燥的环境窒息了年轻人的心。“这里的时光被拉长了，这里的日子难熬。”每个人在这里没有任何节假日，除了工作之外还是工作，朝夕相处的是黑暗的隧道、连绵的山峰。于是，他们忍耐着。在中国，忍耐也是一种美德。

在雪水岭隧道工地上过年，没有亲人的笑脸，没有丰盛的年饭，但酒的醇香和当地县乡领导、乡亲们的盛情却让建设者们心中洋溢着家一般的温暖，使他们找到了过年的感觉。

2005年1月7日，雪水岭隧道提前4个月贯通。10日，县人民政府在雪水岭隧道现场举行贯通典礼。紧接着，隧道内壁的二次衬砌和装修等附属工程开始施工，于2005年1月17日完成交工验收。

隧道施工非常危险，一怕坍塌，二怕涌泉，三怕断层。劈山开路的征途上，哪一程没有忠贞的路魂？然而，令我惊奇的是，在雪水岭隧道工程的建设过程中，欣喜出现“零死亡”的大好纪录。

三

这是一个让桐庐人民值得纪念的日子，这是一个让建设者值得骄傲的日子，作为桐庐县公路建设史上的“里程碑”工程，雪水岭隧道经过两年时间的奋战，终于在2005年1月19日胜利通车了。

柴雅线雪水岭隧道通车典礼

这是寒风凛冽、雪后初晴的一天。在雪水岭隧道东南侧的通车典礼现场，锣鼓喧天，彩旗飘扬，一片欢腾。原省人大常委会副主任杨彬，浙江老区建设促进会副秘书长、浙江省新四军研究会会长乐子型，县领导邵胜、陈祥荣、孙关昌、彭贤标、濮明升以及中铁隧道杭州分公司总经理陆林强等同志参加了雪水岭隧道竣工通车典礼。

县委副书记、县长陈祥荣代表县四套班子致词。他说，雪水岭隧道竣工通车，是桐庐县公路建设史上的一件大事，更是革命老区新合乡经济和社会发展史上的一件盛事。雪水岭隧道的建成将改善我县通往绍兴、金华地区的交通条件，对进一步改善新合乡的发展环境，为经济和社会发展奠定良好的基础。

陈祥荣感谢中国老区建设促进会和省发展和改革委员会以及省市交通部门对工程建设的关心与支持，感谢施工建设单位的辛勤劳动，感谢沿线群众的积极配合，向所有关心和支持工程建设的人们致以崇高的敬意。

新合引坑腾龙为雪水岭隧道的开通助兴，分别是大红、金黄、紫红、瓦蓝的4条腾龙，在锣鼓队乐声中飞舞。阵式有盘龙阵、双龙抢珠、游龙阵、跳龙珠等，灵活多变，浩浩荡荡，气势磅礴，十分壮观。

2006年冬，我登上九龙飞瀑风景区，在山顶一方平地伫立，放眼远眺：群山蜿蜒，连绵起伏，峰峦或高耸云宵，或对龙涎顶垂伏，重重叠叠，蔚为壮观。眼前满山的薪炭林，葱茏青翠，微风吹来似绿浪翻滚，而此时的九龙瀑布又如白绫，时隐时现地从山顶挂落山脚。

当我再看那条从雪水岭隧道穿膛破肚而出的柴雅公路时，使我感慨万千。隧道，是山的开膛，路的飞翔，梦的穿越。柴雅公路从大山的胸膛穿过，这时它似蛟龙般离开雪水港，沿着旧庄溪在逶迤地向东方远去。

昔日险路终成通衢。然而，那条二十几年前修建的雪水岭盘山公路，迎来又送走一茬茬过往的车辆和行人后，随着隧道的开通，它也离岗了，静静地躺在那里与青山白云为伍享受天年了。

这不是人们对雪水岭盘山公路的嘲笑，而是桐庐公路自身发展的一种自然交替，更是时代进步的明证。正如秋天雪水岭山坡飘落的红叶一样，它不是一种伤逝，而是生命过程中的一次张扬和蜕变。

雪水岭隧道通车前夕，时任新合乡党委书记的钟樟仁同志，找到我并要我为竣工后的雪水岭隧道写点文字，其实此类文体的碑文我并没写过，再说自己水平有限，本想推却，最后还是盛情难却，担起了碑文撰写的任务。此碑文现立于隧道东。

2005年2月20日

迎春大桥，托起城市的生命之舟

桐庐县城自唐开元二十六年（738）将县治从旧县迁址此地后，始成市镇。境内富春、分水两江襟带左右，山清水碧，景色秀丽，富航运之利，昔时帆樯林立，为南来北往之要冲。

当年桐庐县城唯一称为大街的那条开元街，北起轮船码头，南接南门头的古城门，街面弯弯曲曲，狭狭隘隘，地面铺就的是鹅卵石和青石板，街面的店铺一律是上着木排门的老房子。那时县城里闹龙灯、踩高跷的人可以临街坐在人家的屋檐上小憩，所以也谈不上有什么高楼。

旧时的县城很小很小，向上走出南门头，那条老公路两旁除了有几户散落的农居外，几乎是一片田野。广场路的老公路西北面除了木排头一带有沿江棚屋，所见的也是农田荒野。县城的模样恐怕自唐开元年间在此建县起，1000多年来也许没有多大变化吧？

中华人民共和国成立以后，桐庐县城才逐渐开始变化。首先变的是开元街的拓宽，临街的房子一一往后拆进，街上路面的石板卵石一块一块地撬掉后，改用黄泥、石灰、卵石拌和的三合土。拓宽工程几乎动员了城关镇上所有的人去参加修路劳动，当时只有六七岁的我也跟着爸妈拿着敲衣裳木榔头去拍打路面的三合土。

随着社会主义建设的不断发展，桐庐县城也在不断扩大，特别是我国实施改革开放政策以来，桐庐县城逐步从小城镇向城市化建设的方向发展。但是，由于桐庐老城区地理环境背山环水，地域狭小，面积仅有5.48平方千米，显然是不能满足桐庐城市化建设发展空间的需要。

要说当年富春江大桥的建成，桐庐人有了县城“跨江发展”的战略思路，那么真正托起桐庐城市生命之舟的还是迎春大桥。在县城建造跨越富春江的迎春大桥，这对桐庐县城向富春江南岸逐步转移、扩大城区范围、加快经济开发区建设、推进桐庐城市化建设步伐具有重要的意义。

县城迎春大桥与富春江大桥

迎春大桥又名富春江二桥。它是富春江上第一座根据城市化功能需要建设的城市桥梁，大桥总长1025米，其中主桥长812.5米，总宽15.5~17.6米，其中行车道10米，两侧有2.5米以上的人行道。大桥于1994年10月20日正式动工建设，经过广大建设者的日夜奋战，至1996年11月18日主体工程竣工。1996年12月29日，这是桐庐城市建设史上具有历史意义的一天，县委、县政府在大桥的北端举行了盛大的迎春大桥通车典礼。

时任浙江省省委副书记、常务副省长柴松岳，省建设厅厅长李志雄，省计划与经济委员会沈副主任，杭州市副市长胡克昌及县四套班子领导出席了通车典礼。柴松岳副省长还为大桥题写了“富春江二桥” 桥名。

迎春大桥的建成，犹如迎来县城发展的春风，桐庐城市建设从此搭上了一艘扬帆捷驶的快舟。1996年2月，杭州市政府批准了《桐庐县城总体规划》方案，县城规划范围扩大至65平方千米，城区重点逐步向富春江南岸的新区发展。

迎春大桥通车后的短短七八年时间，县城面貌就发生了翻天覆地的变化。如今城南新区一条条宽阔的马路纵横交错展现在人们的脚下；一幢幢高楼拔地而起出现在人们的面前；一处处新区以优美的环境供人们入住；一个全新的江南新城区蓬勃发展起来了。

县委、县政府作出“县政府南迁”的决定后，在迎春南路的中心地段上，县政府机关大院率先迁到了这儿，短短几年工夫，一幢幢县级机关的办公楼群就矗立在它的周围。机关大楼不同的建筑风格和立面那淡淡的色彩却给人以新的亮点，桐庐县的政务中心很快在这里形成。

随着政治中心、经济中心的南移，富春江南岸的新城区已初具规模。迎春大桥推进了桐庐城市化进程，而城市化的进程又改变了桐庐城市的商业格局，具有桐庐地标性建筑的元泰百货、电信大楼、米兰商厦三足鼎立在迎春大桥南头的时代广场。这儿店铺林立，车流不息，人气旺盛，已共同铸就了桐庐新的商业核心。

迎春小区、富春花园、罗蓝公寓、南苑新村等住宅楼群似花园般地美不胜收。环境幽美的庭院，宽敞明亮的住宅，造型别致的阳台，使那些久住老城区的人们，真正摆脱了昔日老房子黑暗潮湿、连打个喷嚏都会飘下灰尘来的日子，享受到了现代城市人富有浪漫风情的居住环境。

如今的迎春大桥像一条连接富春江两岸城区的纽带，终日车水马龙，人们南来北往已十分的便当。当年“走遍天下路，难过下杭渡”这句老话，早已成了人们难忘的回忆。

夜幕降临的时候，迎春大桥那一盏盏明灯，犹如一条火龙横卧在富春江上。这时候，人们徜徉在迎春桥上，轻风宜人，跃入眼帘的两岸城区万家灯火，使人马上体会到书上所描绘的不夜城感觉。

富春江、分水江上的迎春大桥等座座大桥是托起桐庐县城发展的一艘生命之舟。它使桐庐县城南北城连在一起，富春江南岸一座现代化的新城向世人展示，出口加工工业区、高新技术工业区、商业贸易居住区、省级经济开发区及大奇山旅游度假区已形成格局，使桐庐古城焕发了新的面貌。

我们相信，桐庐的城市化进程还将不断加快，县城新城区的进一步扩大和老城区的旧城改造，高楼大厦一幢接着一幢地在富春江两岸拔地而起，特别是城市基础设施建设的供电、供水、排污、通讯、公共交通及文化教育等城市功能的不断完善，不久的将来，一座现代化的、具有富春山水灵气的旅游城市像灿烂的明珠一样镶嵌在富春江畔，展示它美丽的风采。

2004年1月载《桐庐桥韵》一书

当年流行的一种新型桥梁——双曲拱桥

双曲拱桥是在古代石拱桥基础上发展起来的一种新型桥梁。了解双曲拱桥，首先要了解我国拱桥的发展历史。石拱结构最早始于古代的墓建筑，早在距今 2000 多年前西汉时期的古墓中，墓道的顶部便采用了折成形拱，耳室则为拱型出洞，并用砖砌的拱圈承托，这就是最早的拱建筑。

石拱桥的主要承重构件是拱圈，在竖向荷载作用下，拱圈主要承受压力，但也承受弯矩，墩台除承受竖向压力和弯矩外，还承受水平推力。

据有关史料记载，我国最早的石拱桥是公元 282 年（晋朝太康三年）建于洛阳七涧上的旅人桥。最著名的石拱桥是赵州桥，又名安济桥，为隋李春所建。桐庐境内明清时期所建的古桥中石拱桥就占有较大的比例。

其实，双曲拱桥是当年一种新型的桥结构。它的主拱圈是由沿桥跨力方向的拱肋，铺设在拱肋之间的拱波和浇筑在拱波上的拱板组成。由于这种桥的顺桥纵向有拱型曲梁若干条（俗称拱肋），横向曲梁间又有小拱圈（俗称拱波），故名双曲拱。

双曲拱桥的特点是：施工时化整为零，受力时集零为整，具有轻型化、装配化，省工省料，施工工艺容易掌握等。全国第一座双曲拱桥是位于江苏无锡县东停镇南首板桥滨上，于 1964 年 4 月 17 日建成的跨径 9 米、宽 1.5 米的农用双曲拱桥。据统计，当时仅 10 年时间全国建了 4000 余座双曲拱桥，有 30 万延米，其中跨径百米以上的双曲拱桥就有 16 座。全国最大跨径的双曲拱桥是河南省的前河大桥，其照片在 1979 年国际桥梁会议上展出时，曾一度引起世界桥梁专家的赞叹。

在桐庐桥梁建设的历史长河中，平时稍接触点桥梁常识的人可能还记得，历史上也出现过一段造双曲拱桥的热流，那就是 20 世纪 70 年代前后，不到 15 年时间全县造了 20 多座双曲拱桥。按当时行内比较流行的话来说“造桥必造双曲拱”，可见当年桐庐造桥人对双曲拱新桥型有何等的偏爱。

桐庐境内最早采用双曲拱桥型是在 1969 年底。当时先后建了上洋洲前江新桥和印渚周王坞桥，前者是农用桥梁，后者为桐千线上的公路桥梁。两桥于 1970 年建成并投入使用后，在桐庐境内便掀起了一股造双曲拱桥高潮，如前溪、大源溪及富春江南岸农村溪流上的九龙桥、张家溪口桥、滩头渡普桥、马家桥、蒋家埠桥、印渚大桥等，这些桥梁均是这一时期的代表作品。

印渚大桥（当年流行的一种新型桥梁——双曲拱桥）

当然，发生在桐庐县建桥史上最大的伤亡事故，也是双曲拱桥。1979 年 12 月 10 日，当时窄溪棠川村在大源溪口造一座双曲拱桥，由于施工过程中的质量问题，左桥墩下陷使得桥整体塌毁，压死建桥民工 8 人。

这一事故的发生一度对当时双曲拱桥的发展产生了影响，比如分水九龙桥原本打算 1979 年开始建设，而棠川桥的塌毁事故发生之后，九龙桥也被迫停工，直到 1985 年才恢复建成。

在当时的历史条件下，双曲拱桥虽然有结构新颖、轻巧、省料等优势，对桐庐的交通发挥过一定的作用，但是双曲拱桥也存在着它本身固有的缺陷，比如拱肋与拱波结合处的薄弱，使得其容易产生裂缝病害；设计时构件截面偏小，强度、刚度就相应减弱，当承受较大的外荷载时，产生较大的内力和变形，导致构件的开裂、脱落；另外，拱波纵向开裂、拱肋开裂、横系（横隔板）

开裂或脱落及拱顶下沉、侧墙鼓胀、外倾等，都是些较难处理的技术问题。

后来，随着交通事业的发展，特别是汽车载重吨位的不断提高，双曲拱桥型在使用中所暴露的病害问题也越来越突出。鉴于以上原因，桐庐县从20世纪80年代中后期以后，双曲拱桥就遇上了它的衰退命运。

当年，曾对桐庐全县的桥梁进行过一次普查，发现双曲拱桥的病害较其他桥型的桥梁要多，而且也较为严重，比如张家溪桥、渡普桥等当时都已成了危桥。

桐庐境内最著名的双曲拱桥便是横跨分水江的印渚大桥了。该桥全长189.2米，为三孔，每孔跨径50米，桥面行车道7.5米，大桥古朴大方，气势宏伟，颇具民族特色。而境内跨径最大的双曲拱桥是位于分水镇九龙山脚的九龙桥，这座桥宽虽只有4.1米，但60余米单跨过前溪的桥势称得上是桐庐农用桥梁大跨径之最，而且两侧栏板上用水泥砼凸出条条飞龙，显示出它气势不凡。

当年分水江水利枢纽工程开始蓄水之后，印渚大桥渐渐的只露出了桥面，其余全淹没在水库之中了。当时分水江枢纽工程指挥部有一领导找到我，说是打算花5万元钱把这座桥炸掉，问我采取什么方式炸为好？我当时回答他说：为什么把它炸了，炸了水底下就会多上一堆废渣，不炸不仅节省5万元钱，而且在水库里至少还能保留了一个视觉景观，人家今后印渚埠看不到了，到这儿至少还可以看见一座印渚大桥，这样也好给人家印渚人留下一点念想。

后来，这座印渚桥就这么被保留了下来，直到今天仍四平八稳地露在库区的水面上。其实，这座桥上不再通车之后，我估计它可以在那儿永久地保存下去，待到全国双曲拱桥梁全都当危桥改造完了之后，也许印渚大桥就是全国唯一的双曲拱大桥了，百年之后说不定它就是国宝级的文物了。

2006年11月5日

乡村康庄工程建设

2003年以来，全体交通人经过艰辛的搏浪苦泅，至2005年末，终于到达结满累累硕果的彼岸。今天，我们站在桐庐1800年历史的坐标之上，可以自豪地说，没有哪个时代的交通能像今天这般的四通八达。如果把延伸在乡村的一条条农村公路比作人体的毛细血管，那么桐庐版图上的血脉从未有过如此的细密和畅通。

喜看畲乡公路的嬗变

1987年初，我在桐钟公路改建工程指挥部工作时，只见莪山境内四周山峦环抱，苍莽突兀，村庄如星星点点般地散布在一座座山坡、一条条沟坳里，感觉交通很不方便。当时一个乡的公路总里程也不足7千米，一条过境县道徐七线和一条乡道潘中线，曲折绵延、坎坷不平，全是等外级公路。人们乘车从丰乐亭进入莪山境后，不见一寸水泥或沥青路面，七坑八洼的砂石路把人颠簸得昏昏沉沉，汽车经过之地一路黄尘蔽天。

20年前，阡陌小路是莪山人与外界相连的唯一途径。山门打不开，外来投资者望而却步，山区发展也迈不开步子，莪山乡在改革开放的浪潮中无奈地落后了。

1988年12月29日，莪山乡塘联村的大礼堂内呈现一派喜气洋洋景象，这一天，桐庐县乃至杭州全市唯一的少数民族乡——莪山畲族乡人民政府在这儿正式宣告成立了。我作为交通人有幸参加了这次盛会，我知道参加会议不为别的，就是要为畲乡同胞多修公路才是。

从此，为修建莪山畲族乡的一条条公路，我和同事跑遍了这个乡的所有村寨，哪怕只有几户人家的村寨也留下了我们的足迹。我亲闻了畲乡人对路的渴望，我亲历了莪山畲乡的公路建设，我目睹了畲乡道路的嬗变，并与莪山公路结下20多年的情缘。

人是社会性的一种群居动物，人们厌恶孤独。人们要联系，就要有路；要与外界沟通，也要有路。畲族是居住山区的一个民族，习惯称之“山哈”。但在他们纯朴的性格里，骨子里并不封闭，始终包含流动的、走向世界的基因。因此，他们对路有着更为深切的体验，都有走出去才能发达的传统思想。

当年，我和同事一踏上畲乡的土地，听到最多的呼唤声就是希望有公路通进村。因为，莪山畲族乡13个村除山阴岭、尧山、双华等少数村通公路外，绝大多数建制村在当时还没有通上公路，有的连像样的机耕路也没有一条。

在漫长历史岁月里，畲乡人大多靠着那弯曲的羊肠小道走进走出大山。因此，路对畲乡人来说，有其更为深厚的含义，从某种意义上说，是他们不可离弃的命运情结。

路，能使人们走出封闭，通往世界，通往现代化，脱离贫困，走向富裕。

路是如此的重要，长期以来，畲乡同胞对路寄予了深厚的期望。因时代和经济的关系，莪山畲族乡大规模改造公路、建设公路，也只能是畲族乡人民政府成立以后的事情。

莪山畲族乡的成立似乎像一股强劲东风，它吹来党和政府对畲乡人民的关怀，带来了优惠的民族政策，从而促进了莪山畲族乡各项事业的蓬勃发展。当然，首先推起畲乡波浪的还是这里的交通建设事业，公路建设热潮在莪山畲乡境内一波高过一波。

如果要把纸上的蓝图和心中的目标化为一条条的康庄大道，对畲族同胞来说毕竟太难了，首先摆在面前的第一件难事就是建设资金不足。

桐钟公路莪山过境段是这个乡最早启动拓宽改造的公路，由于投入资金的不足，莪山境内短短 5 千米路就分成数年来改造。1987 年底，丰乐亭至潘山桥段开工建设，次年底路基工程完工；1988 年底，莪山潘山桥至钟山段拓宽改造，然后逐渐浇筑水泥和沥青路面，历时 4 年多，直到 1991 年元旦时才竣工并恢复通车。

在莪山境内拓宽改造桐钟公路使我感悟最深的，还是沿线干部与群众对拓宽公路的渴望以及他们对修路的支持和理解。

大凡搞工程建设的人都知道征地拆迁的困难，桐钟公路莪山段的改造也不例外。在标准良田每亩补偿 650 元、房屋拆迁每平方米补偿几十元的情况下，其征地拆迁难度是可想而知的，但最终还是得到畲乡同胞的理解和支持。

有人说农民是小农经济意识很浓的一个群体，但我却认为他们有时也很无私的。这不，双华村徐阿照全家为修公路竟无私地把房屋也让掉了，在临时房一住就是十几年，还没等新房造好徐阿照老人就早早的过世了。我每一次途经双华村，看到仍居住在临时房中的他们，不免会产生一种莫名的惆怅。我要感谢这家农户对公路的奉献。当然类似这样的事例还有很多很多。

莪山与钟山两乡交界的胥子岭，公路改建需要降坡一二十米，这种工程对今天的施工条件来说并不复杂，而当年仅靠那突突冒着黑烟的手扶拖拉机，靠着锄头、铁锹来挖，靠着扁担畚箕来挑作为公路一点点延伸的办法，其工程就显得异常艰巨了。

老路已被破坏，新路还没修好，工程施工使胥子岭这段路一堵就是半年多。班车停开了，厂车也开不出去、通不进来了，但公路沿线的广大群众没有半句怨言。

桐钟公路潘山桥至胥子岭段路基改造完成后，首先遇到的难题是铺筑路面的宕渣采不到。怎么办？没想到我们的困难被附近村坊的老百姓知道了，原本缺乏的路面铺筑石料就有人源源不断地送上工地来了，及时支援了桐钟公路改建工程的建设。

如果说桐钟公路拓宽改造把莪山畲乡的交通主动脉给治流畅了，那么更可喜的还是因主动脉的畅通而激活了畲乡一根根的末梢神经。20世纪90年代开始，上级政府为把建制村不通公路的历史不拖到21世纪，莪山畲乡迎来了村村通公路或简易公路的建设高潮。

衣冠、沈家两个村位于乡集镇之东南，他们是较早萌发修公路的建制村之一。早在20世纪80年代初，他们为圆公路梦，请来交通工程技术人员帮助测绘从沈家山通往尧山的公路。由于当时经济条件落后，尧沈公路开工后，一直建建停停地拖了十几年，变成一个半拉子工程。

1994年初，衣冠和沈家村的干部与群众重新鼓起了续修公路决心，当时的村领导毛樟松、姚正兴找到县交通局，希望对尧沈公路建设给予支持与帮助。为了使畲族同胞不再走坎坷的小道，为了让更多的人不再翻山越岭，我们交通人有责任为他们做好服务。从此，在尧沈公路上，我和同事们常常背着花杆、拉起皮尺干了一天又一天，一直干到公路竣工通车为止。

无论春夏秋冬，还是酷暑严寒，在莪山畲乡的公路建设工地上，哪里有需要，我和我的同事就会第一时间赶到现场，为那里的公路定线、放样，寻找最佳线路方案以及为工程施工把好质量关。

尧山坞是一个畲族人口占98%的少数民族村，原来进村的那条机耕路既狭窄又泥泞难行，他们多么渴望有一条平整而宽阔的等级公路啊。1995年4月，在市、县政协和交通部门的关心支持下，水洪岭至尧山坞公路正式开始修建。是年底，一条长1.17千米、宽7米的泥结碎石路面公路完成。1997年10月，该条路又完成了沥青混凝土路面浇筑。尧山坞村为让子孙后代永记党和政府对畲民的关怀，在村口公路边还造了座“民族团结亭”，以对修路的纪念。

1998年9月，在市政协、民宗局、交通局的关心与支持下，投资60余万元，潘山桥至中门、尧山至沈家公路浇筑沥青路面。是年10月，铁砧石村中门至小坨坞3.4米机耕路开始拓宽改造，使之达到山岭重丘四级公路标准，第二年完成5米宽的水泥路面浇筑。是年12月，小坨坞至戴峰村公路动工。

县道徐七线莪山境内段

1999年底，莪山畲族乡13个行政村全部通上等级公路或简易公路，其中80%的公路路面达到硬化，及时完成了省委、省政府提出20世纪末实现村村通公路或简易公路的目标要求，为改善畲乡同胞生产、生活条件创造了良好的交通环境。

2000年底，为方便农村居民出行，让这儿的畲乡同胞既走上好路又不走回头路，开通了衣冠至合岭、中门至湾下两条乡镇之间沟通的公路。

进入21世纪后，莪山畲族乡人民政府紧紧抓住国家实施通村公路建设的历史机遇，围绕农村致富奔小康的目标，将发展农村公路作为帮助农民告别贫困、发展经济的大事和实践“三个代表”重要思想的具体体现来抓，顺势而为，积极做好农村公路再提高这篇大文章，加快推进了公路建设步伐。

莪山乡山阴湾村原先道路条件很差，全村人口仅200多人，加上地方经济落后，村民虽也想进行道路建设，由于建设资金难以落实而迟迟不能开工。该村在今年列入我局交通扶贫项目后，最后通过乡政府财政挤一点、社会部门争取一点、村级集体山林木材卖一点、群众捐一点的方法，投入资金50余万元，顺利完成了2.5千米长道路建设。道路交通条件的改变为山阴湾村经济发展带来了新的希望。

2003年初，随着小坨坞至戴家山公路水泥混凝土路面开始浇筑，莪山畲族乡新一轮农村公路建设又推向一个新的高潮。在上级政府部门关怀与支持下，“乡村康庄工程”又为解决制约畲乡发展的交通瓶颈带来了希望，通过“政府支持、社会筹集、群众捐赠”等措施，莪山畲族乡乡村公路拓宽改造和路面硬化工程全面铺开实施。

2003~2005年三年时间，先后完成小坨坞至戴家山、周田至西金坞、塘联至合岭、山阴岭至山阴坞、中门至潘龙、潘山桥至中门、中门至湾下公路路基拓宽改造13.3千米、路面硬化19.2千米。2005年末，莪山畲乡实现村村通等级公路、村村公路硬化的目标。

潘龙村是莪山畲族乡规模最小的建制村。为改善潘龙村的道路交通条件，我和同事曾一次又一次地到过这里。1989年，这个村的群众在干部的带领下，通过发动村民捐款、投工投劳等方法，完成了与外界联系的机耕路建设。

1996年8月，在原省委书记铁瑛的关心下，由广宇慈善协会、省民委等捐款的一座长20米、宽6.5米石拱桥准备修建。该村支书钟金生、村委主任潘如民找到我们，希望帮助联系桥梁设计人员。我和时任交通勘察设计所长王建民同志知道这件事后，第二天就一起到了桥址现场。为了桥位选址，我们一次又一次地对方案进行比较，一直干到满意为止，此时天已经很黑了。1997年12月，该桥建好，接着我们又为他们的机耕路改建为简易公路定线、放样、设计。1998年秋,潘龙村终于通上了3米宽沥青路面的简易公路。

2003年底，我又一次来到了潘龙村与村委会主任姜木金商量修路的事。潘龙是个生态环境很好的村庄，将来发展畲乡休闲旅游有得天独厚的优势，为考虑日后通旅游大巴的需要，我建议利用实施“乡村康庄工程”的机会，把潘龙村公路拓宽至7米以上，并浇筑6米宽水泥路面，这一建议得到了当地干部群众的赞同。2004年底，潘龙村一条标准较高的四级公路建成通车了。

畲乡人的一生，虽然在走各种各样的路，而今天能走上康庄之路，是他们走向自己命运的最关键一步，也是最刻骨铭心的一步，他们对此会感悟终身。我们修公路不仅只方便乡亲们出行，或只能让拖拉机开进开出，真正意义是要把这儿的贫穷愚昧赶出去，把富裕生活请进来。

在潘龙村里谈到村庄的变化，村民自然就会聊到那条潘龙与外面世界对接公路的功劳，如果不是当年修起这条通村公路，村子不知道什么时候才能起变化。

是啊，潘龙村的许多好事情也随着这条路的修通，接二连三地涌了进来，变化最大恐怕还是加快了潘龙村新农村建设的步伐。一幢幢靓美的农家小院随着公路的建成拔地而起，公路还带动了农民观念上的变化，每家农户都整理得十分清爽，村路和巷弄的路面干干净净。当年一个较为偏僻的畲族小村落，如今其畲乡畲家乐在“长三角”地区都已声名鹊起，并形成了良好的乡村旅游发展势头。

岁月无声地流逝，莪山畲族乡的公路也在物换星移中随之嬗变。是啊，仅仅20年时间，能让一个偏僻落后的莪山畲族乡村发生这样翻天覆地的变化，让一个靠天吃饭的农村部落走进现代化，这样的奇迹岂是当年那种泥泞的机耕路所能承载的。

喜看今日畲乡，一条条公路在山与山之间蜿蜒延伸，像玉带般缠绕在崇山峻岭之间，全乡公路里程已经由当年不足7千米，增加到现在的36.047千米，增幅5.15倍。村村通上等级公路、村村公路路面硬化，畲乡同胞走路好了，下雨天也不泥泞了。

我们今天再看昨天的公路作品时，自然感到它们的历史局限；也许明天再看今天的公路时，也会发现今天不可能预见的局限。但是，我想只要我们站在时代的历史高度，深刻地表现了时代的真实生活，反映出畲乡同胞的情绪和愿望，并给人以思想的启迪、有益的影响，也就尽了我们交通人对时代、对莪山畲乡的历史责任了。

莪山畲族乡的公路目前仍处在粗放型的发展阶段，公路需要拓建、需要沟通及完善的呼声仍在感动着我，在震撼着我的心，并召唤着我们继续为那里的畲族同胞修公路。

2008 年 7 月 6 日

以路为弦奏新曲

——合村乡牛水坞村公路建设纪略

2004年12月，牛水坞和大溪村合并为高凉亭村。两个村分别在大溪口分叉的两条深坞之中，朝北的峡谷是大溪村，往西的峡谷进去就是牛水坞村。

牛水坞全村76户人家、198人全住在山沟沟里。这儿出门见山，交通不便，信息不灵，村民的生产、生活也极不方便。

由于山的阻隔，这儿村民的出行很奇怪。他们出山进山并不是朝瑶溪峡谷口走，而是要朝着坞里的方向往临安青坑口行，再绕道洪坪、岭源兜一个大圈子，然后才转到合村。

由于路不通，致使牛水坞依然与世隔绝，信息闭塞，农民思想观念陈旧落后。

由于路不通，致使生活在穷乡僻壤的村民有病无处医，或来不及送医，常常小病拖成大病；

同样是由于路不通，致使牛水坞丰富的资源藏在深山无人识，无法转化为经济优势。

20世纪80年代末，乡政府建设高凉亭电站，才从高凉亭至牛水坞开出了一条机耕路。这路依山傍溪，宽不足3米。

没有公路，牛水坞人守着富山过穷日子。老百姓要改变生产与生活的条件，就得有一条能够让他们走出去的公路啊！

是啊！在牛水坞村的老百姓眼里，虽然有丰富的山林及土特产资源，但这些资源换不了钱，也不值钱啊；虽然山里人的劳力很强壮，但劳力没地方挣钱，也挣不到钱啊。当年，牛水坞村有个村民曾从大溪背毛竹到合村，一连背了三四天，其结果背毛竹换来的工钱刚好够他在合村集镇上买一把折伞回家。

一

2003年初，一项农民最关心、最直接，也是最现实的民生工程——“乡村通达工程”在桐庐大地开动。

“乡村通达工程”让牛水坞村民们看到了新的希望。因为这是改善牛水坞交通条件，改善群众生产、生活环境的一次历史性机遇。

面对机遇，牛水坞村的干部开始筹划了，打算把通村的那条小路变成大路；把泥石路变成平整的水泥路。

牛水坞村要修建水泥公路了。这消息像长了翅膀，不出两天，全村人都知道了。这时，有人心中难免疑虑重重：一个才200人都不到的小山村，要花那么大的财力物力来修建一条水泥路，有可能吗？

“乡村通达工程”要实施，合村乡人民政府为抓住这难得的机遇，他们把牛水坞村修建水泥公路的事列入政府工作的重要议事日程，并把建设责任一一落到了实处。乡政府对干部和责任部门的考核，牛水坞村修建水泥公路的内容就占了四分之一。

牛水坞村修建公路所面临的困难有很多很多，虽然，政府在“三农”问题上的补助力度是加大了，但光靠政府补助这点钱也不够啊，村里仍需配套五六十万，这缺口的资金到哪儿去筹措？

牛水坞村的干部群众不等不靠，千方百计广开了筹资渠道。首先，他们想到的是在政策允许范围内，采用“一事一议”制度筹措资金。他们认为通村公路是“民心工程”，“一事一议”制度是办好这件民心工程的有效途径。

要减负，在增加农民负担的各项集资被逐步取消后，又要动员农民参与建设，如何使修路的事更切合民意？

2004年6月25日上午，牛水坞村召开了村民代表会议。我和合村乡副乡长李永平、驻村干部徐小龙被邀列席了这次村民代表会议。我能参加这样的会议很荣幸，也很感动。同时，我也明白交通人肩上的担子该有多重。

村民代表对讨论的议题热情高涨。在会上，我看到牛水坞村村民对路的期望值很高，而且修路的奉献精神也很高，使我很感动。

村民代表会议形成了建路与筹资的决议。大家一致表示：政府为农民造福，对农村支持都这么大了，我们当农民的也要为工程尽心才是，再大的困难我们也要自己去克服。众人拾柴火焰高，很快决定道路拓宽每人捐出1000元钱，这次会议共筹得资金19万元。

村民郭士根、姚根法等三户家庭，当时的生活条件都很困难，但是，为了修路他们也倾箱倒箧地把钱捐了出来。这一年的年关，他们三家把钱捐光后已没有钱置办年货了。村党支部书记顾永龙得知后，便拿着2000元给他们送去了。在顾书记的心里，群众为集体的事都尽心了，我们当干部的更应该从各方面去体贴他们，过年过节就不应忘记他们，要处处关心他们才是。

月光如流水一样，静静地泄在牛水坞山上一片片树叶上和那条通往合村的小路上，薄薄的青雾在瑶溪的峡谷中漂浮。这时，月光下有两个人影在牛水坞至合村的小路上移动，他们便是驻村乡干部徐小龙和村党支部书记顾永龙。这时他们刚从村里开完会往回家的路上赶。这样的会议开了多少次谁也记不清了，但会议主题只有一个：拓宽牛水坞村机耕路并进行道路硬化。

文化干部出身的徐小龙今晚走在月光下，他觉得很有诗意，而且也很兴奋。因为一项久议不决的事情，今晚总算一家一户地把思想做通了。

因为，道路拓宽涉及各家各户的利益，如果沿途的树木、农作物、土地等问题要先赔偿再开工，就得用一笔不小的资金来对付。村两委会决定先记个账，以后有条件再赔偿，但这事却被几家农户所抵触。为做通这几户人家的思想，徐小龙他们一次又一次地上门，直到把思想做通为止。

二

2004年8月，牛水坞村的道路拓宽工程如期开工建设。

寂寞的瑶溪峡谷，大型的挖掘机开进来了，一辆辆工程车开进村里来了。这时，村里的群众终于明白，通往自家门口的路这一次真的要旧貌换新颜了。凿岩机的突突声，挖掘机的轰轰声，工程车繁忙地开进开出，小小的山村热闹非凡。人们三三两两聚在一起，一边看着热闹的工程现场，一边高兴地谈论着什么。

在高凉亭至牛水坞公路的施工现场，无论是烈日炎炎的酷暑，还是寒风凛冽的严冬，我们总能看到村干部的身影和足迹。该村老支书王根水、朱茂金两人主动站出来负责工程施工的管理。他们天天坚持来到现场，一个进度上把关，及时处理好沿线的纠纷问题；一个质量上把关，确保工程质量上等级，他们对工作尽心尽职。

村党支部书记顾永龙为修公路放弃了年收入有四五万元的毛竹贩销生意，全身心地扑到了修路的事业上。

交通工程技术人员更是坚持每天到一线的施工现场，以服务到位、指导到位、协调管理到位的工作作风，或了解工程施工进展、工程质量，或现场办公帮助解决工程施工中遇到的一个个难题。

在牛水坞村道路硬化过程中，又遇上了资金缺口难题。怎么办？村两委会又以“一事一议”的制度召开村民代表会，发动各组各户筹款。可喜的是，198名村民又捐款了，有的把饲养的生猪卖掉来凑钱，有的把纳鞋底挣来的钱做贡献。村党支部书记顾永龙手捧着村民捐上来的21万元修路款，心情很沉重。他不知说什么好才是，最后郑重地对着全体村民说：“请大家放心，我一定负责把水泥路面浇好为止。”牛水坞是一个小小的村庄，该村为建设通村公路，人均捐款2000多元，共筹资金40多万元。

2005年底，一条宽畅的水泥和沥青路面从牛水坞一直连到了乡政府的集镇所在地，并与县道、省道、国道对接，从牛水坞出发到省城、到北京我们再也不用走一步带土的路了。

经过筑路工人近一年的努力，高凉亭至牛水坞原来坑坑洼洼、一下雨就水和泥一起流的“水泥”路，摇身一变，变成了宽阔平坦的真正的水泥路了。乡亲们日思夜想的梦成为事实，畅通的公路打通了牛水坞封闭的沟沟岔岔，极大地改善了群众的生产、生活条件。而今，常回家看看不再是让人犹豫不决、想去又怕路难走的事情了。

2005年11月18日，牛水坞村一位83岁的老太太看着水泥路面浇到了家门口后，喜孜孜地说：“我这一辈子总算没白活啊，今天能走上这么好的路，以前我想都没想过哩。”

是啊，凝聚山区百姓心的牛水坞村的水泥路浇好了，路平了，车通了，这里的村民们是该笑了。

今天，走进合村乡高凉亭村牛水坞自然村，一条平整干净的水泥路展现在人们眼前。这条被村民称作康庄大道的公路，凝聚着村民们的汗水，更蕴含着这儿乡村干部们的一番苦心。

如今，它已成为农民脱贫致富的起跑线。沿线丰富的旅游资源、水利资源、农副产品资源、森林资源得到充分的开发和利用，使资源优势尽快转化为经济优势。

看，道路瓶颈消除后，农村原生态的旅游资源也受到人们的青睐，乡村“农家乐”得到了迅猛发展。农村“乡”“土”“野”“奇”的风情，青笋干、番薯干、山茱萸等土特产品吸引着一批又一批游人，使这儿的乡村“农家乐”得到迅猛的发展，村里办起了14户农家乐，年接待游客2万余人次，收入达80余万元。

合村瑶溪峡谷地处深山岙岭，山峦起伏，曲溪蜿蜒，林茂境幽，奇峰怪石，极具自然野趣。2009年12月4日，武汉阳光文化广告公司与合村乡正式签订了开发协议，副县长童明参加了签约仪式。

开发浙江大溪旅游项目分为两期，一期是主流瑶溪的一个激流闯滩项目，二期是支流大溪的一个激险冲浪项目。我们相信，这个项目的开发必将实现旅游、当地人居以及社会环境的一个协调发展，又为老百姓带来一条致富的门路。

一草一木一春光，一山一水一世界。在别人眼里，这里只是一个普普通通的山村，但在我的心里，这儿却是我们交通人一直所关注变化的责任。

牛水坞村能通上水泥路面，是做梦也没有想到的事。这主要是党和政府近年来推出的支持“三农”政策好，也是交通部门同志们为老百姓办实事的结果。这是当地不少村民对我说的话。

2010年11月29日

这里的公路与蓝天接壤

——横村镇白云村郑家边至峰坞公路建设纪实

横村镇峰坞村的通村公路堪称是桐庐的“青藏公路”。

这条宽4.5~6.5米、全线长11.13千米的四级公路像一条白练向海拔700 米的高山盘旋。此处群山绵延，气势雄伟；但见头顶似披絮的云彩，你来我往地奔腾，人便如脚踏浮云，顿生远离尘世之感。如果你站在响山附近的弯道处回首，群山犹在脚下。我知道那些山的方位，一旦走近时，也是些争高直指、千百成峰的大山，但在这里，都被“一览众山小”了。在这样高的山坡上，在这样壁立的峭崖上，开凿出这样一条与外界联系的公路太不简单了，可以说它创造了桐庐农村公路建设的奇迹。

2007年9月18日，我陪同《中国公路文化》杂志社首席摄影记者、编辑陈邦贤一行驾车去峰坞村采访。

站在高高的响山之巅，我们冒雨俯瞰大地。一片云雾中，那峰坞的主峰以及由它率领的一系列群峰脱出云海，蜿蜒青翠，如同一把把永远不会被沧桑抹去锋芒的宝剑，在雨空中傲然肃立；再眺望远处那条通往峰坞村的通村公路，如白练飞舞，似隐现在一片云雾山中，它飞向天际，与那遥远的世界接壤。

北京客人对这峰峦坞谷中通上水泥路面公路大加赞叹。我告诉他们，如果把时间拨回去七八年，峰坞村的境况又是另外一个样子了。甭说你们北京客人今天不可能到这里，就连本乡本土的桐庐人，在这大雨天也让人望而却步了，怎么会有人来涉足这峰坞的高山呢。

“青岭不断横坞水，双溪又见白云村”，这是古人对白云村描述的一对楹联。上了年纪的桐庐人，只要说到此楹联中的横坞，十有八九会心中出现一股寒意，因为这地方太高太遥远了。人们很怕去那里，就连出嫁的姑娘也很少回娘家，毕竟山高路远啊。

横坞即原峰坞建制村所在地，今天已与大会山、郑城、石青桥等村合并为白云村。从石青桥开始登山去峰坞村，足足要走上20多华里的山坡路。跑遍桐庐山山水水的我，爬山原本是件很寻常的事儿，但说要去峰坞看道路，不免心中也会寒意顿生。

因为这儿没有公路，老百姓看不见山外的精彩世界；因为没有路，这里的村民仍过着日出而作、日入而息、甘居寂寞的生活。前些年，稍有门路的人一个个离家外出去谋发展了，有的在外地办企业，有的到外乡打工，有的干脆举家去杭州市郊种蔬菜。

人离不开四季，也离不开路。小路变大路，大路变畅路，人类社会的历史才能实现新的更替。一种召唤？抑或一种启示？时代都快进入21世纪了，老百姓怎么还走不出大山、走不出泥泞，还不能与外面的世界联系，作为交通人的我心中会有何等的沉重啊。

峰坞和大会山两村的机遇来了。1996年，省委、省政府提出了20世纪末实现村村通公路或简易公路的目标。这是一个号召，是一项民心工程，也为峰坞、大会山村带来了千载难逢的机会。我作为时任交通局分管公路建设的科室负责人，为峰坞、大会山村修路当然义不容辞，应该要跑到第一线去。

1998年的一天，新任县交通局长倪项龙第一个下基层要去的地方就是横村镇峰坞村。这一天，倪项龙局长、王建民副局长和我三人在乡镇领导的陪同下，踏上了攀登去峰坞的路，准备谋划为峰坞、大会山村建一条通向山外的简易公路。

从山脚至峰坞村过去有一条简易的机耕路，待我们到实地一看，这哪是路啊，早已被雨水冲得七坑八洼了，泥泞的路面连空着身子的拖拉机上山都十分吃力，车后面也得有人推它才能勉强前行。这一天，我们是乘着越野吉普车颠着上山的，上山的路只开到火炉口自然村，车子就再也走不动了，因为车轮被路中那深深的坑洼和一块块的露石卡住了，没有办法，大家只得下车改步行攀爬。这是我第一次登上隐藏在崇山峻岭中的峰坞村。

面对如日中天的公路事业，在农村全面建设小康社会的潮流中，这里的老百姓多么希望有一条平坦宽敞的公路展现在他们的眼前啊！而这一切只有我们公路人的不懈努力，只有大家的不断攀登才会实现。

交通人登上了高高的峰坞大山，它带来了强劲的春风，为峰坞、大会山两村修通简易公路带来了机会。而峰坞、大会山两村的干部群众为了修路，他们齐心协力，节衣缩食，每人捐出300~600元钱用于买修路的炸药等材料。村民陈小苟老人，虽说年事已高，但考虑山上子孙后代能享交通便利之福，倾其所有的积蓄，并把三个儿子孝敬他的生活费全都捐献给了村里修路。

2000年冬，经过交通人的努力，经过社会各界的支持，经过峰坞村干部群众一年多时间的艰苦奋斗，那条从峰坞村通往山外的简易公路，经拓宽改道胜利完成了。峰坞、大会山村老百姓的愿望实现了。

2002年夏天，又有一次修路的机会来到了峰坞村。省交通厅拟在2003年全面推开“康庄工程建设”，欲选择几个村庄搞试点。我们得知消息积极争取，终于把郑家边至峰坞村的通村公路列为全省11个试点项目之一。

如果说，峰坞村当年修建简易公路有一腔热血，那么等到测设部门把新设计的四级公路标准图纸摊在他们面前时，两个村的村干部一看需要150万元的投资，他们顿时感到步履艰难。

公路的图纸设计完已几个月过去了，但山上的路仍没有一点动静。这时，我觉得有必要把村干部邀到县城来商讨修路的事，并把情况向局领导汇报。

邀请峰坞、大会山村的干部到县城来，事先并没有和他们说什么，只是说局领导请他们到交通饭店吃顿便饭。大家刚在饭桌上落座，菜也只上了几款，我们的领导对着4位来自基层的村干部问话了：峰坞村的公路还要不要修了？村干部们虽说修路有困难，但这时齐刷刷站起来说道：公路肯定要修下去的。局领导接着就说：那好，既然公路要继续做下去，我们就把酒杯倒满，一起干下去。这是一杯高度白酒，在座的人也甭管谁有没有酒量全都一饮而尽。

这天晚上大家把这杯壮胆的酒喝下之后，干部们回村立即就修路的事作了商量，没过几天，那一度被停顿的公路就开始招投标建设了。

全线11.13千米的郑家边至峰坞公路开工建设了。我经常到这儿的工地来检查工程进展。峰坞村的通村公路堪称是桐庐的“青藏公路”，在这样高的山坡上、在这样壁立的峭崖上，开凿出一条与外界联系的公路太不简单了，可以说它创造了桐庐农村公路建设的奇迹。

郑家边至峰坞公路路面施工中

2003年9月23日，参加全县通村公路建设会议的代表们来到这儿参观取经。代表们到施工现场一看，对那些还在等待观望修路的村庄无疑是一种冲击，他们回去再也坐不住了，能在这么艰险的山上开出一条公路来，那自己家乡的路简直是小菜一碟了。

从县国土局原党委书记岗位上退居二线的洪谢罗同志得知郑家边至峰坞公路路面硬化缺乏资金时，凭他个人的影响力，联系有关部门领导和工商业主，到公路施工现场协调，筹集资金30万元。

2005年是郑家边至峰坞公路浇筑水泥路面的一年，其施工难度一个接着一个，不是材料运不上山，就是天遇干旱采不到水，待到这些困难解决了，用电问题又遇上麻烦。工夫不负有心人，2005年10月31日深夜，当最后一块板块的水泥混凝土浇筑完成，时钟刚好23点30分，至此，峰坞村的老百姓总算走上了水泥路面。

白云村党总支书记林雪标激动万分地告诉笔者，当年他们起早摸黑，战斗在修公路的第一线，其目的就是为了看到公路为农村、为农民带来可喜的变化。今天把公路通到家门口后，峰坞、大会山高山蔬菜可以直接在路上卖给杭州、上海来的贩销户，为农民增收创造了良好条件。

严关东等6户人家，携妻带儿走出大山已经七八年了。当年离开家乡后，他们在杭州市郊干起种蔬菜为生的活计。没想到今天家乡也通上了宽阔的水泥路公路，交通方便后，他们于2006年又回家了，带回了蔬菜的种植技术，开始在自己家乡种起了高山蔬菜。严关东夫妻俩四五个月时间就赚了3万元钱。

原来这儿50岁以下的人，大多在外打工，如今看到种高山蔬菜有前景，也纷纷加入了这个行列。那些原先曾一度荒芜的山陇梯田，变成了人们的抢手货，一垄垄茄子、黄瓜、辣椒及四季豆等高山蔬菜为当地农民开辟了致富新门路。2007年，白云村高山蔬菜种植面积一下增至600多亩，全村有120多户农民走上种蔬菜致富的道路。

农民钱根兴一家2007年一下种了十四五亩高山蔬菜，纯收益达到6万多元。峰坞村农民孙伟说得好："谁也不会想到在峰坞还能种菜来赚钞票，原来蔬菜也是一种商品，用它可以变现钱。去年，我看着人家种菜尝到了甜头，也试着种了半亩地的四季豆，没想到效益比种田高出一倍多，如果再套种一季瓜果那收益更可观了。为此，我今年准备扩大3亩面积去种植高山蔬菜。"

峰坞、大会山村沟壑交错，险峻的山峦起伏不断，余脉像渐渐远去的绿色浪花，它挟带着昔日的封闭已经消失在时间的深处了。今天，宽畅的公路大道盘绕在崇山峻岭，使峰坞、大会山村与县城、大城市的时空距离越来越近，而且还成了远近闻名的市级高山蔬菜园区。

生产成本下来了，产品价格上去了，这是公路修通后峰坞、大会山村最明显的变化之一。这儿地形地貌复杂，自然条件与外面的平原有很大的差异，今天由于道路交通的改善，彻底改变了原先山里山外两重天的状况，实现了山里山外一路牵，有效解决了农产品出运难、出售难、货损多、成本高、价格低的问题，促进了农业产品的价值增加，为农民增加了可喜的收入。

桐庐县白云村峰坞、大会山两个自然村有着1万多亩的毛竹资源，过去走上一天的山路，每百斤毛竹只能卖回七八元苦力费，而现在汽车直接开到村头的公路边来收购，每百斤毛竹卖到了20多元，不仅毛竹价值提高了两倍多，而且人也省力了。现在两个村大力发展毛竹生产，每年仅这一项就为村民增加收入60多万元。

白云村党支部书记林雪标说："几十年做梦也想不到山里的村庄能有这么大的变化，短短几年工夫，没路的变成有路，小路变大路，泥路变成水泥路，农民的生产、生活质量提高这么快，就连杭州城里的不少老同志也想落户到我们白云村来了。"

2008 年 9 月 21 日

在路上追梦的人

——原莪山乡戴峰村公路建设纪略

每个人心中都有一个属于自己的梦。为了梦想成真，我们必须不吝惜泪水和汗水，脚踏实地，永不停止，才能实现自己心中的梦。没有坚持，哪会有成功。

鲁迅先生曾说过："脚下本没有路，走的人多了便成了路。"对这句话是否真实恐怕没有人会去怀疑的。不过，我却要说，路，不仅是人们走出来的，而且首先是由一批批对路热心的人走出来的，是他们用自己艰苦的劳动，用自己的一番心血去换来的。今天，在莪山畲族乡境内看到从山脚通往新峰民族村戴家山的那条公路，就是这里的干部与群众以艰辛的劳动而慢慢铺展开来的。

新丰村的戴家山自然村，原是戴峰建制村所在地，是莪山畲族乡最偏僻的小山村。这儿的村民大多是江山籍人氏，他们的祖先之所以会选择戴家山、金家丘一带落脚，看中的这里有的是山，开开山种上树，再栽栽番薯、玉米，倒是一处很好的生存环境；再说这地方山高皇帝远，与世隔绝，躲避兵灾很安全。

历史的车轮穿过悠长的时空隧道后，把人们带进了20世纪90年代，外面变得越来越精彩的世界，已经把山里的畲族同胞个个看得眼红了，戴峰村如若再处在封闭交通之中，必将会被前进着的时空所抛弃。因此，这里的老百姓太需要与外界对接，太需要修建公路了。

1994年秋，在莪山畲族乡党委书记戴大雅带领下，我和局党委书记洪谢罗三人，为戴峰村的修路问题，沿着中门村的那条莪溪，首次踏上了去戴家山的那条山径。

我们时而跨过溪的对岸，时而又折回，当来回跨溪过涧五六次时，动石湾上山的路看见了。我们一步一步地往戴家山的山坡上爬，虽说三人都气喘吁吁，两腿也有点发软，但戴峰村有干部在等着我们，只有快点到目的地才是。

戴家山进村老路

待我们登至高高的戴峰村，立在坡顶回头眺望，眼前山峦起伏，竹海泛波，梯田重叠，溪曲林茂，戴家山这地方朦朦胧胧犹如一幅自然野趣的泼墨写意。我感觉戴家山还处在原始而自然的状态，一切是那么原生态似的，这里的山、这里的水、这里的人，什么都是纯绿色的，几乎看不到半点的现代气息。

戴峰村原有一条下山的机耕路，只不过没有经专业技术人员的测量，就由村民自己动手挖成的。说是机耕路，只因坡陡、弯急、路面狭窄，就连手扶拖拉机也很难开上山去。当年县里奖给戴峰村一辆拖拉机，因为派不上用场，最后只好同人家去换台碾米机抬上山。

每趟手扶拖拉机下山去拉运化肥等物资，村里不得不派上几个拿着杠棒的壮年人跟在后面。因为拖拉机即使装上半车货上山，没几个人在后面用杠棒背撬是没法上去的，道路实在太差了。为此，当时建好戴峰村的那条能通拖拉机的道路也就成了我们交通人肩上一种神圣的责任。

1998年10日30日，为了不使戴峰村不通公路的历史遗留给下一个世纪，让公路早日通到高高的戴家山，我又一次来到了戴峰村。通过与戴峰村党支部书记朱关坤的多次接触，使我有坚定的信念埋藏在心中，我相信这位老实巴交的村支书肯定会以坚定的信念化作拼搏修路的勇士。

为修戴峰村的公路，我与朱书记促膝谈心。我说：既然山下铁砧石村已把公路修到戴峰村交界处了，剩下小坨坞至戴家山的公路也只有四五千米，我们应该鼓起勇气把它接着修下去，有困难可以通过大家的努力来克服。老朱同志经我的动员，他又树起了不畏艰难的决心，心中不灭的修路火焰重新燃烧了起来。这次谈话使我相信戴峰村一定会演绎出一首通村公路建设的动人歌曲，终会有一天能够到达胜利的彼岸。

果然不出我所料，第二个月，朱书记就把交通勘测设计所技术人员请上了山，开始为村里测量设计公路了。

1998年底，戴峰村一条通往山外的四级公路正式动工建设。当施工队的挖掘机开上山，沉默的大山首次听到隆隆的机器轰鸣声后，这里的村民们笑了。他们欢呼着，戴家山通公路的愿望就快实现了。

短暂的兴奋过后，一个又一个的困难摆在了面前。这时，有个人却怎么也笑不出声来，他就是戴峰村的党支部书记朱关坤同志。公路建设的上马，而修路所需的很多资金还没着落，钱到哪去筹划呢？村里拿不出这笔钱，怎么办？当时我们交通部门领导虽然有明确的态度给予支持，但离修路所需的资金缺口还是很大啊。为此，老支书朱关坤同志踏上了艰难的筹款之路。

为修路到县级有关部门一个个地去跑、去登门拜访，干争取资金的事儿其滋味也只有亲身经历过才知道。在有的部门不仅碰壁不给面子，反而还要听上一肚子气话，朱书记才知道筹集修路经费的艰难。困难归困难，开弓哪有回头箭。此时老朱也顾不得什么面子不面子，他边带领群众修路边争取资金，以干促争取，以诚心去换取大家的理解和支持。

功夫不负有心人，终于迎来了“柳暗花明又一村”。人们看着老朱满脸期盼的表情，看着他修路的一片诚心，终于感动了。有的部门虽说没有专项经费可以支持，但还是从有限的办公经费中挤出钱来支持戴峰村修路。这些部门虽然有的只拿出了一两千元钱，但对老朱来讲那都是十分珍贵的，能帮助他解决燃眉之急。

如当时筑路砌石坎因付不出采石工资而告急，朱书记焦急的心事被他80高龄的老母亲知道了。老人家二话没说，就把子女孝敬她所积攒的1200元零用钱也慷慨地捐献了出来。朱妈妈这1200元捐款，从大道理讲是支持村里修路，但我却认为更重要的意义还是鼓励她儿子要把公路修下去。

这时村民也纷纷解囊，你二百我五百地把钱交到村干部的手中，因为修路是大家的事，只有大家齐心协力才是啊。

朱支书为村里修路的事在外四处奔波，只因村集体没有一分钱，他不仅拿不到工资，拿不到补贴，就连外出争取资金，也是自掏腰包填差旅费。有时到杭州有关部门争取资金，他也舍不得住上一晚，办完事当天就急急地赶回家。有时客车到莪山集镇很迟了，他也得连夜往回家的路上赶，待到回家已是深夜了。外面有人上山来工作，都在自己家里开伙食。

老朱那种锲而不舍的实干精神感动了大家。最后，连杭州市政协的领导也出面了，他们通过市有关部门为戴峰村争取到一笔笔修路的资金，确保了公路工程的顺利进行。

2002年春，朱关坤同志从村支书的位置上退了下来，继任他职务的不是别人，正是他的长子朱成祥同志。老朱把村里的重担交给小朱来挑，他没有什么别的交待，两件心头的事一定要交待给儿子：一是把公路继续修下去，要保证戴峰村通上水泥路；二是他在位时，为修公路曾得到政府部门的支持，党和政府的恩不能忘记。

2002年上半年，小朱上任第一件要做的大事就是把水泥路面浇筑上山。2003年“乡村康庄工程”为小朱带来了修好路的机会，戴峰村的通村公路建设被省交通厅列为首批建设项目。经过一年的努力，道路又拓宽了，水泥路面从村内一直浇到与外界联上，戴峰村的道路宽阔了，当年修路的目标实现了。小朱没忘记他父亲的嘱咐，公路修好的那天，专门在山脚镌石立碑，以感谢曾对戴峰村修路有过支持的单位和部门，同时，还将戴峰村的公路命名为“富民路”。

喜迎班车进畲寨

2004年7月8日上午，是戴峰村第一次通班车的日子，这一天村民们像过节日一样喜气洋洋。雷木林等畲族村民，特意穿上了畲族的民族服饰来参加通车典礼。公路两旁彩旗飘扬，鞭炮声震耳欲聋，沉睡的戴家山一下沸腾起来。当杭州市及7县市交通局和县级有关部门的领导和省、市、县十几家新闻媒体记者们到达戴峰村后，这里的老百姓给每位客人送上一份装有鸡蛋糖果的礼物，以特有的传统习俗和淳朴乡风来表达他们的喜悦之心和对政府的感激之情。

莪山畲族乡戴峰村从村口通向山脚的公路硬化后，交通条件大为改善，直接为农业增收带来显著的效果。该村的父老乡亲给省交通厅领导写了一封情真意切的感谢信，称赞“乡村通达工程”为山区老百姓带来了方便，带来了实惠，铺平了走向富裕的大道。

今天，公路的修通使海拔600多米的戴家山自然村成为针织围巾的半成品加工基地。这个村的村民足不出门就能挣上100万元的加工费。村民陈国银等三人为工厂运送针织围巾的半成品，每人买了辆富康车专送针织半成品，2006年光运费收入就达10多万元，其中陈国银一人收入8万元。目前新丰村为工厂加工半成品围巾的人数有300多人，就连足不出户的老太太也干起了半成品围巾加工，每天赚上二三十元不在话下。许多村民高兴地说：过去一年中好多时间没事干，现在有了来料加工，年纪大的人不出家门也能挣上钱了。

71岁的畲族老人雷木林逢人就说：“过去进趟县城要翻几个山头，鸡叫出门，鸭叫回家。现在修通了水泥路，班车开到家门口，毛竹价格翻了一倍，老百姓都过上了好日子，要感谢乡村干部，感谢党和政府啊。”

当地一位农民说：“以前是小孩读书跟着大人走，现在是他们坐着汽车走。”有了便利的道路交通条件，山村的孩子也可以享受到乡镇中心学校的师资和教育条件了。

喜看今日莪山畲乡，条条平整宽畅的乡村公路似七彩锦带，随风飘逸在四面八方。峰峦坞谷不再是绝人之路，那些祖祖辈辈走惯了羊肠小道的畲乡同胞，在家门口就能坐上班车，戴峰与县城的时空距离已不再像过去那么遥远。当年交通不便情形已日渐远去，成了人们淡淡的记忆。

2010年11月29日

一条路上的那些记忆

——分水镇洪坑村公路建设纪略

洪坑位于分水镇东南边缘，涧水源出海拔943.1米的白兔尖北坡，北流入夏塘溪。这里的山很高，谷很深，路也很长……

洪坑村是当年分水县通往严州府的驿道必经之地。岁月荏苒，雪峰岭早已不再是通衢大道了，昔日的古驿道已经渐行渐远，雪峰岭原先的住户大多搬走了，只剩下5户农家，他们过着似乎与外世隔绝的生活，雪峰岭被人遗忘。据说，最近一次外人造访雪峰岭也是20多年前的事，有一个人为了写《桐庐县志》上山到过，此后再无外人光顾了，村委所在地瓦窑坪也很少有外人到过。

全村600多人，分布在19个居住点上，人口最多的村落不足百人，而最少的仅一二户人家。旧有民谣："小洪坑，大洪坑，山头开荒，平地遭殃，一场大雨，洪水满坑。"

洪坑村干部若是每个农居点跑一遍，得足足走上一整天，山上的村与村之间，看能看得到，喊能听得见，但真要走到一起，却要绕上几个钟头。因为，这地方太偏僻，交通太闭塞了。

洪坑人渴望有条公路

洪坑人知道，山里人假如没有公路，他们的日子便永远没有希望，他们便永远走不出这个"穷窝"。因此，希望将开放与封闭连接起来，有滚动的车轮在洪坑这崇山峻岭间奔驰，把现代的文明与希望的种子播撒到这里的山村。

1992年，村民操柏寿眼看村外通上大马路，洪坑人仍沿袭祖上走的那条羊肠小道，他再也按纳不住心中通路的渴望了。操柏寿自觉担当起义务宣传员，串村走户地到洪坑四组、六组的村民家中去做工作，发动大家一定要把道路修到村外去。

当了14年村支书的冯樟林同志，面对群众修路的渴望，也坐不住了。村内即使没有集体经济，也要为老百姓办点实事，从瓦窑坪修一条机耕路连到潘村去。于是，他开始带领村民从竹砣往外修起路来。

1998年4月17日，春的气息来到了人间，阳光的暖意透过悠悠的清风撒满大地。洪坑溪两边的崇山峻岭，山坡上杜鹃花等花儿开得正是时候，个个伸腰展背的，吐芳露艳，景色壮观，春意盎然……

这一天，我和同事为洪坑村修公路的事，在村支书冯樟林的带领下，到了这个我从来没有去过的地方——大山深处的洪坑村。因为省委、省政府提出了世纪末实现村村通公路或简易公路的目标，为实现这个目标，洪坑村通路的问题一定要解决。

从百岁村潘村自然村转入一条小路，这是一条傍着小溪的机耕路，它被洪水冲得坑坑洼洼。我们的小车一路颠颠簸簸，开开停停，只见途中山岙仅几户农家散落。冯樟林告诉我："洪坑村的农户基本都在山岗上，去村委还得爬山呢。"当我们来到一处山脚，抬头仰望山顶，只见片片白云隐隐约约从山腰飘过，感觉很高很高……

顿时，让人有点望而却步，只因肩上有责任，驱使我和同事还是走过一道长长的、陡峭的山坡，到达一道高峻的山岭，登上了洪坑的瓦窑坪。

小路小富，大路大富。这是人们早已认识到的道理。因为，公路修到哪里，就会给哪里带来繁荣，随着一条条农村公路不断向山区延伸，农民兄弟逐步开始走向文明、走向富裕，使他们从公路一步走进了大市场。

洪坑村的农业要增产、农民要增收，得让洪坑老百姓通上公路才行啊。当然，这也是摆在交通人面前的一项艰巨任务。

经济发展，交通先行。这是社会进步的呼唤，也是全面建设小康社会的要求。然而，洪坑村在当时还属桐庐为数不多、尚未通公路的建制村之一。在这样的山区，真要疏通它的"毛细血管"，激活它的"神经末梢"，需要建设一条公路，但这绝非一件易事。

民心工程在这儿汇成了一股洪流

2002年，31岁的陈鑫同志走马上任回村担起了村支书重任。大家选他当村支书不为别的，就是希望这个朝气蓬勃的小伙能带领大家把村里的公路修好。

乡村通达工程，让依然跋涉在羊肠小道上的洪坑人看到了希望，洪坑人民心汇成的一股修公路洪流，直把陈鑫书记推向了浪尖之上。

修路资金不足怎么办？修路牵涉到群众的利益怎么办？比如：修公路要占用村民的自留地；村民要损失山上的竹木和果树，一株山核桃树好的年份有五六百元收入呢，这可是村民的摇钱树啊。

但这里的村民很大度，为了支持村里修路的公益事业，村里不赔一分钱，他们没有半句怨言，全部作为奉献。村民蓝石海是位老八路，当公路修到他家门口时，因路基宽度达不到要求，二话没说，他主动要求儿子蓝寿林拆进自家的屋基地，支持了村里修路的需要。

为了确保修路的质量，全村6个生产组以村民推选的方法，选出了群众中威望高的人担任公路质量监督员。第六生产组村民江樟根同志自担负工程质检负责人后，每天起早摸黑地把眼睛盯在工程施工上，与工地终日相守。他心里有一个明确的目标，那就是要使洪坑路面工程铺筑质量达到要求。

陈金飞同志虽说早已离开洪坑到分水镇安家落户了，当听说自已家乡开始浇筑水泥路面后，虽然分水到洪坑有二十几千米路程，还是三日两头地包上一辆车子回老家来看看。他还自掏腰包买上蜜梨、苹果等到工地上慰问修路工人。有时听说浇筑水泥路的工人在加夜班，他还从分水买上点心送回洪坑工地。

2004年12月26日，是洪坑人最为喜庆的日子。几代人盼望的宽阔平坦的水泥路面公路完工了，给他们带来了看得见、摸得着的实惠，“洪坑人真苦、交通真不便”的喟叹终将永远成为历史。

洪坑村瓦窑坪已通上了班车

看着山里的特产运出去，致富的门路引进来，奉献修路的洪坑人开心地笑了。80多岁的冯信昌老人笑着告诉我们：洪坑人的祖先是逃难到这里安家的，因为这儿山高、谷深，外面的人根本进不来，没想到今天政府把水泥路浇到了瓦窑坪山上，圆了几代人的梦想啊。

村党支部书记陈鑫告诉我们，他刚上来当书记时因为年纪轻轻根本没什么威信，而公路修好并把水泥路浇筑到山上后，群众赞扬声也多了起来。

有了公路，山上财富变现钱

我们到洪坑村的那一天，村民冯新建、许灵两人正在公路边装运毛竹。听说我们是来采访公路的事儿，他们谈话的兴致一下浓了起来，往事的记忆闸门也一下打开了。冯建新指着四周的大山说："洪坑的山上都是钞票啊，有木材、有毛竹、有茶叶，还有板栗、山核桃。过去，我们是守着富山在这里过穷日子啊。这里的山货都要背出去、挑出去，从洪坑背毛竹到潘村公路边，起早摸黑也只能背上两三趟，人劳累得不得了，还赚不到钞票。现在公路一开通，我们这里的农产品马上就增值了，毛竹堆在路边人家汽车直接来收购，不仅方便省力，而且还增加了我们的收入。”

该村党支部书记陈鑫告诉我们，公路开通后的几年，每到白露季节后的七八天，每天到洪坑山上来收购山核桃的汽车就有50多辆，这里的山货一下俏了起来。过去山上的杉木每立方米卖100元都没人要，现在可以卖到400元以上，同样的杉木一下增值了三四倍。

有了公路，生活质量变了样

在瓦窑坪自然村我们看到一幢刚建成的农家小别墅特别醒目：青灰色的墙砖，紫红色的瓦片，与周围那黄泥墙体的老房子相比，恍如隔世，使古老的山村平添几分现代的味儿。

屋主人蓝寿林的妻子告诉我们，过去看到山脚的村庄一幢幢新房子造起来，我们看在眼里都很羡慕。我们家泥房都住上五六十年了，又黑又潮湿，想改变自家的居住环境，因为没有路，有了钱也造不起啊。现在好了，宽阔的水泥路通到山上的家门口，所有造房的材料都可以用汽车直接运上山。

蓝寿林的妻子动情地说：“我们家今天能住上新房，多亏政府帮我们村把公路修到了山上。”

是啊，公路通上山后，洪坑人的生活质量也发生了翻天覆地的变化，如今村民上一趟分水、县城已不再是奢望。没路的日子甭说上县城，就连分水集镇有的人几十年都没去过一趟。过去有个剃头的，每月都要上洪坑山来为村民理一二次发，公路修通后，山上的理发生意也没有了，因为人们开始享受品质生活，连理发都上分水集镇的美容院了。

过去，洪坑人要挣外面人的钱，就得走出山去经商或打工，这对二三十岁的年轻人或许还有机会，而对上了年纪的人，尤其家庭农妇来讲就没有什么希望了。有了公路，在洪坑这山旮旯不出家门也能赚到钱了，因为这儿还成了分水圆珠笔的半成品加工基地哩。

有了公路，老冯妻儿皆平安

现年70多岁的冯友庆特别健谈，他说："洪坑村是个天都不大的地方，抬头就见山，当年出趟门不仅要爬坡翻岭，而且要跨过72道溪水，住在山上懒得出一次门。如果谁家有个人生病的话，非得叫上六七个亲友抬出山不可，若是遇上危急病人没准还死在半路上。去年和今年两年中，因为有了公路，我们家就捡回了两条命。"

2006年9月9日，老冯儿子冯志华敲打山核桃时从树上跌下伤破了头，早晨6点受伤，8点零一点就用救护车送到桐庐县人民医院抢救了。2007年11月4日，老伴又不幸跌伤，脑部大出血，幸亏公路方便及时送到分水医院。假如洪坑村像过去一样没公路，他老伴和儿子的伤肯定抢救不及时，他们也许早就没有命了。

回首往事，一切都那么随风逝去，有过的凄伤，有过的艰辛，在时间的荡涤下一切都变得不再凄伤、不再艰辛。

与洪坑村村民们交谈， 一打开话匣，他们的话就收不住了，一个个会细数起公路给山上村民带来的好处。谁家今年的毛竹卖了多少钱，谁家盖起了新房子，谁家买了摩托车……如数家珍。他们说，是党和政府给他们带来了一条致富路啊。

当洪坑采风完回县城时，天下起了淅沥小雨，山风袭人，但我心中却充满温暖，那山上人家的一番番热心话儿让我久久不能忘怀，是什么感动了我呢？应该是爱，他们的爱，爱家乡，爱家人, 更爱公路……

2007 年 11 月 12 日

山门，一扇扇被打开

——分水镇朝阳村公路建设纪略

朝阳村位于群山环抱之中，形似鸟窠，故名。邑人因“鸟”与“屌”同音，嫌不雅，将鸟字去掉一点而改为乌窠，1968年改称今名——朝阳。

我与朝阳村结缘快40年了。20世纪70年代初，我在县农机厂工作，因单位的锅炉燃烧石煤，曾一趟趟随车到过朝阳村运石煤。

初次走进朝阳，给我的第一印象这儿很美。山村周围峰峦叠翠，遍地植桑，户皆饲蚕，民居大多粉墙黛瓦。尤其秋末冬初，朝阳村的景色更好看，一棵棵长在路边、长在山脚边、长在田野、长在村口及房屋旁的银杏树、乌桕树，张开了一张张金灿灿、红艳艳的叶儿，堪称如诗如画般的美丽。特别是在蓝天白云青山丽日之下，朝阳村的银杏树、乌桕树会更加张扬、更加耀眼，散落满地的银杏叶、乌桕叶和还挂在树枝上的银杏叶、乌桕叶相映争辉，把这个山村的秋景装点得金碧辉煌。

而朝阳村的地底下更是宝贝遍藏，只要掘地就会看到乌黑黑的石煤。这儿石煤质量上乘，而且蕴藏量在桐庐首屈一指。

1970年法道至大王殿公路的建成通车，为朝阳村打开了第一扇山门。从此，老百姓享受到了现代交通的福祉，他们同县城、集镇的联系结束了肩挑背驮的历史。但是，朝阳村老百姓走上公路看到外面的精彩世界后，又不满足于现状了，他们似乎对公路更充满了一种诱惑，也更充满了一种激情。

因为朝阳村与临安麻黄村、富阳杨家村是咫尺天涯啊，他们要想打开这里的一扇扇山门，让石煤运出更方便，让老百姓走亲访友更便捷。这不仅是朝阳人的多年愿望，也是当年全体保安人的一大愿望。

一

20世纪80年代初的一天，时任保安公社管委会主任的张如达邀请县交通局局长陈炳蔚及几位工程技术人员到朝阳村。请交通人来，没有别的目的，无非是请他们来把把脉，想打开这扇封闭了一代代人的山门，修建一条朝阳与富阳境内沟通的公路。

7月中旬的天气已经够热了，而下午2点左右，更是一天里最难耐的时候，路上焦干、滚烫，一脚踩下去，会一步一串的白烟，空气又闷又热，像划根火柴就能点着了似的。县交通局领导及工程技术人员在当地干部的领路下，沿着山上的小路一步步地登上了山岭顶。

说实在的，交通局同志当年也不敢轻易下乡，因为口袋里确实拿不出多少钱来支持他们，每年几万元的民间交通经费，光给一个地方买开路的炸药也不够。交通局领导的到来，无疑给朝阳人带来一线希望。这天，他们还专门派人挑了两篮汽水上山，为踏勘线路的同志们解渴。

县交通局领导来后不久，朝阳大王殿的山上面，就多了批背标杆、拉皮尺的人。他们就是县交通勘察设计室的工程技术员，是专门为朝阳村来测量公路的。但是，我们的设计人员刚完成测量设计任务，村干部们算了一笔账，就傻眼了，这钱到哪儿去筹措啊。工程一拖就是十几年。

20世纪90年代初，一辆辆从朝阳出发，经印渚、分水、毕浦，再由走马弄运出县境的装煤拖拉机，把县道俞毕线的路面压得七坑八洼，沿线老百姓叫苦不迭，我们交通人也深感头痛。而对运石煤的人来说，道在迩而求诸远更是有苦说不出。因为运输成本的提高，朝阳的石煤销路越来越窄，一家家石煤矿几乎趋于停产、半停产状态。

朝阳村有丰富的石煤资源优势，如何把这优势变成经济优势，变成老百姓口袋里的一个个铜钿，打开通往富阳的山门是迫在眉睫的事情。打开山门就是建一条朝阳与富阳杨家村联系的公路，否则朝阳村的优势就难以发挥。

1994年，朝阳村打开山门的项目终于被上级交通部门立项了。交通勘察设计所所长王建民又带着技术人员来帮助朝阳村测绘公路了。

这时候，我刚好在分水至岭源公路改建工程指挥部工作，公路刚设计完，朝阳村党支书叶文富就找到我，希望帮他们去放样并对施工过程照顾一下。为此，我和倪天震、王根木等同志就一次次地来到了朝阳的山上。

朝阳村修路的决定得到了全体村民和石煤矿主的拥护，公路从山脚开到山顶，所用的土地和被毁的青苗费用只用1500元钱就把问题解决了，因为这儿的群众知道这路是为自己开的，只有打开这扇山门，老百姓的荷包才会鼓起来。

1995年9月，朝阳村大王殿至山岭上公路正式开工建设。

修路的工地一下热闹了起来，年轻的，年老的，男的女的，都上了工地。有的扶炮钎，有的挥铁锤，有的挑，有的挖，公路的模样就这样在人们的劳动中慢慢地一点点从山间显露出来。

但是，开通这条公路，也涉及到了富阳杨家村一些煤矿主的利益。这时，有人放出话来，说什么：你们想开通这条公路，打开这扇山门，恐怕10年也不可能。

比如，原计划至富阳杨家村的公路是半山腰建隧道通过去的，这样不仅能缩短路程，更主要的是隧道开挖出的石煤也可以利用；况且这挖隧道

县道南横线盘山公路建设时情形

的费用由矿主来承担，也为村里能节约一大笔修路的费用。

但是，隧道涉及对方矿主的利益，就在即将挖通时，被对方挖煤时一炮给炸毁了。朝阳人面对隧道的轰塌，没有灰心丧气，他们以打开山门的坚定决心，另起炉灶开盘山公路。

这时，朝阳村叶文富书记与我商量，是否与富阳交通部门沟通一下，请他们出面帮忙。我与叶书记等村干部为修路的事，还专门赶到万市镇南安办事处去协商与沟通，并且出面与杭州市交通局和富阳市交通局联系，最后就公路沟通事宜与对方达成了一致意见。

1996年7月，朝阳村群众打开山门的梦想终于变成了事实，县道南大线大王殿至富阳境内沟通的公路建成通车了。

山门一打开，朝阳村的一座座石煤矿就迎来了蓬勃生机。但见公路上运载石煤的车子一辆一辆地在往返奔跑，朝阳村每天运出的石煤有四五百吨，最多时达600多吨，一年时间能为朝阳村里赚回几百万元的现钞，仅村委集体收入一项每年就可增加20多万元。

二

春天，是个播种季节，人们把希望从这里散发；春天，也是充满诗情画意的季节，每到这个季节，人们总是充满着幻想，充满着向往，充满着期待……

朝阳村自打开与富阳沟通的山门之后，人们从中看到了公路所带来的希望。当新的春天一到来，这儿的干部群众又在不断地探索，又在描绘新的美景蓝图了。他们渴求着从公路上有更大的收获，决定要再打开一扇山门，那就是修通牧岭脚口至临安麻黄村的盘山公路。

云湖山纵亘西北，诸峰海拔分别在500米及400米左右，云湖山把朝阳村与临安的麻黄村分成东西两边，高高的麻王岭把原本近在咫尺、又有姻亲的村庄变得很遥远、很遥远。

朝阳村15400多亩的山林，大多分布在云湖山附近的山坡上，荒山多，开发利用价值高。如果把这些山坡开发出来，引导当地农民种桑养蚕，种植山核桃、毛竹等经济作物，肯定是“绿色养老”的一篇好文章。但要写好这篇文章得先有条公路才行啊。

2005年，雨后天刚放晴的一天，通往麻王岭的山路散发出清新、潮湿的泥土气息。山上山下全是绿油油的，山径两旁的草叶和树枝上挂满颗颗的水珠儿，被阳光一照后，竟宛如串串银珠，闪闪发光。应朝阳村党支部书记郎一元的邀请，我登上了麻王岭头。

麻王岭头的山峰很高很高，几里路走了下来，早就气喘吁吁、大汗淋漓了。站在麻王岭头山巅，向东远眺，一览众山小，保安的群山大多在此称臣而卧了。而通往临安里麻黄的山路就从岭头往北一直向山脚延伸下去，直通到山脚的村庄。

我对村干部们说：能修建牧岭脚至麻黄公路当然是件为子孙后代造福的好事情，路通后，不仅朝阳村这边的山坡可以开发利用，而且还能和麻黄村连接起来。但修建这条公路要双方都有这样的设想才是啊。而且投资也很大，不知临安麻黄村是否有修这条路的决心呢？

2007年初夏，应朝阳村支部书记郎一元等人的邀请，我与郑晓红等人一起去了一趟临安的麻黄村，和那边的村干部一起协商公路的沟通问题，并很快达成了一致意见。我还建议麻黄村书记苗忠达同志向临安市交通局申请立项，我也为他们和临安局同行建议。

2008年春，临安市潜川镇牧亭村苗忠达等代表向临安市人代会提出了关于要求开通里麻黄至桐庐县朝阳村道路的建议，并陈述里麻黄至朝阳村的道路，是临安、桐庐、富阳三市县历来人们物质交往、交流的一条重要通道。

2009年初，牧岭脚口至麻黄公路正式列为桐庐县联网公路的建设计划，并于8月2日动工建设。

2010年9月21日，牧岭口至牧岭的水泥路面开始浇筑，朝阳村打开又一扇山门指日可待。

公路还没开通，杭州富侬土特产有限公司老板方怀玉就看中牧岭头山上的一块土地了，投资300万元在云湖山顶开发高山农庄。如今，除在山上种了110多亩香榧树外，还把电通上了山，并在山上建起了休闲山庄。

“白露到，竹竿摇；满地金，扁担挑。”又到了一年白露时节，分水镇朝阳村林农开始忙着上山收获山核桃。今天，走进朝阳村，村子里静悄悄，而村前村后的山林里却是热闹非凡。男的女的，老的小的，山核桃林成了村民打山核桃聚集的场所。山坡上、树林里，到处飘着山核桃果实的清香，到处可见一张张幸福的笑脸。朝阳村，几乎家家户户种植山核桃树，多的能收上千斤，少的也有两三百斤，小小山核桃是他们心目中的“金果子”。

村党支部书记郎一元说：朝阳村今年光是山核桃就有4万多斤，这些山核桃主要销往临安，我们村与临安这边的山门一打开，为今后的山核桃运输带来了极大的方便，用不着再绕远路了；而且公路沿线的山坡比较缓，是开发毛竹、山核桃的最好地方，将来把这10里路的两边全开发好，肯定是朝阳人一座取之不尽、用之不竭的绿色银行。

村民柴跃进站在麻王岭浇筑水泥路的现场感慨地说：我们朝阳村有好多人家是与山那边麻黄村联姻的。我的外婆家就是临安人，原来虽然直线距离很近，但走亲访友不是绕上一个大圈子，就是翻越这高高的麻黄岭。今天公路开到了云湖山上，而且还浇筑了宽阔的水泥路，今后朝阳同麻黄之间走亲访友方便多了，来回一趟只要几分钟了。

《尔雅》曰："……五达谓之康，六达谓之庄。"在朝阳人心目中，要打开的山门还有很多，任重而道远。他们将继续努力地打开一扇扇让农民致富的山门，要让朝阳村的百姓走上更加富裕和谐的康庄大道。

2010 年 10 月 15 日

太阳编织的彩虹

——原合村乡大溪村公路建设纪略

这儿峡谷、山溪和险峻的峰峦，远离闹市集镇，也很少有外人到此涉足，一切很清新、纯净、寥廓、沉寂。

初到大溪村，耳际完全被一种他乡的语音所包围，使人们有一种身处异地他乡的感觉。这儿几乎百分之百是江山人，他们说的话是地道的江山话，几乎还没有被其他的语音所感染，而且这江山话听起来还很纯、很纯。

春去冬来，年复一年，岁月熬白了这儿小伙子和姑娘们的满头乌发，也磨蚀了他们曾经的青春韶华；一代又一代人，山里与山外的联系，靠的就是那条老祖宗开凿在悬崖上、宽仅尺余的20里曲折山径。这山径一边是峭壁，一边是深渊，群众曾诙谐地形容自己脚下的路是抬脚一提心，落脚一吊胆。

有人编起打油诗："大溪本是好地方，可惜出门靠脚板，年轻力壮还勉强，年老体弱泪汪汪。"

但是，真正要修路，又谈何容易。因为这地方经济太落后，太穷了。再说境内山峦起伏，沟壑纵横，路程又长，工程艰巨……

当年大溪村准备修路的消息刚传出，村里就有人吹出了凉风，说什么："大溪村能开通这条路的人还没有出世呢。"而外村人更是风言风语："大溪村要开通这条公路，恐怕胡须要长到这里过呢（指胸口以下）。"

群众盼修路、盼致富、盼走出这山沟沟的愿望今天终于变成了现实，一条宽阔大道似彩练飞舞把这儿与外面的世界系在了一起。

大溪村公路的建成通车是靠一种精神支撑完成的，这支撑就是"领导苦抓、部门苦帮、群众苦干"的精神，靠这种"苦"的精神凝心聚力，靠这精神滴水穿石，最后才得到了美丽的结晶。

一

1994年春节，桐庐的天空灰白灰白，阴沉了几天后，寒风乍起，突然下起了一场雪。这雪开始星星点点，后来竟纷纷扬扬地变成鹅毛大雪了。它好像是抖开了一床棉絮似的，放眼望去，整个桐庐都沉浸在银装素裹之中。

2月14日，是农历正月初五，也是机关单位春节后第一个工作日。这天早上刚走进机关，局长杨生友就通知我说："走，上午我们到大溪村去看公路。"

为什么说大溪村的公路会如此让我们交通人牵挂？因为它是一条好不容易刚建成的山区公路，交通人所牵挂的正是春节这场大雨雪，这里的公路能否经得起考验。

因为，修建大溪口至大溪坪公路是一段非常艰难的历程。这是用滴水穿石精神才铺就的，这公路在桐庐交通人的心目中已经留下深深的烙印，对我来讲甚至是一生都难以忘却。

雪后初晴，天空出现了一些淡淡的阳光。我们的汽车从县城出发，只见沿途的积雪已经开始融化，就连那些前几天还能看到的屋顶上积雪也开始消匿了。我心想，这一年的雪，于我，也许就这样索然的去了吧。

也许山里的气温低，也许这里山多树多，人烟稀少，进入大溪口，才发现这儿的雪要比外面化得慢了许多。那一座座的山顶上，积雪还厚厚的，在那树林里、山崖上，极像白色的棉球一块块地覆盖在那里。

进村的公路边有一堆残雪，两个约莫八九岁的小男孩，正在专注地堆着雪人玩哩。

汽车径直到大溪坪后，我和杨生友局长那悬在心头的石块算是落了地。因为，大溪村的公路一切完好无损，它经受住了大雨雪的考验。

冷峻的山峦，无序地摆放在大溪这块古老的土地上，神秘得令人无法抑止；又宛如一个微笑的智者，慧然注视着古往今来的悠悠岁月。

时任大溪村村委会主任的周根海同志，每当回想起当年修路的情景，就会感慨万千，他说：我们大溪村从20世纪80年代就开始谋划修公路了，而且村两委会为了这件事也开了不知多少次的会议，但面对艰巨任务，修路的决心就是下不了。

1989年，为了让大溪的群众早日摆脱封闭和贫瘠，为了让纯朴的身心能够浸入现代文明的大潮里去自由地接受润泽，时任合村乡党委书记谢樟荣、乡长毛金泉同志来到了大溪村的干部身边。他们是专门为大溪村修路的事来的。毛金泉乡长当着村支部书记周云华、村主任周根海的面说："你们两位都是老实人，我想老实人就要办老实事、就要办大事，应该把这儿的公路修到外头去才是啊。"

谢樟荣书记、毛金泉乡长为了修路的事，曾一次次步行二十几里路，到大溪坪召开村两委会会议，并且还召集各个生产组的骨干会议，其目的就是要统一大溪人修公路的思想。

有一次，高凉亭已经大雪封山了，就因修路的事儿没有敲定，书记、乡长总是放心不下。他俩踩着厚厚的、吱吱作响的积雪，一步一步地又一次走进大溪坪来开会。这一天周根海的家里家外完全是两种氛围，家外是寒风凛冽，而屋内却热气腾腾，这热气是一个个与会人员用激情燃烧起来的。也就是这一天的下午，大溪村两委会修公路的思想总算统一了。

同时，为把村两委会的决心转化为全体村民的力量，大溪村又及时召开8个生产组骨干会议，全体村民思想统一后，他们坚定地说："只要上级政府能补助点买炸药、雷管的钱，我们就敢在这悬崖上开山造出一条公路来。"

1991年初秋，县交通局包宗明工程师带着技术人员进山来测量公路了。包宗明工程师这是第二次走进大溪的深山，在他的记事本上第一次是1978年11月20日，因为大溪人走出大山的盼望已经很早了，就因决心苦苦下不了，一等就是十几年。

大溪村那条溪流的两旁，不是壁立的悬崖，就是伸展开无边无际的丛林。这丛林就像一件大衣一样，把整个山坡裹得严严实实。交通工程技术人员就是这样钻进像摊成乱羊毛般的丛林为大溪村测量公路的。

现任高凉亭村村委主任的毛斌根同志，当年曾是大溪村分管修公路的干部。他说："大溪村的峡谷两边全是悬崖啊，有的地方我们山里人也不敢爬上去，那是只有猴子才敢去攀爬的地方啊。而交通工程技术人员能不畏艰难地爬上壁立的悬崖，去完成定线，去完成测量工作，这精神让我现在都很感动"。

有一天，包宗明工程师在攀崖定线时，脚一滑差点掉入深渊，幸好被树杈一挡后才捡回了一条命。

二

1991年冬初，淡淡的云，高高的天，阳光很柔和。山上那一棵棵小树的叶子也黄了、红了，僻静的大溪呈现出色彩斑斓的景象，有一种出奇的、令人兴奋的魅力。因为大溪坪通往大溪口的公路就在这金色的季节里正式开工了。

我是1992年5月第一次走进大溪村修路工地的。也许由于大溪的山太高、大溪的峡谷太深、大溪的天空也太过狭小，我感觉这儿连太阳也比外头上来迟一些，几乎什么东西都要比外面慢上一拍，外面的杜鹃花早已凋谢了，而大溪峡谷的山崖上，杜鹃则刚刚开始竞芳吐艳。

就在这春光明媚的日子里，我和周樟友副局长陪同高德仁县长到大溪村视察公路建设。大溪村修公路的事当年曾牵动着各级领导的心，高德仁县长的到来，无疑为大溪人修路又添了一把劲。

这一天，高德仁县长踩着刚开出来的乱石堆，他一边走一边询问村干部有关修路的情况。我们一路步行到小溪坑口。小溪坑是两山间一幽涧，丛木蔽天，涧内乱石如牛，清洌的泉水从石中流出。我们在此小坐休息，并喝上一口沁人心脾的泉水。过小溪坑口公路就转急弯向上坡处走了，远远望去，筑路民工腰系保险绳立在悬崖峭壁上，一个个挥舞着炮钎……

在留下的记忆中，当天映入眼帘的是一幅幅热火朝天的感人场面：这儿虽然没有挖掘机，也没有推土机一类机械的轰鸣，只传来阵阵"嗨吆"

“嗨吆”挥动铁锨、抬着石头的吆喝鼓劲声，着实让人感动，也十分鼓舞人心。

修路民工挥汗如雨，艰难地将公路一尺一尺地朝着外面的世界延伸。他们用辛勤的汗水在为大溪老百姓铺就一条通向美好的金光大道。

大溪村民修筑公路

一旦拥有一种路的精神后，就注定要失去一些别的什么。当夜色墨一样袭来，在大溪人的梦境里，它一定会装满紧张施工而无法顾及其他的复杂心思。

夜的深处，天籁无语，只有大山在静静地听我们大溪人的倾诉。

因为开山，沿着大溪河流的左岸随处可见裸露坚石的断崖，而那条溪流也早被石渣填满了。看着这原生态的景观被破坏，内心会有一种刺痛的感觉，但这是不得已而为啊。因为大溪人需要生存，更需要改善生存条件，而公路就是生存的最重要、最直接的条件之一。

为了修路，村党支部书记周云华、村主任周根海同志踏上了漫长的筹资之路，他们跑部门，找领导，一个个地去争取修路资金。合村乡领导把大溪修路作为己任，亲自带着周云华、周根海去跑各机关部门，一处一处地反映情况，去争取资金。

为了修路，村里忍痛割爱地将一片山林判给了人家，用换回的现金应对工程建设的需要；为了修路，全村400多人筹集资金30万元，人均捐出了700多元现钞；后因工程急需，又发动组长以上干部带头捐款，全村人均又捐款200多元；又为了修路，民工生活费接济不上，村支部书记周云海不得不从自己口袋里摸出钱来，解决他们的燃眉之急。1991年春节，是周云华、周根海难以忘怀的一段日子，工地民工急需工钱回家过年了，而这时村会计的账上还没有分文着落。没办法，书记、主任年关时节外出借钱。周云海说：当时的苦楚只有我自己心里最明白，这要比自家揭不开锅过年还要难受哩。

大溪村修公路的精神感动着县委、县政府的领导，也感动着政府各部门。县交通局在建设经费十分有限的情况下，一次一次地把补助款送到了这儿。当大溪人建桥无钱买钢筋水泥时，县水利局的领导雪中送炭把2万元送了进来……

1993年5月15日，春意浓浓。在那茫茫的大溪山谷之中，一条清晰的、绵延无尽头的公路穿行其间。经过无数筑路人艰辛的劳动，滴水穿石，大溪坪通往大溪口的公路在这个春天里终于通车了。

这是大溪坪有史以来最为热闹的一天，人们欢呼雀跃，兴奋不已。村民们像过年一样，早早地开始杀猪宰鸡了。因为他们要在这一天的中午办一顿像模像样的公路圆工酒。

而这一天最忙的恐怕还是周云华、周根海两个人了。看见有这么多领导和朋友来参加通车典礼，他们是喜在心头，笑在脸上啊，忙着招呼一个个进山的客人。

县政府各部门的领导参加了通车典礼，县政府常务副县长郭泰鸿为通车典礼剪了彩。

三

大溪坪至大溪口公路的修通，使松树尖、梓树坞两个生产组村民像热锅上的蚂蚁坐不住了。其中松树尖的海拔达800米，是合村乡最偏远的高山自然村，交通闭塞是最有名的。松树尖虽然只有十几户人家、几十口人，但这儿的毛竹、青笋干、薯干等资源却十分丰富，而且也很出名。

自然村组长黄同新同志为了让松树尖人走出大山，从1994年开始，就和梓树坞组长周宝法组织劳力开挖一条下山的机耕路。由于涉及土地、拆迁、资金等多种原因，这条机耕路断断续续地挖了很多年，却在龙门坑这地方卡住，成为11年的断头路。我于1996年夏天曾登上过松树尖，让我感觉这里是世外桃源，远离城市的喧嚣，很僻静。

2003年，为让农民兄弟走上水泥和沥青路面，政府推出了“乡村通达工程”政策，大溪村迎来了公路建设第二春，而且这次还要解决松树尖村的通路问题。

大溪村的“乡村通达工程”从高凉亭到松树尖为止，全长9.5千米，路基宽4.5~6.5米， 2004年8月再度动工。

2004年冬，尽管是数九严寒，雪花飘舞，在合村乡高凉亭村大溪到松树尖的公路施工现场，炮声震山谷，到处是挖掘机、钻石机机声隆隆的繁忙景象，场景如火如荼。

经过4个多月的突击奋战，完成了路基的拓宽工程。2005年10月，高凉亭至大溪坪水泥路面浇筑完成。

松树尖的老组长黄同新同志高兴地说：由于交通不便，以往我们到乡里开会、办事，早上三四点钟就要打着电筒下山了，回来还要挑上一担生产或生活用品。现在通过村里、乡里、县里的帮助，使我们这条先后开了11年的路终于通了。我们很高兴啊！从此，松树尖人不仅结束肩挑背驮，同时当地的丰富农特产资源也可从这条路上运出去。这路是山区百姓致富的康庄大道啊。

2005年6月，村民周根华眼看前不久刚植下的200多千克番薯种开始抽苗后，满脸喜悦地说：“如果收成好的话，照往年行情，今年能增加1.6万元钱的收入。”是啊，如今公路畅通连农民种番薯也能赚大钱了。徐春生靠种番薯成了当地小有名气的“有钱人”，连3层小洋楼都盖起来了。

通上水泥路的第二年，这个村的番薯干还展示到了浙江农业博览会上。该村村主任毛斌根说："这些番薯干，还有笋干、土蜂蜜等等，都是我们村里正宗的无公害食品。"

今天，当我们再一次走进大溪村，回眸那近20年的修路历程，我完全可以自豪地说：它竖起的是一座丰碑，连接的是干群的心，通达的是富裕，也是"领导苦抓、部门苦帮、群众苦干"精神的一种结晶，它是太阳编织的一道美丽彩虹。

2010年10月1日

十八年的等待

——外范村大山脚至大山村公路建设纪略

很佩服我们的祖先取地名会有这等水平，他们会把那些地处峰峦坞谷的村庄取名大山、高塘、峰坞、天井、戴峰、尹峰等，让人一听这地名就会觉得那儿很高很高，不是高耸云天，就是峰插苍穹。

分布在桐庐境内的高山村庄我都到过，而且也不止一两次，而印象最深的恐怕就是现已并入分水镇外范村的高塘自然村了。高塘原来是个独立的建制村，外面的世界开始用上现代的汽车了，而高塘人连独轮车也派不上用场；山下年轻人早用轿车接新娘了，而高塘的山上，人们结婚连辆自行车也推不上，因为这地方还没有路啊。

时空隧道都快进入21世纪了，修了10多年路的高塘村人，为什么还不能走出大山呢？人人都说小路小富、大路大富，高塘村的老百姓没有路怎么富啊。

1996年盛夏，为实现省委、省政府提出的在20世纪末实现村村通公路或简易公路的目标，我和时任交通勘测设计室主任的王建民同志在村主任汪恕庆等带领下，一同徒步登上了去高塘村的路。

跟在汪恕庆主任的身后，顶着头上的骄阳，一步一步艰难地往高塘村攀爬，尽管已是气喘嘘嘘，大汗淋漓，但我们还得一路观察地形，策划新路往哪儿走。直到我们走到山上的村庄，人早已累得想躺下了。这山果然如人们所说的那样陡峭，连一条好端端的小路也没有，这里的交通太落后了。

我和王建民到达村主任汪恕庆的家，在客堂前的竹椅上刚坐下，屋外的天已经是乌云密布，接着下起好大好大的雷阵雨。忽然，看见一团蓝影在雨中闪过，刹时，我们坐着的上方那盏电灯闪出了一团很大的火焰，并随着轰隆一声响，汪主任正屋旁的一间泥墙房被雷电击塌了。原来这儿是个雷区，我们与雷电擦肩而过，虽吓出了一身鸡皮疙瘩，但有惊无险地躲过了一劫。

这次上山对我感触颇深，作为桐庐交通人其中一员，懂得我们肩上的担子有何等的重，需要走的路还很长、很长。因为在高塘所看到的一切太需要我们不懈努力啦。

高塘村没有道路的问题在桐庐境内是出名的。苍凉的大山，片片的薄田，破旧的泥房，封闭的交通，就是高塘村人世代生息的地方。

75岁的江天良老人回忆当年高塘人修路的情景，感触很深。老江原是高塘村的村主任，当年为迈出修公路这一步，其步履又是何等的艰难啊。因为高塘是个穷村庄，没有钱修路，他只好跑到县城有关部门去争取，一次又一次地在高塘与县城之间往返，其次数怎么也数不清了。

20世纪80年代初，他好不容易把县里的交通勘测设计室主任包宗明请上了山。谁知包主任上山一看，再掂量掂量村里的经济实力和交通等部门有可能的支持力度，这位一生与公路打交道的工程师摇了摇头，修这路太艰巨、太困难了。

村主任江天良站在村子最高的山坡上，凝视着这个落后、闭塞、穷僻的村子，心里久久不能平静。高塘人能在这穷窝里苦熬吗？他心中那修路的信心怎么也熄灭不了啊。

他一次又一次地去找包宗明主任。因当年包宗明在县城没有住房，江天良为了找到包主任，硬是从东门惠宾旅馆一直步行20多里地找到阆苑里包村。1982年9月15日，待他第二次再到里包村的包宗明家，这位公路技术岗位上工作了几十年的工程师被感动了，第二天就亲自带领技术人员上山为高塘村测量公路来了。测量人员在山上的几天，村民们待他们似座上宾，这热情使他们深感公路对这些封闭在大山里的人是何等的重要，他们能把公路用皮尺去一尺尺地丈量，但没有人、也没法子去测量一下高塘人对公路的渴望。这时他们所能出力并能做到的就是尽快加班加点测量好公路，早点拿出设计图纸来。

1982年秋天，高塘村修公路的事正式开始了，这公路是从山上向山下而修的，当那悬崖峭壁上开出了一段段的路基后，作为高塘百姓来讲似乎看到了一线希望。但是，毕竟这地方海拔太高、路线太长了，而且工程也太艰巨了，公路修修停停竟拖了三四年，也仅仅修了2千米左右的毛坯路，无奈经费跟不上只得停工，谁知这一停就停了十几年。

1998年10月，高塘村又开始修路了，刚把十几年前劈出的毛坯路整理出像样的路基后，县交通局支持的5万元经费又用完了。眼看着这公路无法再修下去时，怡合乡人民政府接手来帮助高塘村修路了。为了不使高塘村无路的历史延续到21世纪，县交通局还专门拨款47万元支持高塘村，这支持的力度是前所未有的，并且派上工程技术人员上山为修路作技术指导。

面对政府的关心支持，一度沉寂的高塘人重新燃起了心中的火焰，他们打响了修路的攻坚战。

在山区修公路是辛苦的，而一个外乡人在高塘村修路更艰苦了。当年带领一班新昌人在高塘修公路的是一个叫施六焕的人，桐庐山区的筑路工地都有他们的足迹。因为他们有开山放炮的技术，能吃苦，工程单价低，能糊上一口饭的条件也能干下去。有一天，施六焕在百岁坊遇到我，叹苦道，生活费没了，修路修不下去了。这时我拿出身上仅有的600元钱说道，这钱你先拿去用了再说，待我与乡村领导沟通一下，能否再帮助解决点生活费，商量后再说。

我知道，高塘村修路的事不能再停下来了，如果这一停也许会再停上好多年，只有大家想办法解决筑路民工的材料与生活费用，确保公路正常施工才对。当然，我当时借给施六焕的600元钱，权当支持了高塘村修公路，因为后来也就没碰上过施六焕了。

终于，在2000年12月10日这条修了18年的简易公路完工了，圆了高塘人梦寐以求以车代步的梦想。

有个叫陈兴国的年轻人很幸运。2000年12月28日，大山脚至高塘村的简易公路经历了漫长的18年等待终于修通了。就在通车典礼的这一天，他当上了新郎。陈兴国用轿车把新娘从山下接到山上成亲，这是高塘村有史以来第一个用上轿车接新娘的人啊。也许，山里人生活品质的提高，在交通条件的改善上才能得到最充分、最深刻的体现吧。

为了高塘村的修路，我和我的同伴不知有多少次地在这儿上着山、下着山，为的是一个目标，能让这儿的人们早日走出这封闭的大山。

2003年，高塘村又一次迎来了修路的好机会。国家实施农村公路建设的春风吹进大山，吹进了高塘村。刚通上没几年的简易公路，国家又要投入巨资为高塘村拓宽公路和浇筑水泥路面了。

大山自然村距高塘村虽说山与山之间看着很近，但真要走走却有4里多的行程。把公路接到大山去，对居住在大山自然村的村民来讲，无疑是一种很奢侈的愿望，因为这儿的老百姓世世代代都是走着那条径同茅塞、行人必窘的小径，举步维艰的情景一直也没改变过。如今，但政府的“三农”政策要改变大山自然村的现状。

2004年，施工队的挖掘机、推土机开进山里来了，开始改造从高塘村至大山脚原来的简易公路，还要把公路从高塘延伸到大山自然村。

一天，在这条公路上浇筑水泥路面的施工队怠工了，因为工程预付款不能及时到位，连进水泥、砂石料的钱也拿不出了。为了赶在2005年10月前把高塘村的水泥路浇筑完成，我们已经在用倒计时的方法安排工期了，尽管天气不作美，旱得连水也没有用，施工队还是想着法子用拖拉机把远处的水运来。这时候怎能停工呢？我及时向局领导汇报后，2005年8月15日，县交通局与分水镇政府的领导一起来到了山上的施工工地，通过现场办点解决了工程款的事儿。即便再难，也要保证按时竣工通车。

2007年10月12日下午，我又一次来到大山自然村。在这桐庐人居住的最高点，我们站在村口往东南方向远眺，一览众山小，附近所有的山都在它的腰下了。今天再到大山村，使人眼前有种靓丽的感觉，原来这里的泥房已经开始少下去了，而多起来的是一幢幢小洋楼。

我在一家农户门前，与原村民小组长毛金奎聊起了家常，没想到他的话匣子一下就说到了公路上。他说：“做梦也没有想到今天会有这么好的水泥路通到大山村，通到我的家门口。我要想说的第一句话就是要感谢共

大山脚至大山盘山公路

产党，感谢人民政府为山里的老百姓带来了关怀。”又说：“大山村原来全是泥墙房，没想到公路一通，竟会小瓦改大瓦、土房变洋楼了。公路为我们带来的好处是现在肩膀也不用挑了，原先毛竹背下山，除赚点背工费外，毛竹也值不了多少钱了。现在汽车开到竹山的公路边上来装毛竹，价值一下提高了一倍以上，每百斤能卖上33元，农民的腰包也开始鼓了起来。当年为修路，我也捐了6000元钱，现在算算太值得了。”

是啊，高塘今非昔比了，便捷的交通条件，使这里的面貌发生了翻天覆地的变化。过去只有山外人家能盖的小洋楼，山里人也一幢幢地盖起来了，人们的品质生活也开始逐渐向着城市靠拢。这里除了有丰富的毛竹和竹笋资源外，高山蔬菜也开始种植，那800多亩的黄花菜还成了桐庐有名的黄花菜种植基地。所有这一切都因公路的开通为高塘人打开了致富的大门。

今天，从山脚通往高塘村大山的公路堪称是桐庐的一条神奇天路，是党和政府把温暖送到这儿后，从此大山不再高、路不再漫长……“德政播山乡常与斯民办实事，颂声盈万户共祝百姓奔小康”，这是山脚新建的康庄亭上的一对楹联，我想这是百姓对党和政府发自内心的一种感激之情吧。

高塘村的公路修通，应该说为桐庐县公路建设史添上了厚重的一笔。高塘，这只昔日藏在深山中的“金凤凰”，今天终于可以展翅高飞了。

2007年10月22日

我翻越次数最多的岭——天井岭

——歌舞至天井岭公路建设纪略

2007年9月，经过漫长的等待，又到了一个金秋送爽、丹桂飘香的季节。

我的情思，随着飘香的秋风在伸展，在被牵动。为了寻一个梦，我又一次翻越了天井岭。这次翻越天井岭与以往有所不同，是到天井村来探寻这里修路的历史，以及当年天井村老百姓为修路而创造的一段神话。

天井村原来是独立的建制村，2005年12月并入钟山乡歌舞村。人们对茶香清高持久、汤色嫩绿明亮、滋味鲜爽甘醇的“天尊贡芽”茶叶很熟知，但对桐庐县的天井村了解并不多，而到过天井村的人少之又少了。

天井村地处天井岭西面的山坡上，这儿群山逶迤，峰峦层叠，沟壑险峻，诸峰的海拔都在900米以上。在公路未通前，每次去天井村都得翻越那座高高的天井岭。这儿是很闭塞、很落后的一个小山村，交通不便在全县是有名的。

记得我第一次翻越天井岭是在1988年秋天。当时筑路的工地传来噩耗，说短短28天时间里已经连续发生两起事故了，并且还死了3个人。这一天，我随县交通局分管副局长周樟友去天井岭调查事故问题。在去天井村的路上，面对高耸山岭的艰苦跨越和漫长山路的艰难跋涉，我一脸茫然，感慨万千。这里真是一日万重山，南北两景观啊！天井岭以北是歌舞乡集镇所在地，而南边则清一色的黄泥墙老房子。在天井村，可以说无论人、事、物甚至语言和习俗都变得陌生而遥远，仿佛传说中的时空隧洞真的在自己身上得到了应验，使我相当具体地体会到了什么叫一日三秋，一梦十年。

1985年，以农艺师卢心寄为主的一批农技人员，在天井村通过实地勘察考证，重新发掘了一款“天尊贡芽”名茶，一时名噪四方。同年，县长方仁祥率有关部门领导至天井村考察。这一天，方县长首次提出要为天井村修公路，并将修路的方案摆上了政府工作的议事日程。

1986年初秋，县交通局派出勘测设计人员进山来勘测设计公路了，天井村百姓盼望多年的修路愿望也从这时开始要实现了。这一年的冬天，该村还发动当地老百姓先砍伐并清理了修路山坡上所有的树木与柴草。1987年的春节一过，天井岭村的全体村民自备干粮、带上开山工具正式开工修建这盼望多年的公路。

从天井岭村至歌舞村的海家坞口，公路总长6.5千米，而所经过的地段大多在近邻的歌舞村范围内，修路损失的大批林地和几十亩土地也都是外村人的。这对靠山吃山、惜地如金的山里人来讲确是一场严峻的考验。

如果这林地、这几十亩的土地不损失，那就意味着天井人永远也走不出大山。这难题摆在了所有村干部的面前，怎么办？这时，村党支书记章林友召集村里的干部们开会了。天井村能否开辟出通往山外的公路，现在就看我们干部的决心了。出路就只有一条，苦熬还不如苦干，我们必须想出法子来修路，天井村唯一的出路，就是要冲出那大山的重重包围。

无论旅途多么遥远，无论征程多么艰难，也不会动摇天井岭人心中修路的信念，也不会改变他们所选择的目标。为了修路，把已承包到户的山林，他们又重新收了回来。山上长着的树木统统归集体用作修路本钱，全村老百姓没有怨言；为了修路，把长势很好的400多亩山林调换给邻村，他们不觉得可惜；为了修路，村干部们个个公而忘私，个个垫上几万、几千元钱，为村里购买炸药材料，他们不觉得委曲；为了修路，他们组织起村民，把一段段挖山的任务分配下去，硬是用锄头、用铁钯去开山挖路。村团支部书记张志木同志还组织起共青团员修路突击队，带领全村的团员、青年，去包干了一段路基的开挖。而修路用到邻村的10多亩土地，这土地对山里人来讲可是命根子啊。怎么办？时任村民委员、民兵连长的赖钱信同志，二话没说地把自家的一亩多田捐献了出来，与邻县建德的农民置换成修路的用地。井岭山坡上的600多立方米杉木，为了开挖隧道被砍伐卖光，天井村群众唯一用木头换钱的财路也断了，但为修路的大事他们没说一句二话。

穿越无数个岁月的风风雨雨，穿过那漫长的历史长河，天井村老百姓沿着心中希望的轨迹，把这条可能为他们致富带来希望的公路，硬是用山里人粗糙的双手和心血向前方铺展着。

大山两边的路一段段地延伸。面对天井岭这段路应该怎么翻越？交通设计部门与当地乡村干部到现场来踏勘和商量了。平行天井岭挖一座简易公路隧道，应该说是当时选择的最理想方案，这个方案可缩短里程3千米。但这时的天井村两委会与村民群众已经很疲倦了，为了开路他们已经卖掉山上所有的家当，当年40多个民工因拿不到修路工钱，连过年的路费也没有，只得由张志木个人去信用社贷了2万元才了事。这时候他们哪有钱再来开挖隧道啊。这一等又是七八年。

天井岭隧道，老百姓把它比作可以穿越封闭的大山、能为天井村召唤阳光的一种希望，他们就这样耐着性子地在等待着，等待有朝一日的云开日出。

1994年5月10日，在县交通部门的支持下，总长180余米的天井岭隧道正式开工建设。也许这隧道未经地质钻探，地质资料掌握不多，在设计上就存在着先天不足；也许当时工程施工条件缺乏，承包工程的仅仅是个开化公路段的退休职工，一没技术，二没设备，施工经验也不足。1996年8月，隧道开挖至170余米，就在隧道里能听见隧道外的声音，距贯通已不足10米时，突然隧道冒顶坍塌的事故发生了。这一坍塌，把天井岭人的隧道梦也惊醒了，开路的心也塌凉了，把就快看到的那一线希望也磨灭了。

为了不放弃哪怕只有百分之一的希望，施工人员在天井村那边的山坡上清理了大批量的塌方，花钱从县城买来钢筋、水泥等材料，又到山上去砍伐那仅存的几棵松木。他们试图在隧道冒顶处挖起平台，再用数十方松木搭起支架，然后在上面浇筑一个钢筋混凝土的盖帽，但一切努力还是徒劳的。天井岭隧道的修复没有成功，人们只好失望地把它作了报废处理，就这样修路的事一停又是3年。

1997年春，我又一次翻越天井岭，而这一次翻越让我终身难忘。我们在局长杨生友的带领下，去歌舞乡人民政府商议天井村隧道塌顶后的修路问题。我们从乡政府大门走出时已经快11点了，一路风尘地区现场踏勘，待翻过天井岭到达村内早已时过午后了。说真的，这时候个个已经又累又饿了，我的肚皮早饿得咕咕叫了，两腿迈动脚步的时候，好像有千斤重，大家越走越慢了。可是，这旷野之处又有什么可以填肚皮呢？只得下山走进天井村才能解决我们的裹腹问题啊。待到一户老乡家中生火做好饭、烧好菜，时钟已经敲过下午2点。因为饿，这顿饭我们吃得特香，个个狼吞虎咽似的，几大块肥咸肉，几块菜卤毛笋，这味道甭说有多美了，足足吃了三大碗还不嫌多。

1999年初秋，为了不把天井这最后一个村的通路问题拖到21纪，县交通局最后决定改建一条翻越天井岭的盘山公路，挖掘机、装载机等机械设备开上了山，一度寂寞、平静的天井岭又热闹了起来。

天井村干部们又恢复了前几年的修路热情，个个在工地上忙活起来。因为这次修路与前几次不一样，这是在政府的全力支持下进行的。经过县交通局和当地乡村干部群众的共同努力，天井村前后修了15年的道路，终于在1999年12月份修通了。千百年来天井村没有大路的历史从此可以画上一个圆满的句号。

这一年12月28日，在天井岭村举行了隆重而简朴的通车仪式。虽然这

天井岭村通村公路

路还是简易的泥石路，但毕竟是圆了几代人的公路之梦。那天挂在通车典礼彩楼上的“十五年风雨艰辛修路为致富，谢党恩关心支持天堑变通途”的长联，恐怕最能代表天井村百姓的心声。这种朴素的表达方式是发自他们肺腑的，它传达着一种感恩的温情。

在天井村的通车典礼上，歌舞乡各村的干部们来了，全县各乡镇的领导们都来祝贺了，省市有关部门领导及县委副书记、代县长王忠德也参加了通车典礼，并为通车典礼剪了彩。天井村公路一通，似乎把这个偏远的小山村与县城、与大城市的时空距离一下拉近了许多，天井已不再是路漫漫了，也不再是道难走了。

2003年秋天，“乡村康庄工程”像一股暖人心的春风又吹上了高高的天井岭，为那条蜿蜒的通村公路再提高带来了无限的希望。天井村群众翘首盼望已久的一件大事，政府把它作为新时期落实科学发展观、破解“三农”问题的重大战略举措。

我随县人大副主任陆安玉和交通局领导又一次来到了天井岭。而这次到天井岭，时任村支书的赖钱信同志身患癌症已动两次大手术了，腰间还挂着排尿用的尼龙袋，双腿浮肿连鞋子也穿不进了。

为了天井村百姓能出行更通畅，赖钱信同志天天带病坚守在公路施工的现场。他说：可能属于自己的日子不多了，也许公路通车的那一天，我早就不在这个世上了，但为了村里这条公路，只要还有一口气，我就有决心把它修下去。这一天我听着赖书记向领导汇报修路情况，他的这种精神让我深深地感动了。凭这精神，我们交通人也没有不把天井村公路修好的理由了，我们不仅要把歌舞至天井岭村的公路再拓宽并浇上水泥路，而且还要把公路修到更远的天井源和杨田两个自然村去，让全天井村的老百姓都走上宽阔的康庄大道。

这一年多时间里，陆安玉副主任等县领导时刻关注着天井村群众的行路难问题，关注着天井岭公路的建设。他们多次向我打听这儿的工程建设进展情况。在政府各级领导的高度重视下，有关部门共同努力，修路者日夜奋战，这条承载着天井村几代人无限期盼的公路，终于如期按质按量地全线贯通了。

2005年12月28日上午10时，在那条宽阔的水泥路上又一次搭起了歌舞至天井公路通车典礼的彩牌楼，举行天井村公路的第二次通车典礼，这次通车典礼与前次通车时隔整整5年。

通车典礼这一日，虽然阴沉沉的天下着淅沥冬雨，有些凉，但不是很寒冷。县有关部门的领导又来了，歌舞及天井村的老百姓也又一次来到了通车典礼现场。他们人人撑着一把伞，淅沥的冬雨淋湿了身上的衣服，但他们仍在等待着激动人心的时刻到来。虽然这一刻来得有点迟，甚至迟了近20年，人们还是满怀希望地在风雨中静静地等着。鞭炮放响了，通车典礼的车队徐徐往天井村的公路上开出了，这鞭炮声炸得天井人心花怒放；这一辆辆彩车承载着天井人驶向远方，驶向幸福的彼岸。

这时的我，在这冬雨中追溯往昔，勾起那一段段的回忆。天井村修路是艰辛啊，风雨20载了才在今天变成通途。这20年我艰辛地跋涉在天井岭上，一次又一次地去翻越它。这翻越的成功概率又是多少呢？值得深思啊。

2006年端午前夕，我参加全省农村公路普查又来到了天井村。这时，公路边的山坡上比以往多了一座坟墓。在这里安息的不是别人，正是那个在生命最后一刻仍坚守在修路工地上的人，他就是这里的村党支部书记赖钱信同志。看到赖钱信的坟墓，使我想起了与他十几年的交往以及他的为人；想起身患绝症仍在修路工地的身影；更想起当年他对我说起的那句话："看来天井村公路浇上水泥路我是走不着了，但只要还有一口气，这路我是一定会修下去的。"这是多么纯朴的一句话啊，这话体现了一个基层共产党员的一种责任。2005年10月18日晚，这位好支书就这样永远离开了我们。

这时，我叫司机停下了车，三步并着两步地跑到他的墓前，为这位带领村民修路的好书记默哀，并点上一支他平时喜爱抽的香烟说道："赖钱信同志你可以在天井岭的祥云陪伴下，好好地在此含笑安息了。因为水泥路已经浇到天井村了，你的家门口也通上大马路了，今天我们就是开着车子到你们杨田村吃上端午粽的。"

2006年的严冬，陪同上级领导检查农村公路，我又一次来到了天井岭。这是第几次的翻越记不清了，反正天井岭是我翻越最多的一座岭。这次翻越天井岭我已是另一番感慨了，为这里的旧貌换新颜而感叹，尽管这时山风呼啸席卷大地，尽管白雪漫天飞舞，但我们的车还是开上了天井岭。

站在天井岭上的雪天里，我们向北面俯瞰山下，眼前呈现出那条一个弯接一个弯的公路，虽说这时的路上已盖上了一层薄薄的积雪，但它仍像接力赛选手一般棒棒相传，以一种锲而不舍的顽强逐渐地向山峰高巅盘升，那是一种多么有力度也多么有质感的曲线啊。这是天井村干部群众近20年来改造山区、征服自然一个生动的注解。壮哉，山村奇观！

2007 年 9 月 16 日

钟山乡新村：路的变迁

——原钟山乡新村公路建设纪略

新村原名静林寺，当年因有庙宇静林寺而得名。新村的山很高很高，村庄就在那高高的山坡上，村前那个水库就叫静林寺水库。我第一次登山上新村是在20世纪90年代初，那一年因县交通局与这个山村挂钩，有同事驻这个村。

那是一个初秋的上午，因为新村的百姓想建一条通出山外的机耕路，我在时任新村党支书姚树良的带领下，从长丘田村下车徒步登上了去新村的路。外面的世界已经在小路改大路、泥路浇水泥路了，而这里的人们却仍在走那古老的山径，交通是落后啊。

在悬崖峭壁上，一条窄窄湮没在衰草和零星树冠之下的山径若隐若现。它静静地沉默着，偶尔山风一过，被吹得沙沙直响的衰草才轻轻地抚慰着它。时不时有鸟儿从我们的身边拍翅惊飞，山径旁的草丛中还零星的撒着一些不知名的花儿，让我真真切切地感觉这儿离开现代的城市是多么遥远。

村支书姚树良当年给我介绍的情况，至今记忆犹新。他说：新村的夜总是那样的寂静，寂静中偶尔传来几声狗吠声，但这里总有那么一些人，每到夜晚是无法入睡的。因为这里山高路远，因为这里穷，总共才230多人的小村，三四十岁娶不上老婆的男子汉就有20多个。过着光棍生活的人家，夜就像死寂一般的宁静，恐怕就是贫穷落后这几个字在陪伴着他们的生活。

钟山乡新村能否冲出这寂静的黑夜，群众的呼声是一致的，关键就看是否能修通村口与山外连接的那条道路。

1996年，时任村经联社社长的姚关生同志担起了村里修路的重任。接受任务的这一天，他回到家中，经过一个长夜的沉思，怎么也按捺不住心中的担忧。修路致富，这是全村人的共识，大家的迫切愿望他心中也有数。可修路，付出的代价也是很大的啊。在新村，好多人家穷得连媳妇也娶不起，而修路还得用掉村民赖以生存的土地和山林，这样的选择无疑是痛苦的。然而，这路能否修成、自己能否挑起这副重担心中也没个底啊。

但修路的事一步跨出后就没有回头的理由了。姚关生就在这样的困境中勇敢地担起了村里修路的重任。

令人难忘的一幕就这样开始了。村内那只已经停了不知多久的广播喇叭，这一天早上突然响起来了。广播里传来的不是新闻，也不是戏曲和歌声，而是一个村委会的决定：全村18岁以上的劳动力自带工具修路去。

为了让新村的历史写下浓墨重彩的一笔，这一天全村男女老少全上工地了。他们有背锄头、铁钯的，有背榔头、炮钎的，一个个踏上了劈山开路的新征程。

从新村往长丘田方向修筑的道路，中间有段路绵延于悬崖峭壁之上，穿越它不仅能缩短山与山之间的距离，而且还是开启新村人致富大门的关键，但工程量很大，任务十分艰巨。在新村的老百姓心里，开通它就是一条希望之路。为此，他们用坚实的胸膛发出雄浑的呐喊。巨石为开，群山动容。一条9华里多长的机耕路在高高的山岗上一段段地像模像样地显露出来了。

在新村的老百姓中，只要问起当年修路的情况，他们都会十分感慨地告诉你，新村人想办点事儿真的很不容易啊。修路引发山地、田地的纠纷就是一桩很难处理的问题。由于损坏的田地、山林大多是外村的，他们只得拿出自己的良田和山林与外村去调换，或者拿钱去一一赔给人家。有一次开山放炮将邻村农户的烟囱炸坏了，原本修修也只是几百元钱的事，可人家非要你赔上5000元不可，否则不给你开路。

我与姚关生同志是因路相识的人。论年纪他与我不相上下，也许是修路太辛苦的原因，脸上一道道皱纹过早地显了出来，看上去比实际年龄要大了很多。修路遇到纠纷他要一一去调停；资金没有，需要他东跑西借，而且工地上也要他带动去干。老姚同志为村里修路真是全身心地豁出去了。

村级财务当时是空白，穷得出了名的新村人，囊中的确很羞涩，有的人仅能维持基本的生计，哪有余钱拿出来修路用啊。情急之下，姚关生动员妻子把家里卖猪、卖牛得来的3万多块钱也拿了出来买炸药等材料，为修路经常做自掏腰包先垫上的事，村里至今还欠老姚垫付修路的钱达四五万元哩。

无数个日日夜夜，新村的男女老幼就这样冒着严寒，顶着酷暑，舍小家，顾大家，一步一个坎坷，一步一个脚印，渴了喝口山泉水，饿了啃一个冷番薯，硬是这样一点点地克服着劳累扑在修路的工地上，直到道路修出点模样来。

山脉苍莽，山高路陡，弯急谷深，新村的公路就这样一直在山腰上盘旋穿插。站在静林寺水库的大坝上，俯瞰那条从山脚盘绕而上的道路，其中足足有3华里路是开在峭壁上的，这地方仿佛是专门留给勇敢者的。

这里山峰陡峭，道路崎岖，一边是壁立的悬崖，一边是陡峭的深渊，没有勇气和毅力是无法在这儿劈山开路的。当年开通这段峭壁上的山路，工程之艰巨单看一笔数字就略知一二：用掉炸药款7万余元。

姚关生和村里几位修路的领头人，就这样以其勤劳和勇敢的精神，抱着“公路通，新村兴”的朴实信念，丝毫不顾忌这地方的危险和艰苦。他们每天天没亮就早早地在工地上干开了，连早餐都由老姚的妻子送到工地才吃。

寒来暑往，春夏交替，1998年的冬天，新村通向山外的那条简易公路终于修通了。通车典礼的这一天，县有关部门的领导来了，钟山乡人民政府及下属16个村的领导都来庆贺了，而更欢欣鼓舞的还是那些饱受封闭之苦的新村人，这时他们在尽情地享受着有路的便捷和幸福。

在一条条农村公路建设的进程中，我们呼唤更多像姚关生一样执着、无私、能干、肯干的领头人。从他们身上，我们看到了现代新型农民的一种特质。也让我们看到了政府投资修路“造福一方百姓”的承诺，不再是一句空话。

新村的修路并没有就此而结束。挑上村支书重担后的姚关生同志面临修路的任务更重了，也更具挑战性了。因为，近年来党和政府让农民兄弟走出大山的一项项惠农政策，都要靠老姚这样的人去认真把握并落到实处。

1998年，为了把刚建成的机耕路拓宽至4.5米宽的简易公路标准，他带着村民又干开了。2002年秋天，钟山乡党委、政府提出年内实现村村道路硬化的任务，新村是全乡唯一道路没硬化的村。这无疑给村民带来莫大的希望，但给老姚也带来巨大的压力，姚关生同志又为浇筑水泥路的事开始忙开了。

省交通厅薛振安副厅长检查钟山乡通村公路

其实，这时的老姚包括他的4个兄弟及子女都已下山在集镇居住了，家里人即使要回村也是次数不多的。但姚书记不是这么想的，他心中装的是新村200多群众的出行方便。

在窄窄的简易公路上浇筑水泥路也并非长久之计。我当时透露给他一个信息，浙江省明年要全面推开农村公路建设，修路的春天就要来到山村，或许对新村是一个难得的机遇，我们再等一会吧。

老姚听到这一消息，把原本抓紧浇筑水泥路的事先暂停下来。第二年，他乘着乡村康庄工程的东风，掀起了新村新一轮修路的高潮。这一次他修路的目标更大了，眼光也看得更远了：决定把新村通往外界的道路拓宽改造成四级公路的标准，路基达到6.5米宽，不仅浇上比原来设想更宽阔的水泥路，而且要把公路再延伸至横村镇峰坞村去。

2004年8月16日，路面工程招投标，随后浇筑水泥路面的施工队伍上山了。当第一车混凝土倒在新村人亲自修成的公路上时，全村人沸腾了，10年的艰辛终于等到了这一天。

2005年2月3日，水泥路面的最后一个板块浇筑完成，与长丘田连接4.5千米和与峰坞沟通2.17千米公路全线完成。新村的山不再那么高了，新村的路也不再那么难走了，先后投资270万元，10年的公路梦终于画上了圆满的句号。

从这一天开始，新村百姓告别阡陌小路，走上康庄大道了。从这里开出的车子再也用不着受颠簸之苦，开往县城、开往省城直至到北京，那车轮再也不会沾泥土了。

更令人高兴的是，新村交通状况的改善，还为这里的发展带来了巨大的商机。有个叫林正雄的台湾老板看中了新村，他承包了1900多亩荒山荒坡，在这儿搞起了农业投资开发，并种上了300多亩山坡地的乌龙茶苗木。

原先那些光棍汉也随着道路的开通带来了桃花运，个个娶了老婆成了家。有的还把横村等集镇上的姑娘也娶到这偏僻的山村来了。

新村完成通村公路建设后的一天，姚关生执意要我和局里几位同志到他家吃顿饭。这顿饭虽说都是些土菜，喝的也是土酒，但大家吃得很开心，因为这是胜利后的一餐聚会。我们交通人与乡村干部们一起为新村通上水泥路面而高兴啊。

下午，我们从姚关生家走出已经很迟了，老姚一直送我们至公路边。这时候我再看老姚的脸庞，发现比第一次见面时更苍老了，一双眸子更深邃了，或许挑上这副重担的原故，他的背脊也驼了起来。是啊，姚关生为了新村没路变有路，小路变大路，泥石路变水泥路，峰坞沟断头路变通路，所有这一切付出了多大的艰辛啊！

老姚平时不喝酒，这一天心里高兴，他也喝了几碗啤酒，脸上泛了红，看上去比以往显得更精神了。

迎着斜阳，我们的车在平整宽阔的水泥路上行驶着。看着这路，再看看这山峦的风光，我感慨万千：是啊，夕阳无限好，何惧近黄昏！

2007 年 10 月 11 日

全国文明村瑶溪村

一条为山村带来希望的公路

——瑶溪村“乡村康庄工程”建设纪略

瑶溪村由三合、岳山两村合并而成，是桐庐最偏远的一个山村。它位于桐庐、临安、淳安三县市的交界处，离县城有70余千米。这里的老百姓出山，要绕上一道道盘山公路，还要翻越高高的小洪岭，使人联想这儿是桐庐的“塞外”。

瑶溪村我并不陌生，那条深深的、长长的峡谷中，分散居住着全村629人。当年到这儿，掠入眼帘的一切，似乎很陈旧、很落后，给人感觉要落后外界一拍。原来那条蜿蜒崎岖的山间小道，狭窄坑洼，平常不是这里现个缺口，就是那里崩堆塌方。只因交通环境不好，这里办不起一家工厂，外地人到这办起的竹制品厂，没过多久人家就拆机器走人。老百姓与干部的心也不十分合拍，他们嫌干部不为群众办事，因此，向上告状的人一茬接着一茬。

2003年，“乡村康庄工程”的春风吹进了瑶溪的山村，一条平坦的水泥路面公路通进了村，是它把瑶溪几代人的梦想变成了现实，这里的一切开始悄然地发生了变化。

在满目葱翠的一天，我和同行驱车来到这儿。山水依旧，风光已变，今天，那小溪，那4800米通村公路，好似一把琴上的弦，而弹奏的则是不同的音符，那支小溪的琴弦上恍惚吟唱的是昨天的苍凉；而通村公路这支弦上发出的却是“乡村康庄工程”为人们带来福祉的美妙乐章。

“乡村康庄工程”是一项最能体现政府关怀和干部责任及群众力量的工程，三者一旦结合，就会产生出无穷的力量。2002年底，村领导得知县里横村镇峰坞村列为省“乡村康庄工程”试点项目的消息后，受到了极大的启发和鼓舞。为使自己村也能喝上康庄工程“头口水”，村党支部和村委会立即召开会议，及时商讨村内的道路建设问题。与其苦等，不如想方设法创造条件苦干。

农村税费改革后，村里要修路，没有资金怎么办？他们想到了村民代表会议制度。把通村公路这样的“民心工程”，通过村民代表会议，用“一事一议”的方式来表决。为此，他们连续召开几次村民代表会议，把拓宽公路和路面硬化的事交由村民代表来讨论。把“乡村康庄工程”的政策机遇和修路的事向村民交底后，获得了全体干部群众的共识，修路的办法、修路的资金不断汇集到了这个村的班子中来。不足一个月时间他们就收到村民的捐款18万元，人均捐款600元以上。

80多岁的陈福美老太太，平时靠帮人纳纳鞋底赚点微薄的收入，生活过得十分俭朴，而为村里修路她却捐款700元。村民童满玉为修路，已经捐款2700元了，当看到水泥路快浇筑到自家门口时，他三次找到村领导决意再捐300元。村书记许素华考虑他家的实际条件，不肯收下这笔钱，最后，童满玉还是把钱悄悄地交到了村会计那里。

在瑶溪村的老百姓眼里，修路是自家的事。他们说：“只要村干部把舵掌好了，那划桨的事就由我们老百姓来尽力了。”他们是这样说，也是这样做的。如村道从原来的3~4米拓宽到6.5米，不同程度地会影响到部分村民的利益，单单为扩建公路而砍掉的100多株萸肉树就是一笔不小的损失，要知道一株萸肉树的药材在收成好的年份能卖上1000多元钱啊。俗话说，心变大了，所有的大事都会变小，萸肉树对偏远山村的农家来讲无疑是一株株的摇钱树，而这里的农户却显得十分大度。为了村里修路，这点损失自己担当，他们不用村里补偿一分钱。瑶溪村的“乡村康庄工程”从工程启动到完工，处处凝结着全体村民的力量。这儿没有发生一起因用地、拆迁而影响施工进度的问题。

岳山自然村还推选村里德高望重的同志担任“路长”，把好村里修路的质量关。为确保村里修路的质量，防止水泥面板上人畜脚印的出现而影响外观质量，“路长”一声令下，在浇筑水泥路面期间，全村的狗、鸡等禽畜全部圈养。

当施工队伍进入通村公路施工时，不仅没有遭遇老百姓阻工，瑶溪村村民们还把他们当作座上宾，每天轮换着请到家里酒肉相待。为了修一条通向外界的康庄路，瑶溪村的老百姓把修路当作自家的事情来对待。难怪施工人员一说起那段时间就连声感慨：“每天都像是过年。”

在那条蜿蜒崎岖的通村公路工地上，不管是寒风凛冽，还是烈日炎炎，都有村干部的身影和足迹。村党支部书记许素华、村主任郑毛法同志，他们不仅不理家事，放弃了生意场上的经营，而且还把乡政府给的两年误工补贴也捐给了村里修路。

村支书许素华同志当年种植的1000多株桂楠木莲苗木，为修路忘了去培育管理，直到有人告诉他“你的树苗晒死了”，许支书这才恍然大悟，近4000余元的投资成了泡影。

几载寒暑交替。如今，宽畅的水泥路面村道连上了县道、省道，瑶溪这山旮旯与县城和大城市时空距离也一下子拉近了。村民们的生活质量和思想观念也在与城市一步步地接近。“乡村康庄工程”为瑶溪的老百姓带来了无限的商机和福祉。

交通方便了，山外厂家的那些玩具、灯具、制笔等半成品，也会源源不断地送到这里来加工，村民不出家门就可以打工挣钱；当地的毛竹、山货不用推销，也会有人上门来收购，使村民的收也增加三成以上。

原来瑶溪村是垃圾成堆、污水横流的地方，又脏又落后。2004年“乡村康庄工程”实施后，随着道路硬化为基础和依托，瑶溪村新农村建设中的美化、亮化、洁化、生态化等工程也一项项随之启动，改水、改厕及排污的设施有条不紊地进行。自从公路旁、农家门前设立一只只塑料垃圾桶，对全村垃圾进行集中处理后，如今村巷里和沿着公路的那条小溪里，再也看不到往日破衣旧鞋成堆、白色垃圾随处可见的现象，一切变得很干净。村里开展了生态村建设，种树种花，绿化美化公路，整治村容村貌，瑶溪村很快告别了脏乱差。公路绿了，路灯亮了，房子靓了，溪水清了。

瑶溪是个森林覆盖率高达84.5%的村庄，并且还是桐庐唯一的省级野生猕猴自然保护区，生态资源十分丰富。自村委提出打造“绿色瑶溪，生态富民”的发展思路，并出台封山、禁渔等相关生态保护措施后，那山上的竹林、树木一片葱葱郁郁；公路旁的落地松、槐柏等行道树，呈现蓬勃生机；顺着山根、傍着公路涓涓流淌的那条小溪，澄清的溪水中一群群石斑鱼来来往往穿梭般地游逛；山上的数百只野猴，这些年虽说与村民不断地在争抢生存空间，但老百姓与其和谐相处，据说还打算把这些调皮的野猴引下山，为村里增加新的亮点呢。

如今，那一幢幢让城里人也羡慕的小洋楼，忽然间在这儿多了起来。原先因交通不便，连自家亲戚也不愿多来的地方，如今交通条件改善了，村民办起了农家乐，还把上海、杭州甚至国外的客人也引来了。

随着城里客人的到来，老百姓爱护环境卫生、保护生态资源的自觉性也在不经意间提高了。公路好了，老百姓似乎对环境卫生的要求也高起来了，2005年瑶溪村被评为省级卫生村。如今展现在人们眼前的瑶溪，早已不是当年的瑶溪了。

客人们徜徉在郁郁葱葱的山村里，沐浴着令人神清气爽的微风，让人感觉这里真是个欣赏自然、回归自然的妙趣所在。沿着公路伫立的电杆上，盏盏明灯照亮着山村的夜晚，这里的老百姓夜晚走路也和城里人一样，再也用不着摸黑了。

我们在瑶溪村听到村民说得最多的话，是这里的干部与群众的关系更贴近了。“乡村康庄工程”不仅仅改善了这里的交通条件，更重要的是，这短短几千米的康庄大道成为党和干部联系群众的一座桥梁，把干群关系扭在一起，干部更有号召力了。

我们看到的瑶溪村变化，仅仅是瑶溪人实施“乡村康庄工程”后溅起的几朵浪花，是他们新生活体验的刚刚开始。如果把“乡村康庄工程”比作一块基石，那么，这块基石铺垫和铸就的就是社会主义新农村建设的伟大工程。我们有理由相信，为农村老百姓带来了实惠和方便的“乡村康庄工程”，必将造福这里的人们，为社会主义新农村建设创造出更加灿烂的明天。

2006 年 10 月 6 日

凤联，因路成了桐庐的“吐鲁番”

——凤联村“乡村康庄工程”建设纪略

“林海竹源荡波浪，群山幽谷碧水漾。遍地葡萄赛新疆，瓜果蔬菜稻花香……”这是横村镇凤联村的黄秋良赞美家乡的一首诗歌，这也是凤联村近年来实施乡村康庄工程、新农村建设促进生产发展、建设富裕生态新家园的真实写照。

横村镇凤联村位于桐庐县北部，离县城21千米，最高处海拔800多米，是典型的山区村。人们习惯地用“高、偏、险、散”4字来形容。凤联被阻隔在巍巍高山中，全村27个自然村、757户人家、2450人口分散住在一个个山湾里，最远的自然村离中心村近6千米路。

2003年，这个村的宋家、陈家山等自然村，喝上了“乡村康庄工程”建设头一口水后，凤联的山不是高不可攀了，路也不再远不可涉了，山村的面貌发生了很大的变化。“乡村康庄工程”实施后，这里的农民“靠山吃山”是越“吃”越有滋味了，靠高附加值的农产品走上了致富的道路。

凤联村宋家自然村通村公路

这儿地势高，温差大，种出的葡萄味甜质优，葡萄丰收时，果实挂满枝头，等待游客前来品尝。

省农科院副研究员吴江老师2004年开始指导横村镇凤联村宋家自然村农户改良葡萄品种，传授病虫害防治技术和安全生产方法。两年下来，这里的高山葡萄面积扩大，品质提升，价格也上去了。宋家葡萄合作社社长钱幸洪说："我们种出的优质葡萄，每500克最起码也能多卖两元多钱。"

紫竹林农庄坐落于桐庐县横村镇凤联村。这儿以种植毛竹、果树，养殖家禽为主，满山青翠，草木郁葱，竹林遍布，绿树成荫，天空湛蓝，还有小湖小溪。爬上虎山山顶，一览众山小，就有种对山谷长呼的冲动。空气中都是草木的清香，遍地果树，每逢开花时节，百花齐艳，五彩缤纷，风格无限。

凤联村村民徐善林算了这样一笔账：他有两个儿子在读大学，原先只种植10多亩毛竹，经济相对拮据。自承包了七八十亩毛竹地后，在政府政策和农技人员的指导下，收益连年增加。现在一亩毛竹地除年产三季笋品外加毛竹变卖，能有150多元的收成，年收入达到6000多元，比原来要高出10倍。如今再插种些水蜜桃等经济作物，不仅经济不再捉襟见肘，而且日子过得有滋有味。

凤联村因葡萄而出名。由于当地独特的地理气候和科学种植，目前，已拥有葡萄种植面积700多亩，年产葡萄500多吨。当地的葡萄由于甜度高、口感好，在周边各县市都有一定的名气。毛竹和葡萄是该村的两大支柱产业，这里的毛竹基地面积达到10000余亩，山上的竹林郁郁葱葱、重重叠叠，一眼望不到头；这里的葡萄园在葡萄飘香的季节，满眼是硕果累累的醉人景象。2006年，该村被评为浙江省兴林富民示范村。

2005年11月，桐庐宋家葡萄专业合作社在横村镇成立，当地葡萄种植户从此有了自己的娘家，118位农户成为首批社员。

葡萄是该村的另一大支柱产业。近年来，该村向科技要效益，在县科技部门和镇里的帮助下，从省农科院请来吴江教授，为农民举办技术培训班。引进先进的葡萄生产技术后，全村葡萄种植效益大幅度提高。该村还成立了葡萄生产经营合作社，注册了“宋家牌”葡萄商标。如今该村的葡萄畅销杭州、富阳等地市场，平均每千克价格都在5元左右，尤其是刚培育成功的新品种“提子葡萄”，大受市场欢迎，不仅甜度高，而且色泽好、个儿大，远近闻名，很受当地及杭州、临安、富阳等外地客商的青睐。

凤联村通过高效、便捷的网上信息资源，克服了地理位置的不利，拓宽了销售网络。每年产品上市时，只要用农民信箱一发布，四面八方收购商就会踊跃而来。如今不仅成功进入了世纪联华等大型超市，而且还远销到杭州、萧山等大型水果批发市场。在上级农业部门帮助下，宋家葡萄专业合作社成立了，并注册了品牌，统一包装、统一销售、统一管理，为更充分利用农民信箱打下了基础。另据合作社负责人介绍，他们下一步准备举办采摘游，让游客入园亲手采摘，体验农家生活，延展葡萄种植经济效应。

凤联村通过公路建设，全村的通行条件得到了极大的改善，条条平整宽畅的公路似七彩锦带，随风飘逸在四面八方。峰峦坞谷不再是绝人之路，它改变了农民的出行方式，提高了出行的舒适度和安全性，加快了农村客运市场的发展，满足了农民“走得了、走得快、走得好”和“早进城、晚回家”的出行要求，促进了城乡交流和农村经济发展。

随着一条条通村公路的建成，原来许多交通极不方便的山村农民的生活方式也随之改变，生活质量得到提高。过去桐庐山村绝大多农户一年的荤腥就靠着那头年猪，生活不仅不方便，而且也很单调。如今村民天天可以买到由商贩送进村的新鲜菜，吃的、用的在家门口就能买得到，那些祖祖辈辈走惯了羊肠小道的山里人，在家门口就能坐上班车，与县城的时空距离已不再像过去那么遥远，久违的农村文艺演出也多起来了，生活质量正在一步步地与城市居民接近。

凤联村钱家自然村钱洪春老两口过去仅靠种田为生，一年的收入过个年就没了，第二年春耕买肥料的钱只能向人家去借。公路修到山上后，交通条件一改善，他家就种起了葡萄等经济作物，去年老两口收入达到2万多，预计今年收入要超过3万元。凤联村山上那一片片毛竹林、满山的桃李树以及地上的一架架葡萄，可视为这里老百姓的一座座绿色银行，成为取之不竭的财源。

凤联村是由宋家、下张、仓里、陈家山等6个建制村合并的一个新村，村民大多居住在高高的山岗上。乡村通达工程实施后，该村先后修建公路31千米，27个自然村的道路全部硬化。交通状况的改善，为这个村的经济发展带来了无限的商机。凤联村的山地土质很适合种植西瓜，过去由于道路条件差，种好的西瓜运不出去，眼看着一个个烂在田里。公路修通并浇上水泥路后，凤联村的高山西瓜种植面积迅速扩大，外面的贩销商直接开着汽车上来收购，而且连小西瓜也收走，为农民增收创造了较好的条件，并使这里形成了具有特色的桐庐高山西瓜基地。2006年，仅种植西瓜全村就增收200多万元，其中仓里自然村喻增强仅种西瓜一项的收入达2万多元。

凤联村过去的葡萄种植面积仅十几亩，因为道路条件差，收获的葡萄运出去后质量很难保证，卖不出好价钱。通村公路修通并硬化后，短短4年时间，全村的葡萄种植面积一下子发展了400多亩，其中200亩有收成的葡萄园，2006年经济收入就超过300余万元。宋家自然村村民宋国良家，4年前全家收入不足2万元，去年农副产品的总收入达到10万元，仅葡萄一项就收入2万余元。如今的凤联村已成为桐庐县高山葡萄基地，同时还被立为浙江省兴林富民示范村、杭州市都市农业示范园区，当地不少农民开始靠高附加值的农产品走上了致富的道路。

如今，桐庐好多农村像凤联村一样，通上公路获得了新生，使当地的农副产品逐步向商品转化，农村经济也从传统的农业向以市场为导向的高附加值农业转变。农民群众脱贫致富的步伐在不断加快，新型的农民群体在不断涌现，呈现出一片欣欣向荣的新景象。

路通桥连，喜看龙潭嬗变

——分水镇新龙村龙潭自然村公路建设纪略

银杏黄了，枫叶红了，色彩斑斓的景色如一幅迷人的画卷。金秋时节，我走进了分水镇的龙潭村。

地处分水江畔的龙潭村，青山相依，绿水环绕，湛蓝的天空中朵朵白云和田野里金灿灿的稻穗交相辉映。人们都说秋天是收获的季节，给人们带来的是丰收的喜悦，而让龙潭的村民乐在心头的还是那路通桥连、建设新农村所带来的变化。自公路硬化、大桥架通后，龙潭村变靓了，山峦变绿了，水流变清了。

龙潭，这是我并不陌生的地方，在我的印象中似一座半岛，东南有青山作屏，西北是绿水为障，交通闭塞。虽然它与公路通达的分水镇隔江相望，但这里的村民要走出龙潭村，不是摆渡就是走机耕路，去一趟分水集镇得绕上一个大大的圈子。

记得初次到龙潭村，我们是坐着车子一路颠簸进村的，途中有几段路还要下车步行。这条从山弄里钻出村外的机耕路，自20世纪70年代建好后一直没有改变过,坡陡路窄，坑坑洼洼。拖拉机开上这条泥泞的道路，还得有几个人在后面拿竹杠来背才能向前动弹。1997年，村民王其林的女儿出嫁的嫁妆就是装在拖拉机上，让人在路上垫上稻草、木板，然后抬着、背着才算把它“开”出了村外。

交通落后，使得这里丰富的木材、毛竹资源运不出去卖，外面的企业也引不进来办。修一条公路、建一座桥梁成了龙潭人多年的愿望。

当年，看见邻村把公路修到了村头，龙潭人心里着急啊。他们多么想修一条宽阔的公路，把龙潭村与外面的世界连接起来。然而，由于资金缺乏等各方面的原因，这个计划一直被搁浅着。

今天再到龙潭，我们发现当年的龙潭已经变得越来越遥远了，它好像一张灰色的照片深深地藏在人们的心底。因为，多少年来，龙潭就像一条奔腾的蛟龙，不曾有人降服过它，却被今天的龙潭人给降服了，龙潭发生了翻天覆地的变化。

如果说把路通桥连比作是一块基石，那么龙潭村有了这块基石后，新农村建设的根基更为坚实，步伐更加快了，昔日沉默的大山更显它的魅力了。万强农庄的引进，使昨天的龙潭村荒山成了今天的聚宝山、花果山。

一条宽阔的公路从分水直通到龙潭村的尽头，水泥路面平整宽畅，昔日的坑洼泥泞一扫而光。我们漫步在村内的公路上，路旁一座座石头垒起、黄泥舂起的老房子，一改当年斑驳的赤膊墙体，统统涮成了白白的墙体；昔日的脏乱和破败再也看不到了，一幢幢新盖的农家小别墅，有灰墙红瓦，有黄墙青瓦，参差不齐地因势而立，如雨后春笋般地多了起来，足足占了龙潭民居的七八成。

村中新建成的休闲公园，绿草茵茵，村民三五成群地在这里聊天、娱乐，而在健身器上运动的大妈大婶，她们的笑脸更加灿烂。

村内那几个被称为牛粪塘的水塘，如今全用天然卵石砌筑成了“龙池”，一股清泉徐徐地注入池内，岸边柳枝垂挂，倒映水面；龙潭古井也修缮一新，还在井旁立了块镌有“龙潭泉”的太湖石；休闲长廊既古朴又典雅，这些都成了村中的景观，人们在挖掘文化底蕴上做足了文章，为龙潭新农村建设注入新的生机与活力。

再看长125米、宽10米的新龙大桥，如彩虹横卧前溪，使龙潭村到分水镇的路程一下子缩短了13千米。

路通桥连后，各种赚钱的机会也多了起来。农家的走廊、厅堂都是作坊，龙潭村成了分水制笔的加工基地，半成品的圆珠笔源源不断地运到这儿来组装，龙潭村的剩余劳力也充分利用起来，几乎找不到闲人，就连70多岁的老太太也能就地打工每月赚上四五百元钱。叶茂德老人颇有感触地说：“过去，我们老两口的生活费靠子女来赡养，现在老伴一个人组装圆珠笔的收入，作为我们老夫老妻的生活费还用不完哩。”

通畅的公路大大拉近了城乡之间的距离，随着城乡交流的日益频繁，潜移默化中农民兄弟的生活习惯也发生了明显的变化。新观念有了，好习惯多了，坏毛病改了。叶茂德老人介绍说：“过去山上的树木经常被人偷，村里派人管也管不牢。如今，稻谷晒在野外过夜也没人拿，就连吵架声也听不到了。”

龙潭村过去是计划生育的落后村，县里每年都要派工作组来突击抓计划生育工作。现在村民的生育观发生了很大变化，人人开始讲究生活质量，那种多子多福的观念也没有了。因此，人口出生率自觉地得到了控制。现年60岁的罗志荣告诉我们：“不少家庭即使第一胎是女儿，也不生第二胎了，比如我的媳妇洪丽平女儿都14岁了，但没有再生第二胎的打算。”

过去来龙潭村，晴天一身灰，雨天一身泥，现在连下雨天都可以穿着皮鞋在路上走了，洁净已成了这儿的一种生活时尚。以往垃圾随手倒、到处扔的现象不见了，房前路边的土堆、乱柴堆也没有了，村内还配上了专职的保洁员清扫垃圾，再也见不到那脏乱的场景了。过去，外面的人很少到龙潭来，现在小车子断时不断日地开到村里来，使封闭的山村一下子热闹了。

山还是那座山，梁还是那道梁。龙潭村为何能有这样的变化？关键在于村两委班子，关键在于党员干部的带头作用。

近年来，这个村的干部们抓住了各种有利的时机，为了改善道路交通条件，他们紧紧抓住了省政府提出20世纪末实现村村通公路或简易公路这一难得的机遇。1999年，在干部群众的共同努力下，通往外界的道路拓宽到了四级公路标准。几年后，他们又借国家实施“乡村通达工程”的东风，硬化了村里的公路，喝上了这项政策好处的“头口水”。

为了改变与分水镇隔水相望的局面，2005年，该村又借撤渡建桥的机会，争取到上级交通部门的支持，总投资300万元的新龙大桥终于横跨前溪。

要致富，先修路。交通条件的改善，为全面改善农业生产条件奠定

2006年2月龙潭桥施工现场

了基础。如今，龙潭村不仅修建了标准的水渠和机耕路，改良了低产田，还对全村的电网进行了改造。原来村内电线乱拉的现象不见了，不仅保障了用电安全，而且有效降低了电损，使农户的电费开支也减少了。今年，龙潭村又争取成为县级重点整治村，村容村貌发生着日新月异的变化。

火车跑得快，全靠车头带。龙潭村的前后变化，“领头雁”的作用不可小估。该村党支部书记叶小明同志，像一只不知辛劳的蜜蜂，终日在花芯中劳碌。他所做的一切，只是为了让龙潭的山更青，水更绿，村庄更靓丽……

龙潭村的建设，得到了全村干部群众的大力支持。道路整治拓宽，势必涉及农户的宅基地或围墙等。然而，只要建路需要，这里的农户牺牲个人利益在所不惜。当路基延伸到村民许雪琴的家门口时，她未等丈夫回家，二话没说，拿起榔头敲掉围墙、挖掉墙基。为了美化村中的公园，村干部陈拥军将价值三四千元钱的一块风景石捐给了村里，安装在龙潭古井旁。

原村党支部书记吴志星动情地对我们说：“龙潭村想改变面貌的事可以说是几代人的梦想，但过去一直没有机会也没条件去改变，在党的十六大精神鼓舞下，仅用了短短5年功夫，通过乡村康庄工程为前提的新农村建设，龙潭的面貌发生了翻天覆地的变化，现在路通桥连，村庄也变得靓美。党的十七大精神更是鼓舞人心，我们一定要用自己的双手来装点龙潭村，让龙潭的明天更美好。”

夕阳下，龙潭村静静地、悄悄地融入一片淡淡的秋光之中，远远看去有一种朦胧的美感，宁静的山村宛如一幅绝妙的水彩画。

啊，秋天给人带来了清凉舒适之感。我想，秋天赋予龙潭村民美好的一切还有许多许多……

2007 年 11 月 24 日

舒家村，因路而美丽

——瑶琳镇舒家村公路建设纪略

舒家村位于瑶琳镇西北部，全村6个自然村散布在一条长长的仲夏坑峡谷中。

一条羊肠小道，在仲夏坑中七拐八拐，绕来绕去，一会儿盘过山，一会又绕着溪。舒家人走出大山，全靠两只勤快的脚板，在这条小道上艰难跋涉。这条山路上，不知浸透了舒家人多少汗水和泪珠，因为出山必须肩挑背负。这里的妇女出山，背上背的是一座山；男子汉下山，肩上挑的是两座大山。

2010年12月2日，我在舒家村委办公室遇上前几任的村支书。当我一说起舒家的公路，现年80岁的老支书张惠生掰着手指说起舒家艰辛修路的历史。从1969年第一次发动群众修回龙庙至里陈家的双轮车道开始，到2003年浇筑上水泥路，先后已经有5次了。每一次修路我们舒家干部与群众都出过大汗啊。因为，舒家人要走出大山去，没有道路不行呀。

舒家村直到20世纪60年代末，连一条可以推双轮车的路也没有。那时候，这儿的人交农业税、卖余粮只能一担担地挑着翻岗越岭，从村里挑到毕浦，要走十六七里路，即使每天挑一趟，也要挑得两脚直发软。

有一年，舒家村造大礼堂，所用的水泥、黄沙等材料，运到马源村后，再由大队派劳力去挑回来。马源是座上脚岭，吃力地走上五六里路才到家，生活在舒家真是不舒服啊。

不是吗？山，几乎压垮了舒家人的理想；山，几乎压掉了舒家人的自信。宽阔的公路，一直成为舒家人多年的梦想。

一

1969年，舒家人开始修路了。在里陈家至回龙庙十几里的山路上，全是各生产队派到工地上修路的人。他们开山打石、挖土挑泥，为的就是修出一条能推上双轮车的道路，在舒家人的心里，能把肩上的担子往手推车上卸也就心满意足了。

20世纪70代中期，杭州知识青年到舒家插队落户。大城市里走惯大马路的这批年轻人，怎么能过惯这封闭的生活呢？于是，舒家人又开始修路了，并指派舒连春同志负责修路的事。舒连春不负重望，他带领由知识青年为主的一批劳动力，以愚公移山的精神，硬是把手推车路拓宽到机耕路的道路。

1996年村里为通上公路，黄富根把自家卖掉一头生猪的600多元钱拿出来购买炸药、雷管来开山挖路。到年关时，人家都在买年货了，他还不知道这年怎么过哩。实在熬不过去了，最后，只好红着脸向张卫平借了200元钱去买年货。

舒家村地处偏僻的山沟沟，村里的年轻男女都外出打工，村里的环境卫生情况差，全村露天厕所就有200余处。外村的人几乎没有一个愿意留在这里的。这样一个遭人嫌弃的地方，曾经成了远近闻名的麻烦村、问题村、信访村，而且还是桐庐挂号的省重点信访村。当年，乡政府到村里办事的汽车，在舒家会有人把你的轮胎汽都放掉；村里张贴到墙上的一些标语，下午贴上去，第二天就没有了。

2001年冬，细雨如丝如雾绵绵不绝的一天，在舒家去洪武山的路上，水雨慢慢地渗透人的外衣，濡湿人的头发和面庞，带给人心头丝丝寒意。就在这天的细雨里，毕浦乡党委书记兰少华等领导为舒家村修路的问题又一次到了洪武山。

舒家村的道路问题，牵动了各级领导的心。毕浦乡主要领导、分管领导、驻村领导等为为解决舒家村道路问题，究竟多少次走进仲夏坑，谁也记不清了。

这天，兰少华书记请来了县交通局的领导，从回龙庙起一直踏勘至洪武山为止。那天我也在场参加踏勘，当我们的汽车返回开在那泥泞的机耕路上时，忽然四个车轮一陷，车子趴在洪武山上不能动弹了。直到天黑，才由村干部叫了一帮人把车推出烂泥地。

也许我们乘坐车子的一陷，对冬天里的舒家村有了更多的理解，特别是站在洪武山上，一阵山风从山谷里飘过来的瞬间，我似乎触摸到仲夏坑峡谷的心跳了。

二

每个人心中都有一个属于自己的梦，为了梦想成真，我们必须不吝惜泪水和汗水，脚踏实地，永不停止，才能实现自己心中的梦。

“梦在心中，路在脚下”，遥不可及的梦如果没有我们的坚持，会变得更加遥远。无论前路开满鲜花还是布满荆棘，无论前路坎坷不平还是平坦无阻，胡卫平把握住了今天的机遇，他迎着朝阳，踏着脚下的路，寻找属于自己的一个梦。

在外面闯荡了20多年的胡卫平说：过去因为道路差，舒家人出门回家只能坐拖拉机，人家连面包车也不肯开进来。有一次，我把外面承包工程的合伙老板请到舒家来玩，当时只得用拖拉机开出去接客人。哪知客人一看这里的路，第二次再也不敢来了。舒家村要发展必须要先修路才行。

2002年初，村委换届选举，我爱人就打电话告诉我，第一轮村主任6个候选人中没有我的名字。我连夜从萧山工地赶回家，并向村领导提出我要竞选村主任。

听说我竞选村主任时，人家就笑话了。有的说：“卫平能把舒家村浇上水泥路，他水泥路浇到哪，我就从哪倒走到回龙庙。”就连我中学的老师都说了：“胡卫平你有多少点本事我还不晓得吗，别去逞能当村主任了，舒家村水泥路是浇不起来的。”

但开弓没有回头箭，既然竞选村主任的话放出去了，就没有收回的理由。

当胡卫平再次回到舒家村，近乡情怯的他看到20多年未曾改变的村容，呆在村口不知所措：“垃圾随处丢弃，牲畜到处乱跑，污水横流，尘土飞扬。”穿村而过的那条仲夏坑小溪，水草上扎满了乱七八糟的塑料袋。这时，他觉得回家并不像理想那样地简单。

2002年5月16日，胡卫平当选为村主任。

胡卫平说；“当时说实在的，我真不知这个村官怎么去当才好呢，挑上这被村民寄以厚望的担子后，心里一下子有了很大的压力。因为，我见过最大的官就是毕浦乡副书记董晓华，我没当官的经验啊。我当干部第一个条件就是要浇筑村里那条水泥路，这也是我竞选村主任时向村民许下的承诺。于是，我就赶鸭子上架地策划起修路的事了。”

2003年7月12日，杭州萧宏建设集团有限公司中标，2003年11月3日开工建设。

为了村里的公路硬化，胡卫平还垫出去了20多万元钱去浇水泥路面，在外读书的女儿也埋怨了：爸爸你不要去当这个村主任了，犯不着的。但卫平不这么认为，他回答女儿说：水泥路浇好那一天，大家都到路边来放鞭炮，这比什么都要高兴，这是出钱出力不一定能得到的快乐。

2004年4月20日工程竣工。这一次舒家村的水泥路面实现了从回龙庙到洪武山8千米道路硬化，人们终于走上盼望已久的水泥路。而且随着主路的硬化，一条条通往田畈、通往山林的小路也拓宽浇上了水泥。

三

舒家村通上平整宽阔的水泥路后，该村在发展集体经济的基础上，越来越注重村容村貌的美化。他们在公路两侧栽上了槐柏，并在公路两边的废弃地上种花种草，路容路貌焕然一新。

舒家村曾经是一个远近闻名的落后村，脏乱差现象十分突出。村内的露天棚厕臭气熏天，村民的房前屋后杂物乱堆，生活污水横流。

为了给村民创造良好的生活环境，舒家村结合新农村建设和“清洁桐庐”等工作，开展了以拆危拆旧为重点、以河道治理为突破口、以生态排污为主要内容的“脏、乱、差”整治工作，先后投入220余万元。新的三格式厕所建好了，新垃圾桶添置了，河道清理了，保洁员上岗了……如今，村容村貌令人赞叹。

在舒家村村口原本有一个臭水塘，村民们把生活垃圾随意倾倒在这里，严重影响了环境卫生。而今走在村里，别具一格的休闲公园特别引人注目，村民都亲切地称它为“小西湖”。“小西湖”的中心建有一个小岛，上面栽满了雪松、杨柳等观赏树木，旁边是石椅，一条弯曲的小桥连接道路和小岛，碧波荡漾，荷花飘香。

舒家村山沟里的公园

昔日的臭水塘摇身一变成了村民休闲的好去处。太阳西斜，静谧的小村上空浮现袅袅炊烟……夜色降临时，村民们就会走出家门，聚集在村边的休闲公园玩耍、聊天。

自“清洁家园”活动开展以来，舒家村开展了以“布局优化、道路硬化、村庄绿化、路灯亮化、卫生洁化、河道净化”为目标的村庄整治活动。在开展环境卫生整治的同时，率先在桐庐县进行生活污水湿地处理系统建设,成为全县首个生活污水处理全覆盖的村。

洁净的村道上，三三两两的村民一边聊天，一边嗑着瓜子、吃着水果，他们都有意识地把瓜壳、果皮攒在手里，最后扔进垃圾桶。村民陈大伯开心地说：“卫生得靠大家，靠几个人弄是搞不好的，我们村的人对卫生都很关心。”

舒家村党员朱土根基本上天天在山上，用自己勤劳的汗水精心照看着一片村集体的山核桃基地。老朱对山核桃林的那份情，就像对自己的孩子。他说：“给子孙留金留银，不如留片核桃林。”这也是瑶琳镇舒家村村民的一致想法。

近年来，村委把村民手上零散的土地集中到一起，利用当地的山林资源，以股份制的形式，先后投入300余万元开发、培育了3000余亩山核桃基地（人均3亩以上）。舒家村还专门建立了一支由30多人组成的抚育队伍，朱土根就是其中一个。如今，舒家村的集体经济正在慢慢地壮大，村民对能过上富裕的生活充满了信心。

胡卫平预计，8年后山核桃进入初产期，15年达到丰产期，到时每年产值可达到560万元，平均每户收入可达2万余元。而20年后，山核桃产值将达2000万元以上，户均年收入达8万元以上。共同建设好山核桃基地，使村民的钱袋子鼓起来，这是舒家干部群众的一致想法。

黄昏时分，50岁的胡卫平穿过刚插完秧的稻田，爬上村庄后边的小山坡，落日余晖漫过山梁上茂密的核桃林，洒在他留有泥渍的衬衫上。

胡卫平现在是桐庐瑶琳镇舒家村的党支书，皮肤黝黑，在山坡上驻足而望的样子，像一个常年守望着村庄的哨兵。

舒家村在这里一览无余。这个典型的南方小山村，背山临水，房屋错落有致，沿着狭长的山谷铺开，谷底就是一条清澈的小溪，伴着溪畔的水泥路缓缓流动。

其他村庄能变得美丽富裕，我们村也能。正由于村干部的巨大决心，他们将公路作为纽带，为促进干群之间的团结发挥积极作用，如今不仅村委班子团结了，而且干部与群众之间也能心往一处想、劲往一处使，舒家村的工作也顺了起来。

走进瑶琳镇舒家村，呈现在眼前的是一幅美丽和谐的画卷：水泥路宽阔洁净，路两旁翠绿的柏树与不知名的小花相映成趣，村民正在古树下悠闲地聊天……舒家，正如它的名字一样，是个舒适和谐的家园。从2005年起村民没有人去上访，没有人去打县长的公开电话告状了。

瑶林镇舒家村被青山绿水环绕，远离城市的喧闹，像个世外桃源。来过这里的人们，无论是带着挑剔眼光的检查团，还是前来取经的学习团，都为她的美貌、她的洁净赞叹不已。

如今的舒家村已是浙江省新农村建设示范村、浙江省卫生村、杭州市新农村建设示范村、杭州市新农村建设标本村、杭州市生态村、杭州市文明示范村。

2012 年 11 月 29 日

子胥桥与胥岭路

——钟山乡子胥村至胥岭公路建设纪略

民间传说：桐庐境内自分水南门经塘口村、龙子桥、雪峰岭、潘村、歌舞岭至胥岭建德分界，为原分水县四大干线古道之一，沿路峰峦层叠，溪壑纵横，途中流传着一个个有关伍子胥的故事。据说歌舞岭是伍子胥亡命入吴时，翻过此岭，正遇风雪交加，因而摆脱了追兵。他庆幸脱险，不禁仰天大笑起来，并抽出七星剑载歌载舞，故名。而子胥村因伍子胥逃难途经此地曾小住一日而得名。胥岭位于桐庐县与建德市东北部的交界处，伍子胥经胥岭而入建德境内。

钟山乡子胥村坐落在胥岭北面，这儿是群山环绕的峡谷，视野较为开阔。村庄依山傍溪而建，村民枕溪而居，两岸间有小桥连接，平缓的溪水使这儿的村妇可赤脚在溪水里洗菜洗衣。在初升的太阳和青山的掩映下，整个村庄显得格外宁静而和谐。

子胥村村委所在地的和村自然村因诸姓杂居、和睦相处而得名。当年因钟山至歌舞公路拓宽改造和大湾自然村下山集居工作的我到过这里，平常经常在钟洛线县道上走，途经和村的次数就更多了。

我认识子胥村党总支部书记滕国忠多年，他是和村自然村胥岭脚的人。滕国忠年纪与我不相上下，都是近花甲的人了，他那饱经沧桑的脸上，平时总显出一副亲善的笑容。

说实话，我很佩服老滕书记的胆魄，因为他在子胥村歌舞溪上能造起那么多桥。记得2004年为造第一座子胥桥时，时任县委副书记的王斌鸿同志与该村挂钩，因大湾自然村下山集居点需要建一座桥，王副书记召集有关部门领导现场办公，我随局长倪项龙到了现场。

没想到时隔两年，直到滕书记要我给这儿的桥取名时，才知子胥村已经有4座新桥横跨歌舞溪了。加上原来几座老桥，短短几百米的歌舞溪上共有8座桥梁，子胥村竟成了桐庐的群桥之村。和村下游的那座桥，按早年说法这儿是一个村的“水口”，再说有堰坝在桥的溪上，此桥整天泄水，取名“水口桥”是不会错的。而上游那座桥，向上看是潘畈，向下看是和村，现两村合并为一，称子胥村。当年伍子胥出逃经过这儿，我就叫它“子胥桥”。没想到几天后我再到子胥村，桥上已经镌刻上“子胥桥”“水口桥”的大红字儿了。

其实子胥村的桥都可以称子胥桥。取名子胥桥的桥是2004年4月动工，同年6月竣工，总长18米，宽8米，为2孔钢筋混凝土平板桥，位于和村自然村上首，胥岭头公路由此桥连接县道钟山至洛口埠公路。

县人民代表张玉仙提出修建和村至胥岭头公路建议后，我第一次到胥岭头这个地方看路。

从和村跨过石拱老桥，在当地村干部带领下，我们沿着胥岭脚村旁的那条山路登上了去胥岭头的路。这是一条用块石铺成的山路，宽仅2尺，中途及与建德交界的岭头各建有凉亭一座。

数百米高的山坡路时险峻、时舒缓，转着一道道的弯朝着岭头而攀升。山路两边是层层梯田，远处山坡松林葱翠。这山路原来算是郡邑通衢，今天随着公路的发展，过往这儿的行人已经很少了。随着子胥村近年在外地办快递公司人员的增多，胥岭的300多亩山陇梯田也变得杂草丛生而荒芜了，古径茅草塞路，举步难行。

在这没有竹林、没有树林的山径行走，我在淅沥雨水的滋润下，全身衣服被淋湿了，视力模糊的雾蒙蒙情境中，感受着那一丝爬山的无奈。

胥岭村民国二年（1913）时，由建德县划归分水县，当年子胥与胥岭两村共属分水县歌胥乡管辖。1950年8月，胥岭村复归建德县，子胥与胥岭两村也就分属桐庐和建德两县了。毕竟子胥、胥岭两村都与当年的伍子胥挂上了钩，且又有姻亲关系，人们走亲访友走在这条古道上，心中多么希望有一条平坦的公路啊。

这条公路的建成不仅为当地群众生活带来方便，而且公路就在被荒废了的三四百亩土地之间穿梭，对这些土地的重新开发利用也极为有利。

胥岭头有狮严峰，有一明一暗两洞：“明曰玉泉，暗曰金粟。明者广高数丈，内有石床、几、棋、灶、狮、龟等形，宛如镂刻。宋陆佃题名其间。”玉泉洞内有玉泉，又名接客泉，游人进入，只要高呼一声“客来”，泉水就会涌出，水质清洌爽口。岭头有永福庵遗址，现建有凉亭供来往行人歇脚。亭旁古柏苍然，秋风夕阳，群山静谧，是人们发思古幽情的风光之地。

在胥岭头修建连接的公路，是子胥与胥岭两村百姓盼望多年的事。继2004年张玉仙等代表提出建议后，2007年，滕国忠同志在县十四届一次人代会上又把修建胥岭的路提了出来。

我是县交通局建设线议案提案的办理人。我来到子胥村滕书记的家中，并与老滕就议案问题交换意见。

子胥村书记滕国忠的家就在歌舞溪旁边的山上。房子依山而建，古朴厚重，为20世纪六七十年代的农居建筑风格，屋内全部是木质结构，客堂间正中是一幅巨大的《开国大典》图画。滕书记很朴实，虽说房子很旧，但这里空气好，而且屋前有一小片竹林，竹林下面是一个不大的鱼塘，再说自家耕种的土地就在房子边上，所以也就没有造新房的想法。站在滕书记的家门口能俯视整个和村，还可看见潘畈村的一角。

每一个成功的男人背后都会有一个贤惠的女人，滕国忠也是一样，他之所以能得到村民们的拥戴，就因为家里有一个贤妻。他的妻子雷冬仙就是一个很勤劳的女人，高高的个子，圆圆的脸蛋上，黑黝黝地透出着光亮。56岁的人已经做奶奶辈了，她为了支持老滕的工作，家务农活一把抓，还能挑上近200斤的担子在田塍上轻松地跑着。老滕平时总这样说，我为集体的事在外能跑得开，全靠妻子在家里支撑着啊。

滕书记为了修通胥岭脚至胥岭头的道路，2005年开始，就策划着跑资金了。他说，为了修路几乎跑软了双腿，但他终于成功了，因为修路的事得到了有关部门的认同和支持。这一年的10月，施工队的筑路机械开上了

钟山乡子胥村至胥岭盘山公路

山，胥岭脚至胥岭头的简易公路正式开工建设了。

公路修通了，两地来往方便了。2006年4月起，公路两边已经荒芜了多年的一丘丘梯田，有人劈去杂草种起了西瓜、辣椒、四季豆等高山蔬菜。农户叶金生第一年尝到了甜头，仅仅几个月，种西瓜收入就有两三万元。

当滕书记准备在胥岭的路浇筑水泥路面时，省交通厅的“联网公路”好政策如春风般刮到了子胥村。2007年年初，县交通局将该村这条道路的建设计划上报省市交通部门立项，子胥村就成了“联网公路”的第一个受益村。

和村至胥岭公路的建设标准为四级公路。7月，项目开始招投标。7月10日，施工单位进场施工，挖掘机等施工机械陆续进驻施工现场，在全县率先打响了“联网公路” 建设的第一仗。

远望四周，群山逶迤，盘山公路蜿蜒上升，雨后薄雾笼罩在一片翠绿之间，一股凉意爽彻全身。

2008 年 10 月 2 日

铺就农村美好生活的康庄大道

——2003~2005 年“乡村康庄工程”建设纪略

“钱塘江尽到桐庐，水碧山青画不如”，蜚声中外的桐庐县，留给世人的印象总是与富春江的佳山秀水相连。然而，当你踏上桐庐大地，那山、那水、那村庄，无不透着现代新农村的气息，给桐庐赋予了迷人的魅力；再看看车轮下条条宽广平整、线型流畅、设施齐全的农村公路，连着鳞次栉比的工厂，连着乡村与现代大城市，仿佛是镶嵌在山水间的五线谱，奏响了桐庐社会主义新农村建设的美妙乐章。

这一切是桐庐人民的骄傲，也是我们交通人的骄傲，因为连接桐庐城乡的农村公路就是出自交通人之手。

2003年以来，全体交通人经过艰辛的搏浪苦泅，至2005年末，终于到达结满累累硕果的彼岸。一个个交通人在这三年辛勤耕耘，流出了不少的汗水，付出了不少的心血，人也比三年前苍老了。然而在我们“乡村康庄工程”的这艘航船里，这三年满载的却是一批批珍贵之物。

一

打开封存数年的记忆，今天再回眸2003~2005年的乡村康庄工程建设中的一件件往事，我心中不免生出一种莫名的情愫，或为之感动，或为之骄傲。

20世纪初，那些生活在桐庐偏远山区的农民，依旧深一脚、浅一脚地走在那窄窄的泥路上，即使有的地方通上了公路，但大多也是“晴天一身灰、雨天一身泥”的砂石路面。

由于交通不便，信息流、物资流、人才流、技术流等很难“流”到这些地方，农民的小农意识很难有本质上的突破，老百姓的生活大多仍在贫困之中。

往往越贫穷的地方也越没有能力来改变交通落后的现状。天井村那黄泥老屋或许几代人以前就在这儿住了，一直也没有改变过。它与县城林立的高楼对比形成了很大的反差，山里山外是两重天啊。

2003年初开始，桐庐大地那场承载着美好憧憬的、被称作“乡村康庄工程”的农村公路建设洪流，以充满激情的活力和源源不竭的能量席卷每一个乡村，它要把一条条通往康庄的大道随着这股洪流铺到农民兄弟的脚下。

“乡村康庄工程”战役打响之后，面对700多千米建设任务，桐庐交通人当仁不让地站了出来。他们克服建设任务重、资金缺乏等困难，不气馁、不退缩、不等待，迎难而上，确保完成村村通公路、村村公路硬化的目标。

2003年9月，全县“乡村康庄工程”建设动员会召开。在会上，县政府与乡镇人民政府签订了“乡村康庄工程”建设责任状，把“乡村康庄工程”建设任务层层落实到具体单位、具体责任人，较好地建立起政府重视、群众参与、社会支持的工程建设机制，保障通村公路建设任务的落实。

“大雁高飞看领头”，为确保“乡村康庄工程”建设顺利进行，首先进行培育“领头雁”工程。县交通部门选择了一批乡镇领导重视、基础条件较好、干部群众积极性又高的行政村作为“领头雁”，率先启动“乡村康庄工程”建设，以点带面，推动“乡村康庄工程”建设的全面开展。

国家出台的乡村通达工程给桐庐农村改变交通条件带来了千载难逢的机遇。面对乡村通达工程建设任务重和完成该项工程需投入2.5亿元资金的困难，县交通部门积极做好资金筹措工作。他们说，如果上级政府的补助像一根杠杆，那么我们要做的工作，关键是要找准“支点”，那个“支点”就是部门联动、群众参与、社会力量的支持。

二

乡村通达工程作为一项造福于民的公益性基础建设项目，需要规范建设程序，严格技术标准，确保建设质量，避免投资浪费，使上级补助和各方筹集的经费发挥出最大的效益，这是我们必须牢牢把握的一个重要原则。

点多、面广、线长，如此庞大的“乡村康庄工程”项目，谁来保证它的工程进度与质量呢？县交通局成立由局长挂帅的“乡村康庄工程”建设领导小组，并从局机关、公路管理段等单位抽调9位同志组成办公室，具体负责起“乡村康庄工程” 的建设工作。

在工程施工现场，不管是烈日炎炎的酷暑，还是寒风凛冽的严冬，总能见到交通人的身影和足迹。他们或了解工程施工进展、工程质量，或现场办公帮助乡村解决实际问题。工程技术人员每天到施工现场，以服务到位、指导到位、协调管理到位的工作作风进行工程建设的指导，并会同各乡镇派出的人员开展工程质量巡查，对建设质量进行全程跟踪。

为确保把“乡村康庄工程”建设成精品工程、放心工程，各项目所在乡村除县交通局派出质监小组对工程质量进行监督、聘请专业监理外，还推选德高望重的同志担任“路长”，认真把好质量关。

新合乡松山村原党支部书记钟为相同志，虽然已是70多岁的年纪了，但被推荐担任“乡村康庄工程”质量监督以后，在质量管理上他一点也不含糊。他说：“国家花这么大的代价支持山区修路，我们没有不把质量管好的理由，否则就对不起政府，也对不起老百姓。”他是这样说的，也是这样做的。他每天起早摸黑地站在施工现场，不是拿卷尺量着水泥板块的厚度，就是检查混凝土的配合比，认真把住质量大关。

2005年6月21日，当工程进入关键时刻，县交通局又及时召开由乡镇政府分管领导、施工单位项目负责人、现场质量管理员、村两委等人员参加的现场会，与会人员参观示范路面施工，促进路面施工质量的进一步提高。

注重环境保护和完善安全设施。瑶琳镇金竹岭村在道路扩建时，为保护山体稳定和植被完好，除优化设计外，要求施工队伍采用镐头机、挖掘机等机械来开山挖石，坚决不使用炸药，使道路两旁的生态环境较好地得到保护。坚持建好一条公路，安全设施完善一条公路，对沿溪、傍山路段，及时设置护栏墩、示警桩及警示标志等设施，把“平安交通”落到实处。如富春江镇石舍村投资30万元，用于道路的安全设施建设，使该村道路安全系数大为提高。

三

建设“乡村康庄工程”是历史赋予一代交通人的重任。交通部门以善谋实干的精神，通过激发社会参与交通建设的热情，积极拓宽“乡村康庄工程”筹资渠道。他们通过部门联动、群众参与、调动社会力量支持等措施，解决了“乡村通达工程”建设资金的问题。因为社会蕴含巨大力量，与这样的力量结合，桐庐交通才会增加成功的希望。

比如，在增加农民负担的各项集资被取消后，通村公路这样的“民心工程”，只要正确地引导，政府为农民造福，农民群众也会尽心的。在政策允许范围内，坚持用“一事一议”制度筹集建设资金。如合村乡牛水坞村就以“一事一议”的方法，筹集修路资金40万元，人均捐款2000多元。

盘活集体资产，拍卖山林矿产资源，也是桐庐“乡村康庄工程”建设的主要筹资方法。如横村镇郑城村，利用300多亩山林拍卖20年经营权的方法，第一笔款就筹集到了26.5万元。

旧县街道的尹峰村，他们给历年来从尹峰外出的老乡每人发出一份《常回家看看》的请帖，请他们上山回老家做客。当老乡们看到阔别数十年的老家道路条件还这么差时，纷纷解囊相助，捐献修路款达7万多元。

同时，从领导岗位上退下来的老同志，凭他们的经验和影响，为“乡村康庄工程”建设出谋献策、筹措资金又是方法之一。如原县政法委书记岗位上退休的毛根富同志，20世纪70年代曾在凤联工作过，得知半山村公路硬化缺乏资金时，他联系有关部门领导和工商业主等，上山到公路现场，通过协调，当场筹集资金30万元，其中个体老板方里元一人就捐款5万元。

供电、电讯、广电等部门对通村公路建设的项目，在三线迁移上给予了优惠或免费。分水供电所辖区内有众多的村庄相继建设通村公路，公路修到哪里，供电部门人员的线路就移到哪里，抢晴天、战雨天，决不拖工程的后腿。他们为乡村康庄工程而奉献的精神，赢得了当地村民的好评。

把“乡村康庄工程”与水利、土地整理、“十村示范，百村整治”等项目结合建设，又是推动桐庐“乡村康庄工程”建设的的主要方法。如百江镇双坞村原通村的小路需经过一片荒滩地，把“乡村康庄工程”建设与改溪、土地整理等结合，通过田、水、林、路的综合治理，不仅完成了通村公路建设，而且建好了水利大坝，同时还整理出50余亩良田，取得了较好的综合效果。

四

山，是路的风景；路，是山的音符。桐庐那峰峦坞谷中新建成的条条通村公路，则是山最美、最和谐的音符。

今天，峰峦坞谷不再是绝人之路，那些祖祖辈辈走惯了羊肠小道的山里人，在家门口就可以坐上班车，与县城的时空距离已不再像过去那么遥远。人们记忆中阡陌纵横、杂草丛生的乡间小道，当年那些山区交通不便的情形已日渐远去，成了人们淡淡的记忆。取而代之的是那一条条宽阔、明亮、平整的公路，它在桐庐的青山白雾、峰峦坞谷中盘旋，让人心驰神往。

2004年7月8日是戴峰村第一次通班车的日子。公路两旁彩旗飘扬，村民们像过节日一样，穿上畲族人特有的民族服饰，沉睡的戴家山一下沸腾了起来。当杭州市及七县市交通局和县级有关部门的领导以及省、市、县十几家新闻媒体记者们到达后，老百姓给每位客人送上一份有鸡蛋糖果的礼物，以特有的传统乡俗表达了他们的喜悦之心和对政府的感激之情。

道路建设为当地促进特色农业的发展、促进农村产业结构的调整、促进农民收入的增加提供了有力的交通保障，让农民兄弟真正受益尝到了甜头。凤联村的西瓜在当地是出了名的，原来这里交通条件差，每年产西瓜的季节，农户却犯愁，因为西瓜用拖拉机运下山去，一路颠簸，新鲜西瓜被震成烂瓜，而人工挑西瓜下山，除去人工费一算西瓜的价值就所剩无几了。今天水泥路通到了瓜地边，人们再也不会因为西瓜运不出去、烂在地里犯愁了，汽车直接开到瓜地边来收购，就连几只小西瓜也被贩销户运走了。

“乡村康庄工程”拉近了城乡之间的时空距离，城乡交流日益频繁，城市文明向乡村延伸，农民群众接受现代文明，树立文明科学的生活方式，农民的生活习惯和乡村的习俗也在潜移默化中发生了变化。原来许多交通不方便的山村农户，一年的荤腥就靠着那头年猪，生产、生活水平低下，如今村民天天可以买到送进村里的新鲜菜，吃的、用的、穿的随时在家门口就能买到。

公路通到了山上的生产基地

可以说，农村公路不仅是农村经济发展的重要前提条件，也是社会主义新农村“村容整洁”和“乡风文明”建设的重要基础。如今农民兄弟走上了沥青路和水泥路，以道路为依托，新农村建设中的美化、亮化、洁化、生态化等工程也一项项随之启动。

公路通了，山坡绿了，溪水清了，路灯亮了，房子靓了。人们可以自豪地说：山里山外不再是两重天了，一幢幢新建成的漂亮别墅，足以证明，随着农村经济的发展，城乡的差距在缩小，山里人也开始讲究品位、学会享受品质生活了。

更令人高兴的是，交通状况的改善，为农村发展带来了无限的商机。公路修通后，有人上山来投资开发；有人通过种高山蔬菜发家致富；有人办起了“农家乐”，把杭州、上海等大城市的人也引到了山里来了。

对于桐庐交通人来说，三年的“乡村康庄工程”建设所取得的成就，是足以令人欣慰的一件事。因为，成功让他们洗却了昔日的艰辛，硕果让他们尝到了甘甜，那种喜悦、那种自豪，局外人是无法体会的。

道路一头担着过去，一头连着未来，我们相信，桐庐的“乡村康庄工程”如“扶摇直上九万里”的长风，促进和带动着桐庐农村经济向前发展，条条通村公路上承载的一辆辆汽车，造福着桐庐老百姓，带人们驶向更加富裕美好的明天。

2006 年 10 月 16 日

部长来看我们修的路

——2007 年 3 月交通部黄先耀副部长来桐庐调研

2007年3月25日是春光明媚的一天。

去凤联宋家村的公路两边山坡上，百花齐放，一片片桃树开出了粉红色的花朵，香气四溢，桃花瓣犹如粉色春雨如絮飘舞；山地里的葡萄藤上嫩叶儿顺着葡萄架欢快地往上攀爬，迎着春风摆动着舞姿；满山遍野的竹林青翠欲滴，正婀娜多姿地随风摇曳……春的气息、春的热力笼罩着美丽的凤联村。

在凤联村的山上，我们放眼望去，绵延数里满坡遍野的桃花、葡萄、竹林，蔚为壮观，宛若一幅美丽的水彩画，让人看一眼都会心旷神怡。

这一天是凤联小山村最为喜庆的日子。国家交通部副部长黄先耀率领的调研组要来桐庐山区看看农村公路建设，看看公路给山区农村、农民带来的种种变化；他还要与这儿的农民促膝座谈，而第一站就是横村的凤联村。这时的凤联山村整个沉浸在甘美香甜之中。

春天的阳光照进了凤联村，照得山村美丽异常，照得村民心里甘甜。来凤联村调研的黄副部长一行，也被车窗外的阳光照得喜气洋洋，对映入眼帘如此大面积的桃林、竹海美景赞叹不已了。

这天，黄先耀副部长调研组一行在省交通厅郭剑彪厅长、薛振安副厅长、省公路局杨才古副局长的陪同下，来到了横村镇凤联村。一起参加调研的还有杭州市交通局局长王水法、市公路局局长曹国银、桐庐县县委书记戚哮虎、县长陈国妹及县交通局等领导。

黄部长到桐庐调研的几个点，是我事先选择并推荐局领导的，凤联村谢家自然村就是第一个调研点。

交通部副部长黄先耀来桐庐调研农村公路建设

凤联谢家自然村四周群山巍巍，偏僻的地理位置使得这里成了远近闻名的穷山村。这儿的村民讲，几年前，村里年轻人就是买辆摩托车也没路好走啊。2003年国家实施乡村通达工程建设后，凤联的公路交通发生了巨大变化，短短三四年工夫，全村修建公路30余千米，27个自然村个个通上水泥路。人们站在凤联村任何一个制高点眺望，那公路似随风飘逸的彩带，如蜿蜒盘绕的蛟龙，串起了一座座大山，穿越了一个个村庄。

凤联村的调研点安排在谢家自然村村民谢洪春家中。谢洪春夫妇接受这个任务后，早早地把屋内打扫得干干净净，家什也打理得整整齐齐。客堂前的那张八仙桌上，洪春老伴按照当地的传统习惯，摆满了一盘盘花生、瓜子、冻米糖及水果等果品，准备用这些土货招待北京来的客人。

这时，调研组的车队到了，车子在洪春家门口停下后，走下了交通部及上级的有关领导。谢家还没接待过京里来的大干部啊，今天能有国家部长级的领导到自己家中来做客，这对洪春夫妇来讲是多么的高兴啊！

黄先耀副部长及调研组人员一踏进谢洪春家，被洪春夫妇纯朴又热情的接待感动了。他紧紧握着谢洪春的双手，没有客套地拉起了家常。当他得知通村公路建设对凤联村特色农业经济发展起到了重要作用，使凤联村成为浙江省兴林富民示范村、杭州市都市农业示范园区，成为桐庐的“吐鲁番”后，谈趣更浓厚了。他这次率调研组全体人员到桐庐农村来，其目的就是要亲自体验一下农村，了解农民的生产、生活状况，感受农村公路建设给农村、农民带来的变化。

为了能向交通部调研组领导介绍桐庐农村公路建设情况，也为了向领导介绍桐庐乡土风情，局领导叫我跟随黄副部长的车子走。从谢洪春家返回的途中，黄先耀副部长似乎被路外的一个村庄所吸引了。这村叫施公山，看上去很陈旧，一幢幢房子全是老式的，那斑驳的外墙更增加了村庄的沧桑感。

我知道，黄副部长很想和这里的普通村民做一次事先没有什么安排的亲密接触，看看这里老百姓的生存条件，听听村民们对农村公路的反响。在黄副部长的提议下，车队在施公山村路边的两棵枫香树下停住了。黄副部长及调研组一行沿着公路外侧用块石铺成的小路走进村去。小路两边枯黄的植被中已出现了许多的新绿，那绿意正孕育着大自然的生机，而村中的老乡家又会怎样呢？

黄副长走进的那户人家主人叫黄先庭，其老伴去世多年，两个女儿也出嫁到外地，老人如今是一人孤居。黄先庭正在伙房烧中饭，锅内烧着的是鸡肉，灶台砧板上足有2斤多鸡爪，从富阳来看父亲的女儿还在旁边方桌上切着两三斤猪条肉。黄副部长及调研组一行面对农家伙房有如此丰盛的菜肴感叹不已，连声称赞：“生活条件好，生活条件真是好啊。”

黄副部长握着黄先庭老人的手问道：“老人家，生活条件这么好啊，你们村里变化最大的是什么啊？”老人不假思索地答道：“生活好是托共产党的福，要说我们这里变化最大的是什么，是公路啊。”这话让所有在场的人都感动了，这善良真诚的答复让调研组的人满意，因为国家推行农村公路建设后已经让这里的农民得到实惠，看到好处了。

接着调研组又来到横村镇白云村的峰坞自然村。峰坞是个古老的村庄，古老的传统习俗与风物在这里传承。由于公路的修通使这里正慢慢地经历着新事物冲击带来的变迁。老传统使这里的人们保持着淳朴、善良，而新事物的冲击使他们因穷思变，以自己的勤劳去求索，去追求明天的富裕。

在峰坞村村民孙伟的家中，客堂前坐满了交通部调研组领导和省、市、县有关领导，他们在这儿与村民交谈着通村公路建设前后的变化情况。

峰坞村是个典型的山区村，这里的自然条件与山外有着很大的差异。今天通村公路修到了山上，交通条件立马得到了改善，这里“山里山外两重天”的状况被彻底改变了。山里山外实现了一路牵，使这儿农产品出运难、出售难、货损多、成本高、价格低的问题都有效地得到解决，不仅促进了农业产值增加，提高了农民种植积极性，增加了农民收入，而且还使该村一跃成为杭州市的市级高山蔬菜园区。这些变化都是国家实施农村公路所带来的，农村公路为山区农村的产业结构调整起到促进作用。

25日中午，交通部调研组一行在分水第二招待简单用餐后，即往合村乡瑶溪村的路上赶。选择瑶溪村这个点是因为这儿的农村公路建设经验很有代表性，村支书许素华和村委主任郑毛法参加了调研座谈会。

瑶溪村坐落在一条狭长山谷中，以前因为没有公路，与外界沟通很困难，是桐庐县有名的“塞外”。2003年以前，村里垃圾成堆，污水横流。2004年通过“乡村通达工程”的建设后，以道路硬化工程为基础，美化、亮化、洁化、生态化等工程也随后启动。瑶溪很快告别了脏乱差，公路绿了，路灯亮了，房子高了，溪水清了。如今，村民们纷纷办起了“农家乐”，随着城里客人的到来，老百姓爱护环境卫生、保护生态资源的自觉性也在不经意间提高了。2005年瑶溪村被评为省级卫生村。这是许素华书记向交通部领导要汇报的情况，这情况也是调研组最需要了解的。

25日晚，是个风弄竹声、月移花影的夜晚，一条清澈的瑶溪悄然地流过这个寂静的小山村。瑶溪村四面环山，漂亮的“瑶溪人家”及农居沿着公路而建。村子里有一条水泥路蜿蜒而出，人们就是通过这条路与外界联系的。黄副部长及交通部随同人员当晚就选择在美丽的瑶溪村住下，他们与村民同吃同住同话家常，共同感受农村公路为桐庐山村带来的新变化。

农村大妈大婶们听说国家的部长来自己的村庄，在露天的灯光下她们为各位领导们表演了自编自演的文艺节目。这节目有舞蹈，有说唱，还有地方传统越剧等，其内容大多是歌颂党和政府为农民修建公路以及农村近年来的新变化。文艺节目为寂寞的山村夜晚带来了一阵阵的欢笑声。

深夜了，黄副部长仍没有休息。他与两名随同人员徘徊在小山村的道路上，还在串村走巷地访问着农户，当听到这里的老百姓异口同声地在赞扬农村公路政策好时，他们欣慰地笑了。这说明国家对农村公路投入的钱没白花，已经让各地的农村老百姓受益了，老百姓在感激党和政府啊。

黄副部长3月24日下午到桐，26日上午离桐去衢州。两天时间通过对桐庐农村公路的调研，他对桐庐的工作给予充分肯定。他说，桐庐交通部门做出了很大努力，做了大量工作，取得明显成效，做到了想农民所想、急农民所急，在推进农村生产力发展、加快农村城镇化建设、缩小城乡差别、加强农村精神文明建设等方面起到很大促进作用。

他还说，桐庐县通过“乡村康庄工程”的建设，改善了农村精神面貌，村民的生活水平提高了，文明意识增强了，乡村更和谐了；村民自觉实践民主管理，促进了村级民主管理；干部的战斗力、凝聚力、号召力都得到增强；通过修路，也带动了农村医疗、卫生、教育、环保等各项事业的快速发展。

黄副部长强调，构建和谐社会，首要的任务是发展经济，经济不发展就不能实现和谐。便利的交通条件是经济发展的前提，所以，交通部门的责任很大，任务很重。他同时要求，要按照构建和谐社会的思路，努力实现交通事业新的跨越式发展。

得知交通部领导到来，莪山畲族乡新丰民族村的几位畲族群众还特意驾车赶到峰坞村，向来这里调研的黄先耀副部长送上一面“建设农村公路、造福山区百姓”的锦旗，以表达他们的喜悦之情。前几年，新丰村通上了水泥路，已分别给省、市、县交通部门送上了锦旗，唯独中央交通部没机会送上，这次也算是了却了一桩心事。

26日清晨，合村乡瑶溪村的山里人家是静谧的。当第一缕晨光射穿薄雾，瑶溪的春日又迎来了一个温馨的早晨。这时，整个小山村的一切都笼罩在柔和的晨光中。公路两旁的柳树低垂着头，柔顺地接受着晨光的沐浴；挺拔的松树像健壮的青年舒展着手臂；青翠毛竹似少女刚从晨中醒来，正在伸着懒腰；草丛从润湿中透出几分油油的绿意；路边不知名的小花绽开了笑脸，那晶莹的露珠还在笑靥上滚动。多么美好的春日之晨，我站在昔日战斗过的通村公路上，深深地吸了一口气，觉得空气中都弥漫着花香和土香，能有缘生活在这富有诗情画意的山村之中，怎不叫人如痴如醉呢。

交通部调研组的车子缓缓地启动，黄先耀副部长等领导迎着清晨的朝阳，带着对桐庐的美好回忆远去了。

2008 年 10 月 18 日

从羊肠小道到康庄大道

——改革开放30年桐庐县农村建设成就回眸

改革开放的30年，祖国大地沧桑巨变，神州热土潮起潮涌。潇洒桐庐伴随着时代步伐发生了翻天覆地的变化，而变化最大、让人感触最深的就是桐庐的交通。

弹指一挥间，30年的光阴匆匆而逝。桐庐交通沐浴着改革开放的春风，踏着如歌岁月的足迹，几经蜕变，从羊肠小道到康庄大道，从封闭走向四通八达，从落后走向超前发展，焕发出了勃勃生机。

四通八达的农村公路是桐庐县改革开放30年变化中最具代表性的缩影。提到出行，我们的思绪此起彼伏，感慨万千。人们不会忘记，当年乡间那曲折蜿蜒的羊肠小道，那坑洼不平、泥泞不堪的乡村道路，人们多么想改变这落后的交通面貌啊。

1979年，改革开放后的第一个春天，大地春意浓浓，桐庐县宣告江南公路在这个春天通车了。

当通车典礼的大彩车第一次行驶在江南田野上时，人们无不为此欢呼雀跃，兴奋不已。自盘古开天地，桐庐县江南的百姓还是首次目睹客车从自己家门前开过。从他们的神中，我们看到了老百姓的满足，一种期待之后心想事成的满足。老百姓太需要公路了，这期待已经等了多年，终于在改革开放后的第一个春天里实现了。

新合乡位于桐、浦、诸、富4县市的交界处。过去，从新合到桐庐县城，人们不是翻越杨家岭、雪水岭步行七八个钟头，就得绕道浦江、建德，如果遇上塌方或雪阻，还得绕行更远的兰溪才能到桐庐。面对着羊肠小道，新合乡老百姓多么渴望有一条属于他们自己的公路，通向县城、通向富裕……

1981年7月，新合老区人们日夜盼望的公路终于正式开工建设。建设者们冒着严寒、顶着酷暑，几年如一日地战斗在深山僻壤之中。这里远离村庄，这里荒芜人烟，他们虽没有豪迈、雄壮的乐章，没有惊天动地的壮举，但在火热的工地，个个致力于跨越，勇于迎着挑战。

在茫茫山谷之中，一条绵延无尽头的公路横穿其间，经过无数筑路人的艰辛奋斗，通向革命老区的公路终于建成通车了。从此，老区人民往返县城可以结束肩挑步行的历史，放下沉重的包袱尝试便捷交通为人们带来的福祉。

原岭源公社三合、岳山等村的老百姓出山，要绕上一道道崎岖的小路，还要翻越一座座高高的山岭，简直可以称得上是桐庐的“塞外”。木头烂在山上，毛竹用来烧炭，家里若有个生病伤痛的，非得用上几个人才能抬出山，这就是当年偏僻山村人们生产、生活的真实写照。

为改变岭源落后的交通面貌，原岭源公社党委成员分头下到基层村。通过层层发动，他们发扬“宁愿苦干，不愿苦熬”的自力更生、艰苦奋斗精神，男女老少自带工具顶酷暑、冒严寒劈山造路。在当年的修路工地上，涌现出许多感人的事迹，肩膀磨破了，双手，磨出了血泡，但没一个人叫一声苦。有的妇女背着嗷嗷待哺的孩子上工地，硬是用锄头扁担挖平了一个又一个土包，开通一条又一条山沟。热火朝天的施工场景，让人感受岭源人气吞山河的豪迈。他们硬是靠着“民办公助”方法，把公路修通到了山外。

1981年1月，岭源公社党委动员群众投工投劳修路的事迹，在富阳召开的全省交通工作会议上得到了充分肯定与表彰。

1996年底，省委、省政府提出20世纪末实现村村通公路或简易公路的目标，这是改革开放后农村公路建设的又一次历史性机遇，一股如火如荼的山区公路建设热潮在桐庐的峰峦坞谷中掀起，并呈现出良好的建设氛围。

面对那些修路修了十几年、人们仍然走不出大山的村庄，县交通部门及时开展了广泛宣传与发动，通过扶贫攻坚，以“四两拨千斤”的方法，在全县展开了山区公路建设热潮。

合村乡大溪村是远离集镇的山村，人们进山出山要赶上二十几里路，开凿在悬崖上宽仅尺余的山径，一边是峭壁，一边是深渊，让人有抬脚一提心、落脚一吊胆的感觉。该村干部与群众在改革开放政策指引下，坚持滴水穿石的精神，终于把公路修到了山外。

苍凉的大山，片片的薄田，破旧的泥房，封闭的交通，这就是当年怡合乡高塘村百姓世代生息的地方。这个村没有道路在桐庐很出名，外面世界早已用上汽车了，这里连独轮车也派不上用场；山下年轻人用轿车接新娘已经很普遍，而高塘的山上，年轻人结婚连辆自行车也推不上，因为这地方还没有路啊。

1998年10月，为了不把高塘村不通公路的尾巴带到21世纪，县交通局耗资47万元为高塘村修路。他们派出技术人员上山进行技术指导。面对政府的关心支持，一度寂寞的高塘人重新燃起了心中不灭的火焰，打响了修路的攻坚战。

怡合乡高塘村公路的建成通车，为桐庐县在20世纪末实现村村通公路或简易公路划上了圆满的句号。一条条公路蜿蜒群山峻岭间，峰峦坞谷变通途。走惯了岭翻岭羊肠小道的山民，跨出家门就能享受现代交通工具的便利，从此免却了肩挑背驮之苦，公路承载着一辆辆汽车，带着人们驶向更加富裕的明天。

2003年，省委、省政府实施“乡村康庄工程”战略后，桐庐县又迎来了改革开放后农村公路建设的高潮期，其势头波澜壮阔、感人至深。县交通部门把“乡村康庄工程”作为帮助农民告别贫困、发展经济的大事及实践“三个代表”重要思想的具体体现。他们积极做好农村公路再提高这篇文章，很快在全县建立起政府重视、群众参与、社会支持的农村公路建设机制，从而保障“乡村康庄工程”建设顺利向前推进。

要把纸上的蓝图和心中的目标化为一条条康庄大道，对经济欠发达的农村来讲毕竟太难了，首先摆在大家面前的第一件难事就是建设资金不足。桐庐县交通部门以善谋实干的精神，通过激发社会参与交通建设的热情，积极拓宽了“乡村康庄工程”建设的筹资渠道。实践证明，部门联动、群众参与、调动社会力量支持，是解决农村公路建设资金缺乏最有效的办法。因为社会中是蕴含着巨大力量的，与这样的力量相结合，交通才会增加成功的希望。

“大雁高飞看领头”。县交通局选择了一批乡镇领导重视、基础条件好、干部群众积极性高的行政村实施“领头雁”工程。如选择横村镇峰坞村通村公路为示范项目后，他们及时组织各乡镇、有关行政村领导现场参观，以点带面，为全面推动“乡村康庄工程”建设起到了良好榜样作用。

“乡村康庄工程”是一项为民办实事的民心工程。为把这件民心工程抓实、抓好，县交通局专门成立了由局长亲自挂帅的建设领导小组。在“乡村康庄工程”施工现场，不管是烈日炎炎的酷暑，还是寒风凛冽的严冬，总能见到局领导们的身影和足迹，他们或了解工程施工进展、工程质量，或现场办公帮助乡村解决施工中遇到的实际问题；交通工程技术人员更是坚持每天到施工现场第一线，以服务到位、指导到位、协调管理到位的工作作风进行技术指导，从而确保桐庐县农村的“乡村康庄工程”管理上水平、质量上档次。

在“乡村康庄工程”建设中，县交通部门因地制宜、实事求是地把好建设标准关。在项目实施前，他们先按规定做好工程测量设计工作，并规范建设程序，认真抓好通村公路招投标管理，做到造价在30万元以上的通村公路建设项目进县建设工程交易中心公开招投标，并由县、乡和局纪检监察干部进行全程监督，充分体现了“公开、公平、公正”招投标原则。

交通局质监人员认真履行政府的质量监督职能，加强对“乡村康庄工程”建设的质量监督管理。工程施工中除聘请专业监理外，各乡村还派出责任心强的同志担任社会监理。他们担任村里浇筑水泥路面现场监理后，坚持做到在施工现场监理。他们除前场管好混凝土板块厚度和捣浇质量、后场控制混凝土配合比外，还对施工企业的砂石料、水泥进货质量、数量认真控制管理，确保工程质量万无一失。

注重环境保护和完善安全设施，是交通局在“乡村康庄工程”实施中牢牢把握的原则。他们从加强生态环境保护出发，做到工程实施前生态环境保护技术方案和建设方案先制定。如瑶琳镇金竹岭村在道路扩建时，为保护山体稳定和植被完好，他们除优化设计外，还在施工过程中要求施工队伍采用镐头机、挖掘机等机械来开山挖石，坚决不使用炸药，使道路两旁的生态环境得到了保较好护。

春日辛勤的耕耘换来了秋日累累的硕果。2003~2005年，全县共完成通乡、通村公路725.56千米，直接受益行政村120个，提前两年时间实现村村通公路和村村公路硬化的目标。伴随着一条条通村公路的延伸，人们记忆中阡陌纵横、杂草丛生的乡间小道，已经逐渐成为历史，取而代之的是焕然一新的宽阔、平整、明亮通村公路，它在桐庐的青山白雾、峰峦坞谷中盘旋。

“乡村康庄工程”也促进了农村生态和精神文明建设。合村乡瑶溪村、瑶琳镇舒家等村在修路的同时，生态村建设也同时起步，发动群众种树又种花，使完工后的通村公路“畅、洁、绿、美”，成为当地农村的一道道靓丽风景线。随着通村公路的建成，村庄也告别了昔日的“脏、乱、差”，日益变得漂亮清新。

农村公路的建设，改善了贫困地区的交通条件。公路沿线人民群众开阔了眼界，转变了观念，促进了经济建设和精神文明建设，推动了社会进步。

更令人高兴的是，“乡村康庄工程”还打通了农村资源优势向经济优势转化的通道，给长期闭塞的农村带来了无限商机，促进了农业增产、农民收入。横村镇峰坞村修通四级公路后，村里一些头脑活络的村民纷纷在山上搞起了种养业；道路瓶颈消除后，农村原生态的旅游资源也受到人们的青睐，乡村“农家乐”得到了迅猛发展。凤联村过去由于道路不通，农民种植的粮食、蔬菜、水果不能及时运出，好品种却卖不出好价钱，遇上雨雪天气根本运不出去，甚至白白烂掉。公路修通并硬化后，葡萄种植面积一下子由原来的十几亩发展到980多亩，2008年仅葡萄一项收入超过800万元，成为桐庐县高山葡萄基地，同时还被立为浙江省兴林富民示范村。

我们深刻体会到，桐庐的农村公路发展离不开各级党委的关怀和支持，我们所取得的每一项成绩和进步都是各级领导关心和支持的结果。

2007年3月24日至26日，交通部副部长黄先耀一行来桐庐县调研农村公路建设工作。省交通厅厅长郭剑彪、县领导戚哮虎、陈国妹、濮明升陪同调研。黄先耀充分肯定了桐庐县交通事业所取得的成绩，对农村公路建设所取得的成就大为赞赏。

交通部调研桐庐县农村公路

2008年8月14日，副省长王建满在省交通厅副厅长李良福、杭州市交通局局长陈伟等陪同下，到横村镇凤联村实地检查调研桐庐县农村公路建设。王副省长充分肯定了桐庐县在农村公路建设中所取得的成绩，通过调研可以感受到桐庐的农村公路建设意义非凡，为桐庐经济社会发展、农民致富、改善民生提供了有力保障。

沿着胥岭脚村旁那条山径登上胥岭头宽仅两尺的古道，这是一条用块石铺成的山路，转过一道道弯后，就是建德界内。这山径原为郡邑通衢，修建子胥与胥岭两村连接的公路是百姓盼望多年的事。2007年7月10日，随着施工单位挖掘机的进场施工，钟山乡子胥村率先在全县打响了“联网公路”建设第一仗。

安保与养护是桐庐县农村公路的永恒生命。县交通部门从老百姓的安全利益出发，把确保农村道路交通安全作为神圣使命，对沿溪、傍山的通村公路路段，一律按规定设置必要的示警护栏及安全设施，坚持做到建好一条路，安全设施完善一条路。2007年起，为提高农村公路的安全保障能力，他们又自加压力，投入资金1500万元，将“安保工程”转向农村公路，为一条条农村公路系上以钢质波型护栏为主、墙式间断式护栏为辅的“保险带”。

随着桐庐县农村公路建设步伐不断加快，县交通部门为建立“建、管、养、运”长效机制，促进农村公路健康发展，针对部分农村公路处于失养状态，路肩杂草丛生、塌方不及时清理或修复、水沟堵塞、护墙或示警桩倒塌没人修、路面垃圾及堆积物成堆等现象，县交通局于2007年上半年在百江、合村两个乡镇开展了农村公路规范化管理的试点工作，从机构、人员、经费、措施上狠抓乡村公路管养措施的落实，并取得了良好成效。2007年12月13日在百江召开现场会，在全县推广试点经验，从小而全的粗放养护转变为专业化的精细养护，使被动养护转变为以路面为中心的全面养护，大大增强公路养护的预防性、及时性、全面性和规范性。

“宝剑锋从磨砺出，梅花香自苦寒来。”改革开放30年来，经过全体交通人艰辛的搏浪苦泅，终于到达结满累累硕果的彼岸。至2008年末，全县农村公路达1479.09千米，比改革开放前增加8.42倍，从羊肠小道到康庄大道，农村公路已经四通八达。桐庐的交通人回首这30年的辛勤耕耘，流出了不少的汗水，付出了不少的心血，人也比30年前苍老了，然而在桐庐县农村公路建设的这艘航船里，这三十年满载的却是一批批极其珍贵的收获。

有人说，一条路可以承载几代人的梦想；也有人说，一条路可以让人从黑暗中走向辉煌，这一切都让我们在30年改革开放的步履中得到了有力的印证。30年前，我们虽然有路，却是一条阻碍经济发展的崎岖坎坷路，正是改革开放好政策的春风，让这条路越走越宽、越走越快，成了一条条富民之路、一条条走向成功之路。

2008年11月22日

四通八达，打通农民致富“最后一公里”

——桐庐县联网公路建设纪略

农村公路是推进农村社会经济发展的重要基础设施。推进城乡社会经济一体化，搞好社会主义新农村建设规划，加强农村基础设施建设和公共服务，这也是我国政府的一项重要战略。

如果说高速公路、国道、省道是路网的动脉血管，那么农村联网公路就是完善路网的毛细血管，它是康庄工程的拓展和延伸的一种工程。农村联网公路就是要将一个个分散的建制村联点成线，构织成一个巨大的农村公路网络。

钟山乡子胥村与建德境内胥岭村，两个村虽然近在咫尺，但隔着一座高高的胥岭，两边姻亲往来要走一条用块石铺成的山路，交通十分不便。修建子胥村与胥岭两村连接的联网公路是当地老百姓盼望多年的一件大事，而且在县人民代表大会上有两届代表先后提过修建这条公路的议案。2007年7月10日，随着施工单位挖掘机的进场施工，钟山乡子胥村率先在全县打响了“联网公路”建设第一仗。

国家出台农村公路建设的优惠政策给桐庐农村改变交通条件带来了千载难逢的良机。面对桐庐县农村联网公路建设任务重的现状，我们迎难而上，顺势而为，首先抓好建设资金的筹措工作。如果说省市的补助资金就像一根杠杆，那么我们所做的工作，是找准那个杠杆的“支点”，这个“支点”就是部门联动、群众参与、社会力量的支持，用“四两拨千斤”的办法，积极筹措好农村公路的建设资金，以确保工程建设的需要。

2009年，桐庐县为加快联网公路建设，县乡两级政府相继出台了联网公路建设的扶持政策。县财政从2009年起，凡列入联网公路建设的项目，每千米按5万元补助；同时，乡镇一级政府也出台了每千米3万~5万不等的补助标准。这些补助今天看起来是微乎其微，但对当时的桐庐县乡两级财政来讲已经是很大气了。

朝阳村境内的云湖山纵亘西北，诸峰海拔分别在400米及500米左右，而云湖山则把分水镇朝阳村与临安麻黄村分成东西两边，高高的麻王岭把原本近在咫尺的姻亲也变得很遥远。

2009年初，牧岭脚口至麻黄（临安）公路正式列为2009年度联网公路建设计划，并于当年8月2日动工建设。次年11月23日上午，村民柴跃进站在麻王岭浇筑水泥路的现场感慨地说：我们朝阳村有好多人家是与山那边麻黄村联姻的。我的外婆家就在临安那一边，虽然直线距离很近，但走亲访友不是绕上一个大圈子，就是翻越这座高高的麻黄岭。今天公路开到了云湖山上，而且还浇筑了宽阔的水泥路，今后我们朝阳人同麻黄之间走亲访友就方便多了，来回一趟最多就是几分钟时间了。

2011年是我国实施“十二五”国民经济和社会发展规划的开局之年。《国民经济和社会发展第十二个五年发展规划纲要》指出要“继续推进农村公路建设,进一步提高通达通畅率和管理养护水平”。桐庐县面对繁重的联网公路建设任务，把它作为推进当地发展的核心要素来抓，加快推进当地农村联网公路建设步伐，并根据桐庐县农村公路的发展规划，把农村联网公路当成农村公路建设的重头戏来抓。

百江镇钱家村与淳安县富文乡六联村之间隔了一座大毛岭，今天已经由一条盘山公路把山两边的村庄连在了一起。我们站在大毛岭山巅的公路上，往回眺望，只见四面崇山峻岭，谷底显得很深很深，而山下的一个个农居点看去很遥远、很遥远。

淳安县六联村党支部书记刘樟达说：“朝桐庐这边看就是百江的钱家村，脚下那个坞就叫毛岭坞。我的妈妈、大嫂都是从分水那边嫁过来的。10多年前，这条去百江的公路一打通，我们这边去桐庐这边走亲戚、买东西的人比去淳安县城还要多了。因为六联村去分水只有30千米路程，比到千岛湖镇要近很多。”

住在钱家村后坞坪的陈其法同志，是这条公路建设的亲自参与者。他说：“在公路没有开通之前，两边村庄虽然紧挨着，两个村相互之间都是姻亲，而且淳安那边还有很多人在我们这边制笔企业工作，就因为隔了一座海拔460米的大毛岭，平时靠一条小山路来解决两边人的交往，交通十分不便。现在联网公路建好后，毛岭坞脚至大毛岭4.48千米公路让两县之间的血脉一下畅通起来了。”

白峰阆里缘于唐代有一条驿道在这儿经过，自古以来这里曾是通往京杭、赣闽的要道。当年在沿途还设有双溪铺、白桥铺、白峰铺等铺驿，并且每铺设兵4员，可见这条古驿道对桐庐是何等的重要。

但是，中华人民共和国成立后，随着公路的不断开辟，这条古代的干线驿路也完成了它的历史使命，并逐渐趋于被废弃。虽然有一条浮里线县道公路可以通到里包村，但这是一条断头路啊。

为了使阆苑村的血脉畅通起来，当地老百姓迫切希望修通里包至白峰岭这段联网公路，并与富阳境内的公路沟通。当年带头修通这条公路的便是阆苑村干部包国昌同志，今天看到浮里线已经与富阳境内境通并浇筑上沥青路后，包国昌说：“当年修建这条联网公路，虽然花费了不少心血，我也投入了不少钱，但里包村至白峰岭公路修好之后，能实现浮里线由封闭式的断头路向开放式、网络化交通的转变，不仅为我们当地农民带来快速便捷的出行，而且也为阆苑村的经济发展创造了活力，凭这一点我的心血投入也是值得的。”

茆源至蒿源是连接两个乡镇、也是连接桐庐县西部两条主干线的公路。在这条联网公路未建之前，两地往来要么翻山越岭走上十几里的山路，要么绕上近百里的远路，交通十分不便。虽然在20世纪的七八十年代就有人提出建设这条公路，只因当时的经济条件和人们的思想观念因素等，该公路一直未被建成。

实施乡村康庄工程和联网公路建设后，人们盼望几十年的公路终于通了，当年刘家自然村的村民说：“这路修得真好。原来我们这儿是偏僻的死角落，修这条公路老百姓盼望很久了。现在两地村民来往方便多了。”是啊，一条6千米长的盘山联网公路，包含着交通人对偏远地区圆梦康庄的感情，今天已经直接通到柏树湾这个岭两边的老百姓心坎里了。

茆源至蒿源已建起两乡之间联系的农村公路

十几年来的联网公路建设，对逐步完善农村公路路网结构、全面推进小康社会建设、加快农业和农村现代化创造了良好的条件，通过不断优化农村公路网络格局，也有效改善沿线村民出行条件，今后还将加大农村联网公路建设力度，任重道远。

回顾近年来的农村联网公路建设，虽然区域的公路交通状况有了较大改善，但部分农村公路仍不能满足日益增长的出行需求。把农村公路延伸到自然村，接通村与村之间的公路，织就一张四通八达的农村公路网，打通农民致富“最后一公里”，摆在交通人面前的任务还很艰巨。我们将一如既往地认真抓好农村公路的建设，为桐庐建设社会主义新农村，为全面建设小康社会和构建社会主义和谐社会做出应有的贡献。

当年时任县交通局建设科科长的张军强为我们举了这样一个例子：“村民想要在自己村里的山上发展种植业，所产出的作物必须运输出来。下山的这段路如果通过人工来搬运，不仅成本大而且效率低。在农村公路联网的过程中，我们把道路直接修到了山上，农民山上的农作物就可以用车辆来运输，这样既减少了运作成本，也能提高运输效率，落到村民口袋里的钱也就实现了最大化。这样的路才能成为真正的致富之路，这样的工程才能成为真正的‘惠民’工程。”

2020年7月3日

公路管理与养护

当一名养路工容易，而要当好一名合格的养路工就很难了。钟胜阳同志是一个不断地学习和进取的人。他钻研业务技术，以适应科学养护和时代发展的需要，适应新的环境，迎接新的挑战。或许有人会认为，当一名普通的养路工是用不着多少知识的，但钟胜阳却不这样想。他硬是用握扫帚、拿铁锹的手，捧起了大专的书本。他的愿望就是通过知识来充实自己，用学到的专业知识来提升公路的管理养护水平，更好地服务社会。

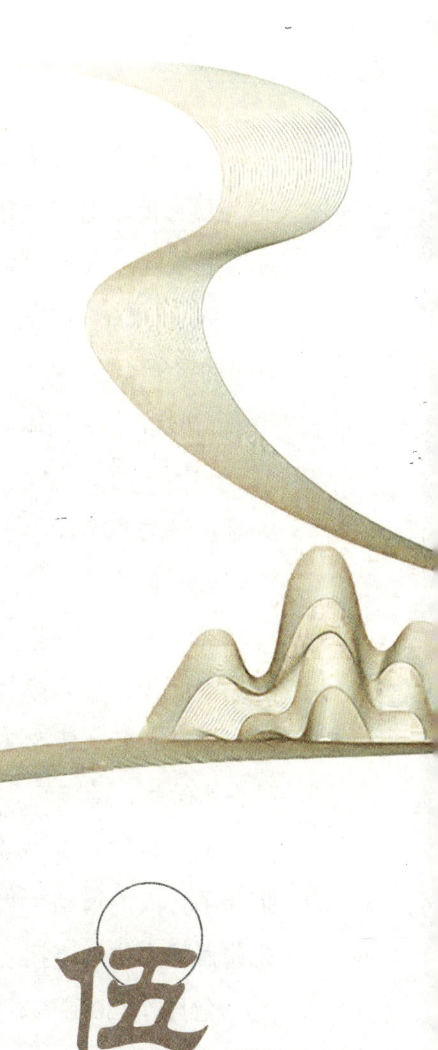

冰雪冻不住交通人

——2008年桐庐交通人抗冰雪灾害纪实

洁白轻盈的雪花，在许多人的心目中是浪漫、美丽的象征。从小生活在南方的我，也一直向往东北那种千里冰封、万里雪飘的冰雪世界，尤其那雾凇景观，太吸引人了。

但是，2008年初桐庐遭遇的一场大暴雪，使原本美丽的化身、能给人们带来兴奋的雪景风光变成了狰狞的魔鬼，残酷地给自然界、社会以及我们的公路交通带来了破坏，让人们体验了它冷漠无情的另一面，让我见识了什么叫作雪灾。

50年一遇的雪灾，其印象深深地烙印在我的心中。虽然事过境迁，那灾难已过去整整10年了，但今天回首，一些画面会浮在我的脑海，那种记忆叫做刻骨铭心。

2008年1月，桐庐天空阴沉沉的，细雨和雨夹雪下个不停。26日开始，一场大面积、大强度、长时间的冻雨大雪，把桐庐原本郁郁葱葱的家园全覆盖在漫天的冰雪之下，整个世界似乎一下变得非常刺眼，放眼望去，到处白雪皑皑，除了白，还是白桐庐县沉浸在银装素裹的冰冻之中。

无休止的大雪与低温、坚冰、冻雨狼狈为奸后，吞噬着人们的温暖，阻断了行人的道路。大雪、冻雨几乎把整个桐庐都“凝结”住了，桐庐的公路血脉也仿佛停摆了。

全县除320国道、05省道、16省道几条车流多的线路外，其余已全线或部分路段中断交通。客运班车大范围停开，车站旅客滞留，桐庐交通遭受了前所未有的挑战。

2008年的雪灾危害，触目惊心。桐庐交通人一场前所未有的抗雪灾行动也与这一年的春运齐头并肩地展开，其事迹感人，可歌可泣。

一

桐庐县交通部门各个春运值班室电话铃声响个不停，一个个雪灾险情的告急电话从四面八方汇向这儿。

1月30日8时，县道分老线发生700余立方米上边坡塌方，造成道路交通中断；

2月1日10时，桐庐境内山区道路积雪已达20厘米，县道俞毕线、钟洛线、新龙线等6条县道交通被迫封闭，05、16、20、23省道局部路段行车困难；

2月1日15时，桐庐境内积雪达24厘米，除320国道及05、16省道部分路段尚能继续通行外，其他道路交通已全部封闭；

2月2日12时，桐庐境内积雪达30厘米，全县公路除320国道外，其余道路均被迫全线或部分路段交通封闭；

2月3日23时，05省道18K—22K路段严重冰冻、路滑，出现道路险情，车辆无法通行，全县道路交通面临严峻考验。

冰冻大雪直接放大了春运“难于上青天”的变量，归家的心愿在恶劣的“天意”面前被阻拦了。这时，桐庐汽车站滞留的旅客越来越多，至2月2日下午，人数多达数千，这在桐庐车站建站史上还是头一次。

这冰雪也真是来得不是时候，多少归心似箭的游子回到久别的家乡桐庐车站后，其心情怎么也高兴不起来。连日冰冻天气，桐庐许多偏远的山村停电、停水，一些深山里的民房还被冰雪压塌，出山进山的道路全都被冻冰封锁了，它无情地阻止了旅人归乡。

千里迢迢到桐庐来工作的蔡小丽女士，早已买好了杭州至武汉的火车票，而且从武汉回老家还要转乘汽车。2月2日上午，大雪封道，她被困在了320国道旁。她望着公路上天寒地冻白茫茫的一片，双眉紧锁，愁肠缠结，心里甭说有多焦急，这回家过年的希望还有没有一丝可能啊？

2月2日上午11时，在320国道与迎春南路的交叉路口，那茫茫冰天雪地中，一拨拨返乡的人在行路，其中有外乡人肩上背着个大编织袋，急匆匆地沿着国道线往返乡的路上赶着；一对小夫妻撑着伞，一人抱着孩子，一人提着大包小包，也艰难地在雪地里一步步挪动，嘴里还时不时哄着怀中的孩子：快到家了、快到家了……

二

冰雪灾情发生后，桐庐县人民政府启动应急预案，全力开展抗灾救灾工作。

2月1日深夜，桐庐县交通局办公楼内的会议室灯光通明。局长濮樟明正召集有关部门负责人召开紧急抗雪防冻会议，决定立即启动抗雪防冻“红色”预案，连夜发出通知：全县2月2日早晨起，境内所有跨省、市班车（包车）、客运车辆和县城公交暂时停止营运；公路管理部门连夜在境内所有桥梁、隧道及危险路段设置警示标志和警示灯，并调配最好的除雪设备与材料，于2月2日6时起上路撒盐，清除积雪。

县交通部门从领导、机关工作人员、到基层各单位的领导和养护工，全系统1000余人奔赴抗雪防冻一线，投入铲雪除冰、引领车辆、修复公路及安置被困旅客、抢运春运物资等工作，一场抗雪灾保畅通的战斗就在交通系统打响了。

桐庐公路管理段紧急动员，全面启动抢险应急预案，由段部领导带队分4片组成了抗雪抢险小组，同时组成一个“共产党员抢险突击队”，全力迎战冰冻雪灾。

2月1日深夜11点，外面的雪越下越大。桐庐县路政大队副队长陈新平同志从段部开完抗雪防冻会议，他顾不上路面积雪厚达25厘米的风险，立即带领养路、路政人员连夜赶赴分水的抗灾第一线。

桐庐至分水公路上，整条公路和田野完全被厚厚的积雪覆盖，白茫茫一片，已分不清何处是路，何处是田地。汽车轮胎几次打滑，连方向也辨不出了。这时，驾驶员劝说陈队长还是明天早上再走吧。

陈新平同志耐心说服大家，他说：如果我们在道路没有完全被积雪封闭之前赶到分水，为的就是及时在那边指挥抢险工作啊。他们的车在暴雪中行进了两个多小时才抵达分水。

到达分水后，陈新平同志连夜和分水养护站人员落实铲车、拖拉机等除雪设备，装载好工业盐、瓜子片等防滑材料。

第二日天刚亮，陈队长带着人马上路了。分水片山区道路多，积雪也特别严重。在他的指挥下，分水片道路雪阻情况得到明显缓解，有效确保了分水片道路的安全畅通。

为了早日清除积雪，陈队长驻守分水指挥抢险，困了就在汽车上躺一会，路上滑倒了爬起来继续干，不叫一声苦，不叫一声累，连续五天五夜坚守在抗雪救灾的第一线。

2008年2月1日道工在16省道线上除雪

2月1日傍晚，富春江大桥桥面结冰积雪车辆难行。县公路段党总支书记洪柯南得知情况后，立即带领段部机关工作人员赶到现场，投入铲雪保畅通行动。尽管桥面寒风呼啸非常寒冷，但他们身上冒着的汗，却热得像刚出笼的馒头，这一干就是四五个钟头，待回家时已经中午12点多了。

320国道是国民经济的大动脉，是国家运送物资的重要通道，是一条人民群众的生命线。2月2日早上，县交通局濮樟明等领导早早地就赶到这条公路的渡济大桥上，指挥清雪除冰，帮助受困车辆排除险情，在各危险路段设立警示牌，在主要路段铺撒融雪和防滑材料。

公路严重积雪，一辆辆车辆卧在路上无法动弹时，正是在凸显我们养路工人作用的时候，我们应伸出援手去疏通。这时，濮樟明局长冒着鹅毛大雪带领公路段干部职工赶到了这里，在一辆辆不能动弹的车轮前敲冰铲雪，为他们一一开出了车道……

在风雪肆虐的寒冬里，当人们还在温暖的被窝里，我们的养路工人牢记“险情就是命令”，早早地战斗在铲雪保畅通的第一线了。

皑皑白雪中那一抹桔红色的身影特别显眼，这身影就是我们的养护工人。2月2日，320国道迎春南路路段，路上凸起了一条条冰雪形成的车辙，使运载年货的大卡车像蜗牛般地在爬行，四个车轮时不时在打滑。江南道班养护工虽然早过了吃中饭的时间，仍冒着大雪坚守在铲雪除冰的行动中，在为那些原地打滑的车辆铲除轮胎前厚厚的冰雪。

县道新龙线上，公路边山上的毛竹全被冰雪压弯了腰，一眼望去到处都是断毛竹，耳边还时而传来一声声竹爆的声音。这儿的气温比城区要低上4℃~5℃，公路行道树积冰厚达四五厘米，厚厚的积冰压断了树木。为了保护树木，我们的养护工人们冒寒用竹竿击落树上积冰，为树木“减负”，为道路清障。

为了尽快抢通道路，让焦虑的人群踏上回家之路，省劳动模范钟胜阳同志带领着他的队员们，把除雪的机械、物资及装备急运到各条受阻公路上。他们一边巡查，一边抢险，饿了就吃一口冰冷的盒饭，困了就在车子里靠一下，衣服湿了又干，干了又湿，一直坚守在抗雪救灾第一线。

县道徐七线是桐庐的重要县道之一，春节期间公路上行驶的车辆很多，也是最繁忙的一条线路。为了保证徐七线的畅通，公路管理段横村片的道工们早早地上路投入了铲雪、扫雪的行动。为了不影响车辆的通行，工人们对路面还进行撒盐除冰。

2月3日20时，公路段值班室接到巡路工袁亦芳来电：05省道18K－22K段路面冰冻严重，已发生多起轻微事故。副段长吴新华立即通知路政中队长陈樟根带领10名路政人员赶赴现场。

深夜12点，温度已降至零下5℃，刺骨的寒风吹得人脸上像刀子割。05省道的路面冻得像白蜡一般，又硬又滑，几乎把车轮胎与路面冻在了一起，使这儿的车堵成2千米长的一条长龙。路政人员迎着西北风，冒寒一边维持现场交通秩序，一边组织劳力铺洒防滑材料，直至凌晨2点，才使一辆辆汽车安全通过结冰路段。

过往驾驶员和乘客看着冻得瑟瑟发抖、一身泥土、满头雾水的抢险人员，一个个伸出大拇指称赞。一位回老家过年的民工说："我们在城里打工以为是最辛苦了，但与你们相比，你们才是最辛苦、最可爱的人，谢谢你们抢通道路，让我们能及时赶回老家过年。"

凌晨4点多了，已经连续抗雪防冻奋战4天的抢险人员拖着冻得僵硬的身体，顾不上休息，连夜赶回桐庐，又准备第二天的抗雪防冻工作。

三

县交通局于2008年2月1日至4日连续4个晚上召开抗雪防冻工作紧急会议，对抗雪防冻工作进行部署，分析存在问题，抓好当前工作的落实。

2008年2月4日，各客运线路恢复，桐庐车站及时送走因滞留的5000多名旅客，全县13个乡镇除新合乡未开通班车外，其余乡镇主要集镇已实行通车，各客运公司共发送旅客近5万人次。

至2月5日下午止，桐庐县公路段累计组织3600余人次上路清扫路面积雪，出动巡查人员400余人次、铲雪机具360余台次，撒铺工业盐350余吨、瓜子片1030余立方米，增设警告、禁令标志牌260余块，清理塌方3000余立方米，砍除影响行车安全的树木、毛竹800余棵，扶正倒伏行道树5000余株，修补沥青路面坑洞10000余平方米。

雪是冷的，人是热的。交通人在抗雪救灾中体现出来的精神，弥足珍贵，令人动容。

回望过去，坚持、奉献、决战！风雪同舟，众志成城，是夺取抗灾救灾全面胜利的保证。我们交通人说得好："我吃的一点苦又算得了什么，能为战胜这场雪灾尽一点微薄之力，这是每个公路人应该做的，无怨无悔。"

雪溶了，国道畅通了，省道畅通了，桥梁畅通了，一个个捷报从第一线传来，这场天灾没有挡住春天的脚步。看着南来北往的车辆飞驰在我们的公路上，想着人们又能过一个和谐温暖的春节，交通人感到无比的欣慰，因为这场冰雪冻不住桐庐的交通人。

2010 年 10 月 3 日

残疾养路农工吴土根生前接受《中国交通报》记者采访

残疾养路农工吴土根

2003年7月，桐庐县残联编辑《春天的事业》一书，我应邀参加写作，选择了交通系统两位残疾人创业与工作的事迹，其中一位就是独臂养路农工——吴土根。

事后，我把吴土根的事迹介绍给了《中国交通报》记者。2006年8月10日下午，记者刘洋在我陪同下，特意前往洪坪去采访吴土根，使我又一次零距离地接触到了这位不平凡的人物。

采访吴土根的那一天，天气很热很热。县道分老线沥青和水泥路面上像是着了火，一些似云非云、似雾非雾的灰气，低低的浮在路面之上，即便不干活也让人觉得很憋气。我对随车记者刘洋说：天气虽然这么热，但我可以肯定这位身残的养路农民工还在路上劳作，如果他不是清扫路面，也一定在清理水沟。

不出我们所料，我们的车越过小洪岭，正前方就有一抹桔红色的身影进入我们的视线。这位身穿桔红色背心的人就是吴土根，他正用独臂在挖水沟的杂物。

我们的采访就在路边的树荫下进行。生活中的吴土根没有过多的言语，他说得最多的无非是怎样养好路，怎么把责任路段的公路整理得漂漂亮亮，让过往的汽车开得舒舒服服。

一

吴土根1947年出生在合村乡三合洪坪村，黝黑的脸庞，额头上早就布下深深的皱纹，看上去的年龄要比实际年岁大了许多。

吴土根的手臂残疾是他在母亲怀中的时候造成的。一次意外，他被压伤了右臂，由于当时家境条件的贫困，延误医治，最终使他成为残疾人。

吴土根从小就是性格倔强的人，虽然自己身体残疾，但身残志不残，健康人能去干的事，他相信自己也一定能干好。年轻时他担任村里灌溉员，由于工作出色，还被当时的岭源公社评上了模范人物。

知道吴土根的人都说他对道路有一股痴情，当年村里的小路或山径发现个小坑小洞，或者缺块石头什么的，他都会主动去填平补缺。村坊到溪涧的踏步坏了，他用独手搬来石头去修补，有时自己一只手实在搬不动石头，便叫来小伙伴们帮忙。

1979年公路修到洪坪村后，为了实现养护大路的愿望，他主动到村支书那里去请缨，要求担任村境内的公路养护工作。村领导担心他身体残疾仅靠一只手难以胜任工作，并没有同意他去养护公路。这可急坏了吴土根，当即站在村领导面前发誓："我吴土根如果到时养不好公路，愿意接受从洪坪爬到桐庐交通局的惩罚。"最后在众乡邻的说情下，村领导才同意他当了公路养护工。

黎明时分，一个瘦弱的身影总会如期而出；夜幕降临，这个身影还在路上徘徊。吴土根自当上了养路工后，深深地爱上了这份工作，不管是在绵绵的春雨中，还是在炎夏的骄阳下；不管是在萧瑟的秋风里，还是在刺骨的严寒中，他都会劳作在小洪岭那段盘山公路上。他把养路当作一项崇高的职业来对待，干出了被人瞩目的成绩。

养护工是一份苦差使，晴天一身灰，雨天一身泥，干的是累活、脏活。这工作对有些人来讲是避都避不及的事，而吴土根却乐意吃这份苦。

二

分水至临安市老坞口公路是条县道公路。此公路在合村乡境内要翻越陡峭的小洪岭，公路虽说忽东忽西地蜿蜒盘曲，但行车人途经这段路程时却没有走山路的那种危险感，数千米的砂石公路路面平坦流畅，清清爽爽，人们都会对养护得这么好的公路表示敬佩。这就是合村乡三合村独臂养护农工吴土根管养的一段公路。

有人说他是路痴，一点儿也不假，因为他太爱这份工作了。他一辈子做一桩事，唱一首歌，在平凡的岗位上凭着一颗敬业之心，默默地为公路事业的畅、洁、绿、美奉献了青春，奉献了一切，这对一个只有独臂的残疾人来说，他所付出的比别人要更多啊。有人问他："你这样辛辛苦苦图的是什么呀？"吴土根淡然一笑说："为了让汽车开得快，让坐在车上的人舒适些，这就是我养护工的快乐。"

刚开始接受养护公路时，由于建路时的条件限制，路面极为不平整，泥结碎石路面经汽车碾压后，路面极易形成波浪和车辙，这需要用宕渣材料来填筑。吴土根硬是用他左手握住锄头，并把锄柄夹在胳肢窝下，艰辛地挖来一畚箕一畚箕宕渣来填平路面。这对一个只有一只手的残疾人来讲是多么不容易啊。就这样，经过吴土根的精心调理，他所管养的那段公路路面逐步稳定了起来。

丘陵山区的公路是极易塌方和被雨水冲毁的，上边坡遇大雨要塌方，有时天晴久了或遭冰冻，时不时从山体上塌下土石，而清理塌方是养护工一项繁重的劳动。

有一年的雨季，由于连日暴雨，吴土根养护的路段出现多处塌方，影响了车辆通行。为了及时清理塌方，抢修路面，确保公路畅通，他每天清晨3点起来做饭，4点带上工具到几里路外的小洪岭路段干开了。他靠一只左手艰难地搬石头、扒土，衣服湿了又干，干了又湿，一直坚持到天黑才回家。

有时为了及时清完塌方，怕一人来不及，他还从自己不多的工资中拿出钱来请人帮工。村里好心人劝他别干了："几百元工资别做得那么苦、那么傻啊，你这样做何苦呢。"可他却说："干工作有时不一定都是为了钱，既然干了养路这工作，不管钱多少，我都要把它做好。"

看着脚下整洁宽敞的小洪岭路，第一次见到吴土根的人很难想象他是如何做好这份工作的。清扫路面、清理水沟、疏通涵洞、铲修路肩、运走垃圾，他都是一丝不苟，让人禁不住发出啧啧赞叹。小时候的一次意外让吴土根失去了右臂，但这没能阻止他对路的一片痴情。

小洪岭与临安市、淳安县毗邻，临安、淳安附近的道班见老吴的路养得这么好，时不时带养路工到老吴管养的路段来取经，有时还把老吴请上门去当师傅，现场示范怎么养好路。有一次临安方面请老吴去，他还在那边帮助养护了几天公路。

2006年年初，村里浇注水泥路面，村领导为了照顾吴土根，让他晚上在工地上监管施工设备，并补贴他一部分薪水，可他婉言谢绝了。要知道在那偏僻的小山村这是多么难得的赚钱机会，可老吴并没有应允下这一美差。并不是老吴不需要钱，而是如果晚上去干其他工作，会影响第二天的养路工作。在他的心中，养护的事是不能有任何闪失的。

是啊，28个春秋的朝朝暮暮，阴晴雨雪，吴土根虽然是个农民工，但他从不因为自己是农民工而放弃自己对事业的热爱和追求。他总是做着最苦最累的活，从不计较个人得失，他和别人比的永远是奉献和进取。

一分耕耘，一分收获。吴土根为桐庐的公路事业默默奉献了几十个春秋，他虽然没有什么惊天动地的创举，但在平凡的县乡公路养护岗位上闪光发热，无怨无悔。熟悉他的人都知道，只要吴土根在哪里，哪段路就肯定是好的。吴土根管养的路段，路基路面通过近年改造，由原来4.5米加宽到6.5米，在不增加养护投资的情况下，公路由良等路上升到优等路。

当年许多过往这段路的司机们说："走到小洪岭的路段，不用看，凭感觉就知道那段是吴土根养的。"

当年在他家里采访时，我看家里没一点儿什么像样的家当，而堂前的墙上却挂满了一年又一年的先进养护工奖状。他说：我虽然经济拮据点，但精神上是很充实的。这充实因为有一份自己热爱的工作——养路工。在段领导和当地群众的眼里，他就是县道分老线上的一块铺路石，正是因为有他这样的执着，他管养的路段才得以保持畅通无阻。

他扫路的扫帚不知换了多少把，但每把扫帚换来的都是一道整洁的大道。在平凡的岗位上他默默无闻地养好小洪岭的公路，把所有的心血、所有的梦、所有的岁月、所有的乐都融在这段公路上。我们在他身上看到了至美无华的无私奉献，使人读懂了对他路痴评价的真正含义。吴土根用自己的实际行动，忠诚地对公路倾注了一片情怀，为桐庐的公路事业谱写了一曲动人的生命之歌。

2000 年 9 月 16 日

钟胜阳，公路上的“老黄牛”

没有豪言壮语，也没有辉煌的业绩，在这平凡的岗位上，用勤劳的双手书写自己人生壮丽的篇章，这就是我们公路人——马路天使钟胜阳。

1982年，钟胜阳子承母业，成了一名好多人连它的名字都没勇气说出口的行当——养路工。

钟胜阳之所以十分珍惜与热爱这份来之不易的工作，因为他是养路工的后代。钟胜阳说：对于前辈养护过的公路是很有感情的。

从此，在桐庐大地那一群桔红色的身影中，多了一位杰出人物，那就是浙江省劳动模范桐庐县公路管理段江南站站长钟胜阳同志。

钟胜阳在近30年的公路养护工作中，把全部的心血、全部的汗水都倾洒在他所热爱的公路事业上，为确保桐庐的公路畅通谱写了一曲曲奉献之歌。

钟胜阳同志维护公路绿化

一

管好路、养好路是养路工人的天职。钟胜阳说："既然我已拿起了这把扫帚，我就得干出点样子来，而且要干得最好。"他是这样说的，也是这样做的。

钟胜阳头顶蓝天，脚踏实地，甘愿做一颗小小的铺路石。他知道这颗铺路石对于一条平坦的道路来说是何等重要，因为，有了它公路才会舒适、畅通。春去秋来，他每天忙在清扫路面、清除杂草、填补坑洞、疏通涵洞、修整路肩边坡的工作上。这工作虽然很枯燥，但每项工作他都认真地去完成。

当一名养路工容易，而要当好一名合格的养路工就很难了。钟胜阳同志是不断地学习和进取的人，他钻研业务技术，以适应科学养护和时代发展的需要，适应新的环境，迎接新的挑战。或许有人会认为，当一名普通的养路工是用不着多少知识的，但钟胜阳却不这样想，他硬是用握扫帚、拿铁锹的手，捧起了大专的书本。他的愿望就是通过知识来充实自己，用学到的专业知识，提升公路的管理养护水平，更好地服务社会。

在工作中，钟胜阳是一头勤勤恳恳、任劳任怨的"老黄牛"，更是锐意进取、勇争一流的"拓荒牛"。他是公路管养的业务能手，他是一颗合格的"铺路石"。日复一日，年复一年，他全心全意管养着那一条条公路。他青春的容颜逝去了，但滋润了桐庐公路的别样风采，从钟胜阳那刚毅的脸庞中，我们可以看出他对公路养护有种不屈不挠的精神。

1993年，他担任了桐庐公路段江南站站长一职。2002年4月，桐庐公路段与桐庐县乡公路管理所合并，段领导把江南片的公路养护重担交给钟胜阳，他没有回避退缩。他说："我是共产党员，组织的需要就是我的选择。"凭借年轻人的一股热情和执着，勇敢地挑起了江南片290多千米公路养护管理的重担。

接上重担后，他一面虚心请教老职工，将老职工的工作经验与自己学到的知识结合起来，开展建章立制工作，制定考勤、学习、机具管理等一系列制度。同时，把自己平时掌握的第一手资料，像梳子一样把路上的情况梳理一遍。他每天到实地去检查一遍管养路段的情况，然后制定出具体工作措施，带领站里的职工抓好落实。

钟胜阳负责管养的公路百分之八十以上是农村公路。俗话说："穷则变，变则通，通则久。"那一条条农村公路让桐庐农村完成了"穷"向"通"的转变，这是桐庐交通发展史与农村发展史上的一次历史变革。然而，要由"通"而"久"，让这凝聚一代代人汗水与心血的农村公路能有恒久的生命力，就需要养路工们像对待自己孩子一样去精心呵护。

这些公路地处偏远，坡陡弯、急等级低，养护难度大。钟胜阳同志为了尽快进入角色，他每天骑着摩托车去调查路况。有一次在调查途中，不小心连人带车翻进了沟里，伤得不轻，可他只是到医院简单包扎了一下，又匆匆上路了。

公路养护最怕雨雪天气。每到这时钟胜阳的心都会绷得紧紧的，担心暴风雨袭击公路，心痛他养的公路刚才还好好的一转眼就被那可恨的洪水吞没；还有公路上的行道树，精心培育了那么多年，一下子就被风雨刮得东倒西歪。每当这时候经验告诉他不能再等待，他得马上带人上路，去抢救、去维护公路和行道树。

2004年5月的一天，桐义线一路段排水涵管突然堵塞，眼看公路路面要被冲毁，而且附近１０多亩农田被淹，情况十分危急。钟胜阳带领道工赶到现场后，他脱掉外衣带头跳进冰凉刺骨一米多深水沟。这水沟尽是稀泥、垃圾，并散发出阵阵恶臭，可他顾不上这些，踩着齐胸的污水进行操作，经过一个多小时的清理，涵洞方才疏通。此时的钟胜阳已冻得嘴唇发紫，成了一个泥人。可看到公路、农田被保住后，脸上依旧露出了憨厚的笑容。这样的排除道路积水故事，对于钟胜阳而言只是他养路生涯中的一个小插曲。

2008年，随着320国道文明公路创建工作的深入开展，钟胜阳提出要在一星级公路管理站的基础上，创建杭州市交通系统人民满意基层站所（办事窗口）。他与道工们动手建立阅览室、活动室，制作反映道工生产生活、展示桐庐公路的宣传图板，并对江南站进行美化，使江南站成为整洁明亮、文明规范、环境优美的站所，为创建工作提供了较好的硬件保障。

二

在近30年的养护工作中，钟胜阳坚持“以路为业、以站为家”，长年累月工作在一线，无论寒来暑往，他都是风雨无阻。

为了确保公路的安全畅通，钟胜阳经常放弃和家人团圆的机会，节假日照常上路巡查路况，遇到危及到行车安全的情况，及时组织人员抢修，确保沿线群众的安全出行。他为了公路的安全畅通，不知道牺牲了多少个本该休息的节假日，时刻以一名优秀共产党员的标准来要求自己，全身心地投入到平凡的工作岗位上，默默地奉献着。

钟胜阳爱工作、爱路胜过爱自己。工作中，他像一部永不停歇的机器，不知疲惫地高速运转着，可对家庭，他却亏欠得太多。他的爱人常抱怨说：“为了路，他不仅自己付出了全部心血和汗水，连我们家人也跟着付出去了。”如2005年春节，本来说好年初二与家人一起外出向长辈拜年，他却不顾家人的埋怨，冒雪上路去巡查、清理积雪了。

春节期间，如遇雨雪天气，公路零星塌方会不断发生。他放弃了休息天，参加段部成立的党员抢险突击队，每天和值班人员在路上巡查，哪里发生情况，他就会在第一时间里赶到，并坚持到最后才撤走。

2008年春运期间，百年不遇的特大冰雪灾害阻断了人们回家团圆的路，桐庐县境内的公路受冰封路阻，交通几乎陷入瘫痪。为了尽快抢通道路，让焦急等待的人群踏上回家的路，钟胜阳带领着他的队员，奔赴各条受阻公路，及时处置各种险情，合理调配机械、物资、车辆，坚持一边巡查，一边抢险。饿了就吃一口冰冷的盒饭，困了就在车里靠一下，衣服湿了又干，干了又湿，在广大公路人的共同努力下，通过近半个月的奋战，最终取得了抗雪救灾的全面胜利。

2009年8月受台风“莫拉克”影响，桐庐境内连续降雨，多条公路出现上边坡塌方、路基坍塌等水毁险情。为及时排除险情，保障公路的畅通，钟胜阳坚持带队巡查。8月9日晚上11点，钟胜阳巡查至20省道桐义线23K+800段，发现因塌方导致排水沟堵塞，路面有大量积水。他立刻下车，二话不说，冒雨检查排水设施，并组织随行人员进行抢通。经过近一个小时的清理，水沟疏通了，可他却被大雨淋了个透湿。他并没有因此停下脚步，而是再次走进黑沉沉的雨夜中。

在工作中，钟胜阳是一个以“严”对待同事的人，用同事的话说他是个“铁面人”。在生活中，他却是个处处关心同志、深受大家欢迎的“热心人”。他平时话语不多，但脾气很好，职工有摩擦，他暗中调查，从中调解；同事有急事，他二话不说，自己顶上；遇到技术难题，他积极参与探讨，热情解答。钟胜阳在工作中投入的热情和心血，不仅在养护道工中树立了很高的威望，也感化和激励着周围的同志。

2008年“5·12”汶川大地震后，钟胜阳同志踊跃献血、捐款，带头交纳“特殊党费”。在接到市公路局组建赴川抢险救灾后备队的通知后，他第一个报名参加。在他的带动下，江南站很多人都报了名。

如果说公路修建仅仅是一首序曲，那么，长期而艰巨的公路养护才是重头戏。为了唱好这部重头戏，钟胜阳在平凡的工作岗位上，用不懈地奋斗和努力，创造了不平凡的业绩。他凭着对交通公路建设事业的高度责任心，不管冬寒夏暑，晴天雨季，常年累月奔波在公路管理第一线。

钟胜阳始终以邓小平理论和“三个代表”重要思想严格要求自己，实现自己的人生价值，在平凡的工作岗位上做出了不平凡的业绩。由于业绩突出，钟胜阳多次受到上级部门的表彰奖励：1996年，杭州市交通系统抗洪抢险先进个人；1998年，杭州市公路管理处先进生产工作者；2004年杭州市劳动模范；2007年，杭州市公路系统“十佳”公路管理站站长等；多次被评为公路段先进个人。

面对荣誉，钟胜阳没有骄傲，他说他只是一个平凡的公路人，他的荣誉是属于所有公路人的。

面对荣誉，钟胜阳仍一步一个脚印，以公路人的执着、朴实与勤奋继续书写无私奉献的诗行，继续弹奏艰苦奋斗的乐章。他一如既往地奔波在管辖的各条公路上，铺就着平凡人生的风采之路……

劳模体现了时代的精神，代表了时代的进步。不管劳模队伍的构成如何变，他们身上那种爱岗敬业、艰苦奋斗、勇于创新的精神是不变的。我与钟胜阳的一番谈话之后，感动得眼睛也湿润了。他对生活的乐观、知足和感恩让我感动。劳模是什么？劳模就是劳动的模范和榜样，他是众多劳动者中优秀的代表啊。他们身上体现出楷模的力量和优秀的品质，超越道工生活的枯噪，影响他们的一生……这是我第一次感受到一个养路工在社会上的价值。

青春不再，泪水和汗水早已化作了白云，我们的心依旧没变，依然牵挂着这条路，看着它不断地延伸。“我与公路结下了深厚感情，一天不在路上，心里觉得发慌，只有看到汽车在平坦、整洁的公路上奔驰，我心里才舒畅呀。”他坚强乐观的生活态度深深地感染了周围的人。

钟胜阳就是这样一个长年奋战在公路上，工作勤勤恳恳、任劳任怨，视公路为生命，把身心和热血奉献给公路事业的养路“老黄牛”。

2009 年 8 月 12 日

为公路贴上文化标签

我与公路结下了不解之缘。为公路建设我走遍了桐庐的山山水水，凡是有人烟的地方，几乎百分之九十我都到过。我从“门外汉”到现在桐庐公路的“活地图”，把自己最具华彩的岁月都融进了一条条公路之中。我亲历了改革开放以来桐庐公路交通的发展历程，也见证了桐庐公路为城乡经济社会发展带来的巨大作用。

为此，利用业余时间不停地写，我除记录下富春江上那一段正在消失的船民历史外，随着笔下世界的不断扩展，从“水中”写到“岸上”，又满怀激情地为桐庐公路立传，为桐庐公路种植文化。

在“公路文化”的字眼见诸报端之前，可以说我并不清楚应该怎样来表述公路文化这一概念。

后来，我有机会触摸了它，通过编辑出版《桐庐桥韵》书籍，创作并拍摄《彩虹当空舞》等电视专题片，撰写公路传纪文学等后，才使我懂得原来所做的一切就叫公路文化。

公路文化是中国传统文化在公路上的一种延伸。公路文化的历史自有了公路的时候就已经存在。桐庐境内每一条公路都有着独特的“个性”，而每一条公路也都有精彩的故事可以讲述，这些个性与故事就是公路文化的重要元素。因此，为公路立传是我们每一个交通人的神圣使命。

当我们的车子行驶在桐庐农村公路上时，便会见到一座座门洞式的纪念性建筑物——牌坊。比如去莪山畲族乡新丰民族村，车子就会经过团结、和谐、幸福这三座最能体现畲乡风情的大牌坊。

牌坊，是中国一种独特的建筑文化，它象征着威严、荣誉与表彰。今天耸立在桐庐农村公路上的一座座牌坊，不仅是一道引人入胜的景观，也是弘扬桐庐公路文化的一种载体。因为，这是昭示改革开放40年来桐庐公路发生翻天覆地变化的一种标志。

百江镇金塘坞公路牌坊

今天的农村公路，不再简单地解决人们的出行，而是要将散落在桐庐各地这些别具特色的美丽乡村串珠成链，组成一幅现代化网络型田园城市的美丽画卷，而牌坊就是画卷中的一笔笔浓墨。一座座散落在各地的牌坊，已经成为农村公路一道特殊的景观。这道景观就像一面镜子，反映出当地的经济、政治、文化、科技的发展水平，当然，也是公路文化的展现方式之一。

2013年，在创建20省道美丽公路建设时，桐庐交通人在景观设计上，在省道与县道湾茆线的交叉点，设计了两座粉墙黛瓦别具徽派风格的大牌坊。湾茆线一侧牌坊旁还建起一堵高高的墙体，不仅美化了环境，而且还把容易引起行车视觉分散的部分杂乱遮挡住，使行车更为安全。

牌坊，对周边的生态环境起到了协调作用，将公路建设比较协调地纳入自然环境当中，给人以美感，亦为当地居民创造了一个美丽的环境。农村公路上的一座座古朴牌坊，让我们看到了一条条美丽农村公路建设的成果，当然，也是近年来“领导苦抓、部门苦帮、群众苦干”的一种精神结晶。

为提高桐庐境内农村公路的文化含量，打造文化公路，县交通部门和乡镇公路管理部门通过委托专业设计机构，借力挖掘桐庐历史人文资源，综合考虑文化、旅游、新农村建设等各种因素，精心设计制作了一大批具有公路特色的文化元素，给一条条农村公路贴上了文化标签。

关注公路文化景观的建设，表明桐庐公路文化觉醒的时代已经到来。今天，当我们走在桐庐一条条农村公路上时，“视觉文化”的气息就会扑面而来：公路的上挡墙被建成文化墙，分别展现廉政文化、行业文化、道德文化、安全文化等，一条条公路形成不同的文化氛围；而且还造景制造文化，利用一座座古朴典雅的候车亭，把村民的上车、下车站点，构建出一幅幅由“路、车、人、站”浑然天成的和谐文化美景。

近年来，随着我对公路文化感悟的不断加深，参与的热情也越来越高。我会利用工作之余，通过对公路内涵的挖掘，以影视、摄影、文学、画册等形式来展示桐庐公路文化的精华。

因为，我明白公路是最具现代文明的一种表现形态，而公路文化又是展示现代文明的一大窗口，也是展示桐庐地域文化的一个平台。公路文化包括公路的人文素质、文化内涵和文化特色等。它是一条公路的灵魂，体现着公路恒久的生命。

2007年初，仁檀线荡江岭桥建成通车，我考虑为荡江岭桥写篇碑记，以此为世人留下点史料，让路人解读荡江岭由渡到桥的历史。这400余字的碑文被镌刻在一块硕大的花岗岩上，耸立壶源溪旁，为荡江岭桥头增添了一处文化景观。

建设公路文化，必须创新和丰富载体。2008年初，我的一个建议很快成为领导们的果断决策：将港湾式停靠站作为公路文化建设的一次实践，结合分老线县道文明样板路创建，沿线用传统石材建一批古朴典雅的港湾式候车亭，让文化渗透到公路上，使公路文化更加直观更加深入人心。

公路文化不但包含深厚的精神文明，还包含物质文化。为让桐庐的公路更多地渗透艺术、美学、文学等方面的文化元素，使它不仅成为人们出行的方便纽带，而且让其体现出艺术价值，成为展示现代文明的一种标志。

在港湾式停靠站建设中，候车亭的设计理念充分体现了人性化，既为公路沿线群众候车提供舒适的环境，又突出文化创意，有效地整合各类文化资源，广泛地吸收其他文化的精华，让它成为人们在候车时得到一种文化艺术的享受。

港湾式停靠站上所选用的候车亭，或长廊式，或六角形，或四方形，其风格造型古朴、别具特色。同时，为让候车亭更体现文化内涵和增加景观效果，我们一方面向社会征集楹联，另一方面还邀请当地的书法家来书写楹联，使一个个候车亭成为展示桐庐地域文化、建筑文化、楹联书法等文化的场所，让桐庐的公路贴上别具特色的文化标签，逐渐成为桐庐公路的一块文化品牌和一道抢眼的风景线。

在桐庐公路文化建设中，让我钦佩的是：时任交通局党委书记王樟松同志不仅是位很好的党务工作者，而且还是一位不可多得且很有才华的文化人。王樟松到交通局任职后，为桐庐交通文化的觉醒做了很大的贡献。他除了亲自策划港湾式候车亭楹联征集和请书法界人士上门书写楹联外，还亲自提笔撰写并书写楹联。比如2008年，县道分老线创建文明样板路，首先在怡华、陈村两地试建港湾式候车亭，王樟松书记到现场看过建亭位置后，亲自为这两座候车亭撰写楹联。怡华候车亭楹联："天朗气清心自怡，家和邻睦村更华。"后溪候车亭楹联："门对翠屏黄山脉，户倚秀水后溪村"。

桐庐的港湾式候车亭以"和谐、创新、节约、环保"为原则，体现时代文化特征，同时也体现服务至上、追求卓越和实现自我的行业文化，对传承公路文化、弘扬时代精神起到积极作用。为当地新农村建设，构建社会主义和谐社会起到了积极的推动作用。

琴溪村是由珠村、桐岭、王家岭、玉柱、童家坞5村合并的行政村，著名风景区琴溪香谷就在境内，而龙门寺又曾是施肩吾、徐凝读书处。为把公路两旁的文化元素融入到我们的公路上来，省道新淳线琴溪站候车亭的楹联，我分别从琴溪5个村每村选取两个地名组成上下联："琴溪绿水源大湾瀑岩山注官塘千年唱清韵；青岭神童步考坑攀玉柱跃龙门万代传儒风。"上联用夸张的描写手法将5个村用琴溪的水连结在一起，形容这儿的村与村、人与自然之间的和谐共存；而下联则描写琴溪是耕读传家的地方，人们勤奋好学，世代人才辈出。

县道分老线百岁坊站楹联为：“青山耸南北新楼枕清波似屏遥对；大路贯西东拱桥连绝岸如脉畅通。”省道桐千线瑶母站楹联为：“群山竞秀金滩绿水成美景；万象更新玉宇琼楼伴瑶峰。”幅幅楹联表达了我对交通事业发展的歌颂，表达了我对家乡景色的赞美，也表达了我对家乡新农村建设的祝福。

如果说近年来桐庐公路文化建设的实践激发了公路文化在桐庐的苏醒，那么我们的明天，必将会有一个全新公路文化建设时代的到来。这是令人振奋的一种呼唤，因为我们通过实践，已经看到了公路文化建设的一片新天地。

“钱塘江尽到桐庐，水碧山青画不如。”烟雨江南，美景尽收眼底，而公路与自然浑然天成的图景更会让你心旷神怡。“如果您想放飞心情，领略石质候车亭的精彩，欣赏公路楹联的意境，体味农家乐的宁静与休闲，就请来光顾桐庐的公路吧。”

2010 年 11 月 10 日

参与编写的《桐庐县农村公路建设后评估报告》通过技术鉴定

2009年7月10日，由我参与编写的《桐庐县农村公路建设后评估报告》通过科学技术成果项目的鉴定。该报告得到参与鉴定会专家的高度评价。大家认为，该项目研究通过对农村公路进行后评估，对农村公路工作将起到重要的推进作用，项目研究成果总体达到国内领先水平，填补了省内农村公路建设项目后评估工作的空白。

2008年的一天，省公路协会有关专家在杭州市公路局陆永林处长的陪同下，到桐庐找我，说是浙江省交通厅有个农村公路建设后评估报告的科技项目要委托我编写。当初一听此话，倒把我给蒙住了，人才济济的今天，怎么会把这么重要的科研报告交给我来完成呢？我可是一个没进过专门学府的小生啊。能完成如此重任吗？但他们还是说相信我有这样的能力来完成这个科研报告项目的编写。一是我有几十年农村公路建设工作的经历，特别是全过程经历了"乡村康庄工程"建设，结累了一定经验；二是在当地和系统内也算是个小有名气的笔杆子人。虽然其他人有的也有经验，但不会写；有的会写，但没有实践经验；还有一些人有经验也会写，但因工作繁忙没有时间写。听了这些话，最后我把这艰巨的任务接了下来。我想，反正最后定稿会有专家来把脉的。

接到任务后，我即按照《桐庐县农村公路建设后评估报告》的编写大纲要求，开始走村串乡，调查收集数据材料，并召开农村干部与群众座谈，要以翔实的数据和典型的事例，为完成《桐庐县农村公路建设后评估报告》编写做好第一手资料的准备。我还出面邀请了三位年轻人参与此项工作，他们的参与也得到了委托方的认同。

评价报告对桐庐县的农村公路从建设、交通量、安全性、农村客运班车场站建设、农村公路管理与养护体制及农村联网公路建设等方面进行一次综合性评估，报告初稿共分10个章节，约6万字。

农村公路是农村联系城市的重要纽带，是农村重要的公益性基础设施，也是引导农村经济发展的命脉。近年来，通过国家投入大量的人力、物力、财力，使农村公路面貌有了较大的改观；农村公路的迅速发展，也为农民的生产与生活带来了极大方便。实践证明，对政府投资的建设项目进行后评估，对于提高行政效率、节约行政成本起了极其重要的作用，是政府行政效能改革的一个重要工具；它对推动农村公路朝着健康的方向发展，规范农村公路建设与养护具有重要意义。同时，我们就如何发挥农村公路应有的效益，完善农村公路的建设与管养，目前农村公路发展存在的一些问题和困难，也提出了一些建设性的意见。

虽然该评估报告的主笔是我，但对报告署名人的排名我并不在意，只要我们的劳动成果能得到专家们的肯定，该后评估报告能为政府部门今后在农村公路建设中提供决策依据，我就满足了。我为参与这样重大的科研项目工作感到十分荣幸。因为，我为自己的家乡、为我们的交通事业做了一件十分有意义的事情。

2009 年 12 月 10 日

『四好农村路』建设

『四好农村路』建设推动了经济发展与乡村振兴，诠释了『路修到哪里，风景就延伸到哪里，产业布局就会发展到哪里』的理念。平整宽广、线型流畅、设施齐全的道路，与绿水青山相映成辉，不仅为桐庐山水增绿添彩，又使桐庐多了一种最美景观——美丽农村公路。这公路仿佛是镶嵌在桐庐山水间的一道道五线谱，协奏出当代乡村振兴的美妙乐章。

“美丽资源”因路而变身“美丽经济”

——交通运输部《我家门口那条路》征文之一

合大线，如今是桐庐生仙里风景区的景观公路，而且也是一条富有个性的农村公路，沿途依山傍水，村庄靓丽，山林丰美，奇石嶙峋，溪流萦绕，无须过多的人为雕琢，这条路的风光便无限美丽了。昂首便是奇石林立，低头可见流水潺潺，远眺又是满目茂林耸翠，借物生美，公路因两边的山水而秀丽，而峡谷也因中间的公路而更加抚媚。

合大线还有一个特别之处，就是当年红军曾经在这条线路上走过，沿路还遗有许多红色的记忆。比如公路边有红军烈士墓，位于天子凹自然村路段有一座“红色收藏家”吴培林开设的“红色收藏馆”等，这一切又为合大线“四好农村路”建设注入了红色文化的底蕴。

今天，当我们再一次驾车走近这条公路时，眼前所见的一切让人震撼，它已经一改昨日那副愁容，变成一条靓丽的精品示范路，穿越在瑶溪峡谷之中。

合大线的美丽是经历不断蜕变才实现的。2003年，为了让农民兄弟走上水泥和沥青路面，政府推出了“乡村通达工程”政策，高凉亭村又迎来了公路建设的第二春，不仅公路路面实现硬化，而且还把公路建到海拔700多米高的松树尖自然村。

2014年开始，合大线又被交通部门列入美丽公路建设规划，合村乡人民政府分管交通的周道法同志说：我们乡政府逐年来加大了合村线的投入，近两年先后投入资金数千万元，实施合大线精品示范路建设，先后实施路基路面改造、新建隧道等7个项目。该条公路经逐年拓宽改造，今天公路标准路基已达到6.5米宽，路面“白改黑”后已浇筑成6米宽的沥青路面，并且完善了安全设施和公路美化等，交通基础条件进一步得到优化与提升，为合村生仙里风景区及漂流、滑雪场等旅游项目更好地“引进来”

与“走出去”、带动乡村旅游发展、助推乡村振兴发挥了巨大的作用。

合村乡人民政府结合“四好农村路”的建设，对公路沿线村庄的建筑立面进行改造与庭院美化，使合大线多次蜕变而华丽转身，以现代的美与原生态的美进行结合，以一个崭新的面貌展示在人们面前。

高凉亭村党支部书记顾永龙同志是亲身经历自己家门口这条公路蝶变的人。他说：我们高凉亭从粗放型通公路，打开山门解决村民的出行难开始，到这里的美丽资源被外人发现，尔后变成美丽经济。再后来又引进两家大型旅游企业以及农家乐与高端民宿的兴起，这一切全是公路通行条件不断改善所带来的。可以说是公路的嬗变，促进与带动了高凉亭村的发展，使我们这儿的美丽资源因路而变身美丽经济，为这里村民创造了财富。

20年多年前合大线建成通车，这里的山门被打开后，我写过一篇《瑶溪探胜》的文章。当时我专门介绍过这里的风光，而且该文在国内很多旅游网站进行转载：“境内是一处奇险古朴、幽邃绝尘、自然风景极佳的地方。这里的山、水、云、林千姿百态，意蕴丰富，可谓天开图画、美不胜收，经得起人们的反复回味，每到一次都会有崭新的感觉和愉快的享受。……这天造的自然佳景，可攀崖探险，可狩猎寻趣，可避暑度假，是一个很值得开发的旅游胜地，日后必将以它独特的自然景观吸引越来越多向往回归自然的都市的人们。”

道路瓶颈被消除，尤其近年来政府对这里进行“四好农村路”的规划建设，高凉亭村的美丽资源优势很快凸现出来，山里原生态的旅游资源被人青睐后，使这里成了合村乡生仙里风景区的核心景区。山区“乡”“土”“野”“奇”的风情，吸引一批又一批休闲旅游者前来。

青笋干、番薯干、土蜂蜜是高凉亭境内的名优土特产，也是现代人所追求的健康美食资源。过去由于山里封闭，这些土特产藏在深山无人知晓。比如番薯干，过去也只是村民当当零食，或者上山干活和出门时，当饭包带在身边充充饥的。没想到山门一打开，番薯干竟然成了城里人的香饽饽，土货变成商品，农民的荷包也鼓了起来。

通上水泥路的第二年，这个村的番薯干拿到浙江农业博览会的展台上去展示。原村主任毛斌根说：“这些番薯干，还有笋干、土蜂蜜等等，都是我们村里正宗的无公害食品。”是啊，如今公路畅通连农民种番薯也能赚大钱了。当年徐春生靠种番薯成了当地小有名气的“有钱人”，三层小洋楼都盖起来了。如今，高凉亭村每年仅番薯干一项就有五六万斤的产量，最多的年份可达到十几万斤，青笋干、毛笋干每年也可产出四五万斤以上。高凉亭村的美丽食材资源一一变身美丽经济后，村民们致富的主要来源也有保障了。

毛炳根还说：我们这里每年光是土蜂蜜产量就有好几吨，我和柴春根家每年都会有300斤以上的土蜂蜜收获，这可是一笔不少的收入。我们的土蜜蜂全都生活在大山深处，这里远离污染源，再加上用传统的方法取蜜，蜂蜜的质量特别好，色泽光亮，没有混浊的杂质，气味纯正，花香浓郁。这里的土蜂蜜销路根本不用愁，有人专门会驾车上门来收购的。

村民徐水华是较早利用家乡资源创业致富的人。他于2013年办起一家桐庐溪舍旅游开发有限公司，这家公司在大溪的峡谷深处开展农业休闲观光、户外拓展训练等业务，而且还办起42张床位的民宿，年收入达40多万元。徐水华看到家门口这条公路的等级一再提升，并创建“四好农村路”示范路以及大型滑雪场入驻松树尖后，对未来充满希望。他说：外部条件不断改善，相信我们公司的业务今后将越来越好，即使在冬天也可以吸引人到这里来搞拓展活动了。

这儿如画的美景，使前来观光的游客络绎不绝，或三五成群，或大巴一车车，他们或驻足小溪旁、或漫步田野间，不时地将风景定格，带回去留下美好的回忆。这一切全都缘于高凉亭村通了公路，而且还是一条美丽的农村公路才实现的。

休闲旅游非常适宜在发展乡村旅游的地区推广，其特点必须旅游资源丰富，住宿、餐饮、休闲娱乐设施完善齐备，距离城市较近，更主要的是交通要便捷。而合大线创建精品示范路的意义，就在于为公路沿线的“美丽资源”变身“美丽经济”服务，目的是助推休闲旅游与乡村振兴。

高凉村的民宿

合大线乡道公路上的一路美景，使一批批杭州、上海、苏州等大城市休闲旅游的人蜂拥而至，极大地推进了高凉亭农家乐经济的发展。顾江妹是当年第一个在自己家里开起农家乐的人，她说：当时看见家门口那条公路上外面进来玩的人越来越多后，2000年开始我开农家饭店，没想到自己烧的土菜客人很喜欢吃，生意也越做越红火。2002年干脆拆掉老屋建起楼房，开起一家有14张床位的农家乐，走一条以“农家乐”致富的道路了。

村民周彩兰深有感触地说：我们这里原来没有公路时，靠山里挑点土货出去换换大米、食盐和日用品，就这样日复一日地过着封闭式的生活，不要说有外人进山来，就连自己的亲戚也很少有人会走进山来。随着家门口通上公路之后，这里的一切发生了翻天覆地的变化。首先村里的人气旺起来了，山里人的观念也随之发生了很大变化，经济头脑也变活络了，如我们家2007年正月开起农家乐后，现在光是这一项收入每年就有十几万，这对于我们山里人来讲可是一笔不小的收入啊。

道路交通条件的改善，有力地带动了农家乐的快速发展，为当地村民致富创造了条件。如今，高凉亭村已有农家乐12户，床位175张，餐位560人，年收入达200余万元。

瑶溪峡谷具有开发激流探险的资源优势，这儿除了有中生代花岗岩巍巍绝壁，让人感受到难以复制的雄浑气魄外，那8千米惊艳峡谷的垂直落差有198米，磅礴水势，一路奔腾翻滚，能让游客犹如从悬崖峭壁速降而下，如同置身于一叶扁舟，在惊涛骇浪之中凌空掠过。而另一个优势就是有便捷的交通环境。由于这条道路的提前介入，对推进这里的旅游发展也具有重要的作用。

2009年12月4日，武汉阳光文化广告公司与合村乡人民政府正式签订了开发协议，由此浙江雅鲁旅游开发有限公司入住高凉亭村。2010年3月，雅鲁激流探险景区正式开业，如今景区年收入达3000万元以上，其中最高峰的一天有8700多人漂流。雅鲁激流探险不仅带动了合村乡的全域旅游发展，也推动了这里道路交通的再提升。

松树尖滑雪场位于高凉亭村大溪自然村西北侧松树尖，项目总用地面积200多亩，海拔约900米。雪场造雪总面积约6万平方米，初步规划两条中级道、一条初级道、一条冲浪道，还有戏雪乐园等项目。一个个大型旅游项目的引进，是高凉亭村美丽资源变身美丽经济最好的诠释。

美丽资源因路而变身美丽经济，今天看合村高凉亭村的嬗变就是最好的佐证。近年来，高凉亭村随着道路交通条件的不断改善，游客量逐年呈上升趋势，农家乐、农产品等需求量也越来越旺盛。如今，村民随着家乡丰富的旅游资源、水利资源、农副产品资源、森林资源的充分开发与利用，资源优势不断转化为经济优势，在农民致富、乡村振兴这条道路上迈出了骄健步伐。

2019 年 11 月 27 日

“四好农村路”为乡村振兴提供了重要砝码

——交通运输部《我家门口那条路》征文之二

“宝剑锋从磨砺出，梅花香自苦寒来。”改革开放以来，经过全体交通人艰辛的搏浪苦泅，终于到达结满累累硕果的彼岸。在桐庐县农村公路建设的这艘航船里，这几年满载的是一批批极其珍贵的收获。目前，桐庐境内初步形成了以国省道干线公路为主骨架、县乡公路为主动脉、通村公路为毛细血管的区域性公路交通网络。

近年来，桐庐县又在“四好农村路”建设中取得了丰硕成果，一条条农村公路刷出了桐庐公路颜值的新高度，也刷爆了无数人的朋友圈。如果说国省道干线公路是一位粗犷、豪爽、健美的汉子，那么蜿蜒于溪流边、盘绕于山峦间、穿越于村庄与田间的一条条农村公路，就是蛾眉青黛、杨柳细腰、楚楚动人的小家碧玉了。驾车在今天的农村公路上，让人感觉车在画中行、人在景中游，一路都有令人陶醉的美景。比如县道旧钟线就是这样一条美丽的农村公路，而且像这样的公路在桐庐境内还有许多。2017年桐庐被评为浙江省首批“四好农村路”示范县；2018年被评为“四好农村路”国家级示范县。

旧钟线是桐庐一条“四好农村路”示范路，一路见山遇水、移步换景、美不胜收。平坦整洁的沥青路面，醒目的标线，流畅的线型，畅通的边沟，齐全的设施，还有两侧红花绿树，红红绿绿、郁郁葱葱，散发出了勃勃生机，犹如一道美丽的风景线，让人赏心悦目、无比惬意。

旧钟线连接旧县、莪山、钟山三个乡镇，为沿线受益群众在生产生活条件和思想观念方面带来了深刻变化。它助力乡村振兴与民生改善成效显著，尤其对沿线农村的“农村公路+产业”“农村公路+乡村旅游”更是发挥了巨大的作用。

县道旧钟线公路

公路是现代文明的重要窗口。孙中山先生曾经说过："道路者，文明之母也，财富之脉也。"桐庐交通部门及公路沿线有关乡村在"四好农村路"创建中，不忘初心，砥砺奋进，把"修一条路、造一片景、富一方百姓"的理念贯穿于整个创建过程。旧县街道副主任易刚同志说：近年来，我们把公路美化作为新农村建设的一项重要内容来抓，首先对西武山至合岭精品线路两侧的房屋立面、节点景观等进行改造提升。通过实施富春民居示范点建设，对旧钟线上合岭村的沿湖民居立面进行改造，原来沿途有碍观瞻的杂乱杆线，也下大力气进行重点整治，把4支弱电杆线合并成一支杆线，使之与周边协调。另外，实施美丽田园、美丽庭院、亮灯工程等，把公路沿线的环境打扮得靓丽起来。同时，还在公路沿线注入文化因素，通过墙绘、雕塑小品等，使公路更加美丽，更具文化底蕴。通过这些举措，我们家门口的旧钟线公路更顺畅了，周边环境也更美丽了。

农村公路作为农村地区的基础性、公益性设施，既是建设社会主义新农村的必要保障，也是建设社会主义新农村的重要内容。2003年，中央提出关注"三农"问题后，交通部便提出了"修好农村路，让农民兄弟走上柏油路和水泥路"的口号，桐庐境内开始了新一轮的农村公路建设热潮。

通过不断改善农村公路通行条件，美化农村公路的道路环境，经过几个年头的努力，旧钟线公路“四好农村路”的示范作用逐渐凸现了出来。

美丽公路也是联接全域景区的重要纽带，随着道路交通条件的改善，也推动了当地乡村休闲旅游的发展。如今连杭州、上海大城市的人也赶来旧县街道合岭村休闲旅游，给当地村民带来了无限商机。这儿的农户一家家开起了农家乐。第一个带头开办农家乐的人是张关荣，第二年一下增加到了5户农家乐，后来农家乐像雨后春笋般地冒了出来。到目前，合岭村已有农家乐民宿39家、床位700余张，年接待游客量达8万余人次。农家乐为农户带来了创业门路，也带来了财富，这里农户年收入最多的可达七八十万，一般也有二三十万元的收入，合岭村已成了远近闻名的农家乐民宿示范村。

合岭村的农家乐生意，缘于这儿山门的打开、道路交通条件的不断改善，是因路而美丽、因路而富裕、因路而文明。美丽的农村公路，淳朴的山村气息，秀美的田园风光，环湖的山野景色，给这个村庄带来不一样的美丽，也为这里实现美好生活搭建了一个较好的平台。

合岭人很懂得践行“绿水青山就是金山银山”的理念，他们对环境的爱护十分重视，家门口荒山变绿了，水库的水也变清澈了，随着文明化程度的逐步提高，一个原本名不见经传的山村，一下子成为人们向往的世外桃源，这一切就是因路而带来的变化。

如今大多农村在逐渐走向寂寞，有的甚至出现空壳村的现象。而合岭村则始终人气旺盛，成了人们喜欢聚集的一个地方，就连湖南卫视推出的大型生活服务纪实节目《向往的生活》第二季也赶到这里拍摄。《向往的生活》使合岭村一下子出了大名，变成了网友热议的“网红之地”。

原先到这儿休闲旅游的只是些自驾游的零星散客，而现在随着道路交通条件的不断改善，大巴车也一辆接着一辆开进来了，连城里人拍婚纱照也赶到了合岭。游客蜂拥而至，尤其节假日时间，不仅农家乐客人住满，就连那些价位数千的高端民宿也订不到房间。这个村先后荣获“杭州市民宿特色村”“浙江省文明村”“国家级三A级村落景区”等荣誉称号。

县道旧钟线公路

近年来，桐庐县农村公路经历了一个由少到多，由普及到逐步提高，再由以通达为主到讲究“畅通、整洁、绿化、美化、安全、文明、和谐”通行环境的过程。

旧钟线在洪儒村内有段穿村路段，多年来交通部门一直想解决这个地方的道路瓶颈问题，最后还是因拆迁困难无法解决。旧钟线实施美丽公路建设后，多年未解决的难题也迎刃而解了。旧县街道在此拆迁民房21幢、房屋面积达5000平方米。如今不仅道路宽畅了，而且还利用拆出来的空间开辟临时停车泊位，布置文化景观及栽花植树等，旧钟线上增添了一个个新亮点。

桐庐交通部门为了更好地推进“四好农村路”建设，与乡村一级采取条块联动的方式，齐心协力做好“四好农村路”这篇文章，并且取得了较好的效果。今天，公路沿线乡村不仅村民支持“四好农村路”建设，而且乡镇政府也舍得为此花大本钱。比如旧县街道2016年就投入资金1700余万元，用于旧钟线旧县段的“美丽”建设。2018年，他们又根据县交运部门的统一部署，再投入1500多万元，用于旧钟线“四好农村路”示范路建设。

美丽公路促进了美丽田园。莪山畲族乡沈冠村书记黄金源说：旧钟线是穿越我们沈冠村的县道公路，近年来交通部门对该路实施精品示范路建设后，也给我们村带来了极大的利好。比如我们莪山畲族乡为配合旧钟线精品示范路建设，2019年就投入资金1000万元，主要用于我们村内公路两侧的民房立面提升、庭院美化、绿化铺装、景墙浮雕等，不仅美化了公路，也扮靓了我们村庄。

“四好农村路”对助推美丽乡村建设、促进乡村振兴、促进产业发展，尤其传统农业向现代农业、景观农业发展具有积极的意义。黄金源说：公路美了村庄靓了，我们的工作重心就借机投向美丽田园建设了，以村中良好的生态为基础，实现传统农业向现代农业、景观农业转型，发展稻米产业，打响“稻香沈冠”这一品牌，走出一条村集体与村民共同富裕之路。

旧钟线进入大岭头段盘山公路后，便是接二连三的弯道了，不仅弯道急，而且坡度也陡。自旧钟线创建精品示范路后，2018年度县交通部门对路段进行了拓宽改造。路基路面标准提升，这里已经一改昨日愁容，变成桐庐最美的一段“国标”盘山公路。尤其莪山畲族乡人民政府今年在这儿进行了景观打造，公路的边缘地带栽花植树进行景观绿化，公路上边坡挡墙配上浮雕，与邻乡交界处还建有凤凰雕塑等畲乡文化元素的景观墙等。通过美化周围自然环境，丰富人文内涵，提升了出行的幸福感，实现了“人、景、路”的和谐相融。

说起旧钟线这条公路，沈冠村63岁村民郑小林深有感触。他说：我是亲眼见着家门口那条路一点点在不断变化，从当年的崎岖小路到机耕路，然后又从泥路变为水泥路，去年家门口这条公路又进行拓宽改造，今年又美化提升，这一切促进了我们村庄的美丽乡村建设。通过立面改造、庭院美化，我们当农民的幸福指数也高了起来，现在我们这里可以说已经分不清是城里还是乡下了。

提起乡村，人们脑海中浮现的不仅有怡然自得的田园风光，还有味道鲜美的特色农产品。今天如果你驾车行驶在旧钟线这条农村公路上，会给你带来很多的惊喜。旧钟线沿线有以户外休闲为主的“体验业态”，有以民宿经济为主的“民宿业态”，还有以千亩野生杜鹃、稻香沈冠田园为主的“观光业态”，更有以美食为主的“母岭桂花宴”的“饮食业态”等。

今天，我们完全可以自豪地说，没有哪个时代通往农村的道路能像今天这般四通八达，也没有哪个时代的道路会有今天这般靓艳美丽。“四好农村路”为农村发展、农业增效、农民增收，为推进社会主义新农村建设，为创造明天更加辉煌发挥了巨大作用。

2019 年 11 月 27 日

绿水青山踏路过

——交通运输部《我家门口那条路》征文之三

省道桐义线桐庐段改建之后，桐庐到浦江的里程缩短7千米，盘山险道也大多被桥梁和隧道所代替，道路更为平直顺畅，人们出行的安全感增强，道路交通条件明显改善。今天的县道湾茆线就是当年省道桐义线改建移线之后原来的一段公路，也是桐义线改造后多出来的一条公路。

湾茆线总里程11.439千米，起点为湾里村，终点至茆坪村。县交通部门围绕“旅游主业化、全域景区化”的目标，以更畅通、更安全、更舒适、更美丽作为“四好农村路”创建目标，把县道湾茆线创建为“四好农村路”精品示范路。

走进湾茆线，首先掠入眼帘的便是那座耸立在省道桐义线与县道湾茆线交叉口的牌坊了。牌坊，是中国一种独特的建筑文化现象，象征威严、荣誉与表彰，而今天这儿的牌坊，不仅是一道引人入胜的景观，也是弘扬公路文化的一种载体。

湾茆线上别具徽派风格的牌坊侧边，还有一堵高高的墙体，这是2013年创建美丽公路时建的文化节点。粉墙黛瓦，对周边的生态环境起到协调的作用，把这里的公路协调地纳入自然环境当中，给人一种美感，亦为当地居民创造一个美丽的环境，而且还把容易引起行车视觉分散的部分杂乱给遮挡，使行车更为安全。

湾茆线上的排水沟颇具特色，全用鹅卵石砌筑，并培土种植桂花、红枫、垂丝海棠、木槿、春鹃、鸢等乔灌木以及凌霄、蔷薇等攀缘植物，让人看了非常养眼。

县道湾茆线公路

湾茆线是桐庐交通人带着一颗诗意的心创造出来的诗意般的美丽公路。人们在湾茆线上行车，自然而然会把车速放慢下来，对沿途路面优良、设施完善、通行顺畅、环境整洁，尽显景色之美、风物之魅和人文之韵，由衷地发出感叹。

一条条蜿蜒平坦的公路，会引领你去远方；而一个个美丽舒适的公路驿站，会吸引你留下来。桐庐交通人在打造一条条畅、安、舒、美、绿“四好农村路”的同时，还打造了一个个富有特色的公路驿站、候车亭、观景平台、停车休息处等。这些服务点设于公路、融入公路，也融入一路的景色，成为公路转角处一道道别致的风景线。

公路驿站是美丽经济交通走廊上的重要节点，而芦茨驿站则建在风景优美的芦茨湾景区里。有人说到桐庐旅游，不在这个驿站小憩会留下终身的遗憾，因为这儿的青山绿山、粉墙黛瓦别具一格。看，壁立千仞的危崖，高不可攀，古道古亭就建在崖壁上，崖顶青松遮天蔽日；那山脚碧绿的水潭，让人看一眼也会醉倒，更主要的还是公路驿站内各类服务设施一应俱全。

“四好农村路”建设推动了经济发展与乡村振兴，诠释了“路修到哪里，风景就延伸到哪里，产业布局就会发展到哪里”的理念。今天这条湾茆线“四好农村路”精品线路，已经把桐庐的美推向了更多的人。平整宽广、线型流畅、设施齐全的道路，与绿水青山相映成辉，不仅为桐庐山水增绿添彩，又使桐庐多了一种最美景观——美丽农村公路，这公路仿佛是镶嵌在桐庐山水间的一道道音符，协奏出当代乡村振兴的美妙乐章。

美丽公路催生美丽经济发展。公路的美丽、山水的丰姿孕育了这儿成熟的民宿业态。如今，湾茆线公路沿线的民宿已像雨后春笋般地冒了出来，发展趋势日新月异，十分喜人。目前有高中低端民宿212家，2017年接待游客135.97万人次，旅游经营总收入约1.43亿元；2018年接待游客158万人次，旅游经营总收入1.7亿元。静庐澜栅、原乡芦茨、绿芦驿、天空之城等业内精品民宿则慕名之客络绎不绝。

一位叫崔强的上海老板发现位于湾茆线有个叫深坑的地方，路域环境很好，2017年10月利用这儿的空闲民居，投资500万元创办了一个“天方夜潭”高端民宿，风格迥异的房间有11个，生意红红火火，客人入住率经常爆满。

芦茨村民洪杰的母亲原在县城开一家“白云饭店”，后来发现家乡的道路改善之后，他们一家人回到芦茨村里开了家“金富饭店”，该饭店有6个包厢、3个大小餐厅，可容纳200余人同时就餐，还有26间客房，可以接待一辆大巴车的客人入住。

芦茨村农家乐之所以会生意红红火火，在于有得天独厚山水风光的芦茨慢生活体验区优势，纯天然的野生食材作为餐桌上的主菜，更主要的还是这儿交通便捷，有一条美丽的公路连接杭州、上海等大城市，城里人来这儿十分方便，这地方也就成了他们趋之若鹜的休闲佳处。

湾茆线是彰显“诗画桐庐”的一条公路，也是桐庐最富个性、最美丽的公路。公路两旁青山绿水，空气清新，早上云雾缭绕，傍晚夕阳醉人。一年四季会呈现不同的美景，三季有花，四季常绿。每个季节都会颜值爆表，驾车行驶在这条路上，就是一种享受。每天各地的休闲旅游团队像潮水般地涌来，就连央视《远方的家》《中华医药（养生）》等栏目也把镜头对准了这儿。当然，更多的恐怕还是那些哈雷摩托和自行车的骑友了，他们竟然把这儿选择为经典骑行线路，时而有一批批自由骑士在这条美丽公路上燃烧激情。

县道湾茆线公路

近年来，桐庐县已成为走红的网红城市，这又如何少得了网红公路呢。今天的湾茆线就是一条桐庐网红公路，这条公路贯穿富春江（芦茨）乡村慢生活体验区，连接网红村庄、网红景点、网红民宿、网红天然浴场，以原生态、原生活、原生产等乡村元素为主要特色，田园风光秀丽，村落生活闲适，由公路把一个个网红点串在了一条线上，再加上沿路的边角地头栽上了绿树、红花、翠竹、银杏等，还开辟了一个个临时停车泊位。舒适的环境让驾车途经这儿的人们驻足停留，他们走上路侧的绿道或观景平台，可以静听风声鸟鸣，也可以用镜头捕捉白鹭在青山绿水间自由飞翔。

湾茆线是桐庐最美农村公路之一，这儿的大部分路段依山傍水，不仅景色优美，而且可观看的资源也十分丰富。沿途经过富春江大坝船闸公园、芦茨湾风景区、芦茨公路驿站、芦茨慢生活体验区等，飞瀑小溪、江流碧潭、巉岩峭壁、绿树红花、古村古桥、历史人文，不仅有自然的风光美景，更有厚重的文化底蕴。一路诗意盎然，美画相配，生态和谐，彰显

"诗画桐庐"美好公路形象，是桐庐最有个性、最美丽的公路。

秋天，公路两旁红叶盛开，层林尽染，看云雾升腾在山间，聆听山风追赶翻飞的落叶，车窗外那湿润的空气中，散发着幽幽的清香，时不时吹进车内，人们深呼着天然氧吧的空气，会觉得神清气爽，仿佛自己早已与大自然融为一体。

烟雨江南，美景尽收眼底，湾茆线公路与自然浑然天成的图景会让你更加心旷神怡。如果您想放飞心情，领略美丽农村公路的精彩，欣赏公路文化的意境，体味农家乐的宁静与休闲，不妨来光顾桐庐这条美丽农村公路吧，这儿让人有一种"车在路上行，人在画中游"的感觉。

2019 年 11 月 27 日

“四好农村路”一路风景一路诗

“钱塘江尽到桐庐，水碧山青画不如。”在世人的印象中，桐庐总是与佳山秀水相联系。今天桐庐交通人以打造“美丽经济交通走廊”为载体，通过“四好农村路”建设，一条条宽阔平坦、线型流畅、设施齐全的农村公路，与绿水青山相映成辉，堪称一路风景一路诗，为桐庐山水增添了一道最美的景观——美丽农村公路。

2018年7月17日，交通运输部督导组对桐庐县“四好农村路”建设督导考评工作会在桐庐县召开。

交通运输部督导组在听取桐庐县交通运输局关于“四好农村路”建设情况的汇报后，在现场检查了桐庐县“四好农村路”的相关台账材料，并且到百江镇广王桥、徐七线、横村镇杜予至母岭等地进行了实地察看。

在“四好农村路”建设中，桐庐县一直走在全省的前列。截至2017年底，桐庐境内农村公路总里程达到1664.1千米，占全县公路总里程的91%，其中建成美丽经济交通走廊150千米，新建改建农村公路均达到四级以上标准，农村公路优良中等路率达92%以上，实现“农村公路通到哪里，风景就延伸到哪里，产业就发展到哪里”。

2017年，桐庐荣获全省第一批“四好农村路”示范县称号；2018年又荣获“四好农村路”国家级示范县称号。

建设“四好农村路”是一项优化城乡环境、激活发展能量、擦亮城市品牌的系统工程。桐庐县通过“公路+产业”“公路+旅游”的方式，修一条路、造一片景、富一方百姓，并演化出万千气象。

今天，一条条不断延伸的农村公路，在桐庐大地盘山而绕，沿水而建，犹如飘逸的一条条彩带，串起了一座座大山，连起了一个个乡村，与农户住家、产业园区、山水景观巧妙地融合，成为助力产业发展、振兴乡村经济的风景路、致富路、幸福路……

桐庐县自实施“四好农村路”建设以来，美丽农村公路不仅串联起一个个乡镇村庄，也串联起众多风景名胜。今天境内“四好农村路”的“四环九线”新格局已呼之欲出，通过“四环九线”这一布局，对境内重要县乡道公路、通景（含村落景区、民宿聚集点）公路实施“四好农村路”全覆盖行动。

“四环九线”共涉及4个街道、10个乡镇、107个建制村，又涉及38条总长约339千米的公路、13个公路服务站。其中9条精品示范路将要重点打造，结合当地美丽乡村建设全面美化路域环境，实现建设一条、提升一条，整治一条、见效一条、美丽一条。

一条条美丽的农村公路，依山傍水，不仅景色优美，而且可观看的资源也十分丰富，仿佛就是镶嵌在山水间的一个个音符，演奏出当代乡村振兴的美妙乐章。“四环九线”的每一环、每一线都有不同的主题、不同的特色，展示出无限的魅力。

富春江乡村慢生活体验区位于桐庐县的富春江上游地段。它是以富春江镇的芦茨、茆坪、石舍三个村及国家级风景名胜严子陵钓台、白云源两个著名景区为基础规划的，总面积62平方千米。慢生活体验区内的县道湾茆线，就是“九线”之一的“四好农村路”精品线路，该路由湾里村起点，途经芦茨村、蟹坑口，终点位于茆坪村，虽然只有11.439千米，但它是富春江乡村慢生活体验区内的主要通道，这条公路串联起了这里的一个个景区景点。

湾茆线公路被列为2018年度杭州市民生实事项目之后，桐庐县交通部门就把它当作“四好农村路”的精品示范线路来创建，改造沥青路面27550平方米，路肩硬化260立方米，修复挡墙252立方米，新建和修复边沟4650米，更换草绿色喷塑波形护栏3680米，鹅卵石加高边沟3746米；并利用山脚坡地及废弃边角地新建三处停车休息点，护栏下盆栽月季50000余株，种植麦冬2000余平方米，设置花拱、花架、花箱、漆划废轮胎加以点缀美化。

随着“四好农村路”的逐步推进，湾茆线的路域环境越来越美丽，为这里慢生活休闲旅游的日渐红火创造了良好条件。这条线路以江与溪、山与谷、村与田等原生态自然景观为构成要素，以原生态、原生活、原生产等乡村元素为主要特色，沿途田园风光秀丽，村落生活闲适。一年四季到这儿休闲旅游的人一茬接着一茬。他们来来去去欢声笑语，惬意至极。

而且沿着公路还有一条美丽的绿道，可以让人享受慢骑、慢享、漫游的滋味，领悟“慢生活”的妙处。难怪人们经过湾茆线这条公路，一切都会感觉慢了起来，不仅人们的脚步放慢，就连路过这儿的汽车也会放慢车速。因为这儿满目皆绿遍地景，这条路上没有步履匆匆，也没有焦虑不安，有的只是山清水秀和那慢悠悠的生活气息，自然山水美景与历史人文相融合，让人有一种“车在路上行，人在画中游”的诗情画意。

县道徐七线

徐七线是一条由东北往西南的重要县道公路，这是“四环九线”中第一环的主要线路。它一头与16省道相接，一头与320国道连接，经莪山、钟山后进入建德的钦堂，终点位于七里泷，境内全长22.4千米。为充分发挥桐庐独特的山水禀赋和丰厚的人文底蕴，打造“山水如画、人间仙境”的县域大景区，县交通部门会同沿线乡镇对沿线的环境首先进行了整治，并进行路况改造与景观提升等，达到“一路山水一路景”的目标。

2011年，徐七线横村至钟山段全长11.432千米进行了拓宽改建，公路达到了二级标准，设计行车速度60千米/小时，路幅布置为：行车道宽2×3.5米、硬路肩宽2×1.75米、土路肩宽2×0.75米。

从2015年开始，又对徐七线沿线范围内的彩钢棚、违章建筑以及破烂的简易棚进行拆除。沿线农户的围墙统一设计、统一规范，改成通透性的围墙，并对墙体进行美化。横村镇政府还对徐七线沿线的绿化景观进行提升，在富乐村委和杜预村村口等规划建设景观节点，提升村庄环境面貌，不仅公路两侧美化，而且行车环境得到极大改善。

县道徐七线团结门牌坊

2016年，桐庐县迎春南路入榜“浙江十大最美入城大道”称号；S210省道杭州段（桐庐—建德）获得“浙江十大最美绿化国省道”；X506徐七线获得“浙江十大最美绿化县道”称号。

“忽如一夜春风来，龙起凤舞畲乡美。”随着徐七线的悄然蜕变，也为今天莪山畲族民族乡翻天覆地的变化创造了良好的条件。今天这条连接杭州市唯一少数民族乡的“民族之路”，犹如一颗颗珍珠装点着飞舞的彩带，串起了沿线的村镇、精致的村落，春天看油菜花开，夏天观紫薇摇曳，秋天见黄甲遍野……

当天朗气清的日子，你驾车行在这条最美的路上，便可以寻到诗和远方。

龙峰民族村是位于徐七线上的畲家山村，距桐庐县城19千米。这儿四周群山环抱、环境优美、文化底蕴深厚。随着徐七线“四好农村路”的建设，景观农业的风生水起和人们对美好生活的向往，龙峰民族村逐渐推出了休闲观光与生态农业结合的旅游活动，比如诸家畈农田的“2018飞龙、舞凤、祥云”新景观，就是龙峰民族村的一大亮点，也是美丽龙峰建设的一个缩影。这里会经常出现端着“长枪大炮”摄影、观景的人，使这儿一下子热闹了许多。

有人说，桐庐的春天是从阳山畈开始的，因为在春的世界里，阳山畈的春天气息会更浓郁、更芬芳。春天，山坡上田野里成片的桃花同时盛开，桃树下面油菜花也不示弱竞相开放。那一片片红晕似的桃花撒向漫山遍野，使这里变成了一片花的海洋，馨香四溢，呈现一派生机盎然的景象。

阳山畈村是桐庐县“四好农村路”第一环带动效应的村落，连接16省道的是一条宽阔平坦的沥青路面公路，首先穿过村口书有“毓秀阳山”的高耸牌坊，放眼望去，漫山遍野都是繁花盛开的桃树梨树，欢迎着远道而来的客人。

这里的美丽公路不仅通到了村口，而且还绕进了桃园，并一直连到了山上的观景平台。村口一棵树龄四五百年需数人才能合抱的大樟树枝繁叶茂，似守卫又似迎宾，古树旁有一口用块石和旧石板堆砌的古井，有一方石碑，上面镌刻“阳山井”三个大字。

阳春三月是桃花粉墨登场的季节，这儿的桃花红遍了碧绿的田野和山坡，一株株桃树舒展起自己的枝条，在春风的吹拂下，争相展示它那美丽的身姿；桃树下那碧绿的小草，在温暖的阳光下也惬意地伸着懒腰，舒展起筋骨；而种在山坡、田畈里的油菜，在青翠间已冒出朵朵金黄，与桃花一齐争芳斗艳，相互比美。

诗画般的阳山畈，像珍珠洒落在缱绻的自然景色之中，杭州桐庐的每一届山花节主会场都设在阳山畈村。开幕日，来自全国各地的赏花游客足有万人以上，赏花的、拍照的，买农产品的，或三五成群，或组团结队……阳山畈村可谓赚足了人气。

分水镇新龙村曾经是一个三面环山一面环水的“孤岛”，分水集镇虽然近在咫尺，但以前村里的人到分水镇去，不是摆渡，就是绕上一大圈的小路，交通十分不便，所以村民们背井离乡外出打工，年轻人都到外面去了，更没有外人会到新龙村来。如今村民们纷纷回归，甚至还有杭州、上海的投资者慕名前来。新龙村到底发生了什么改变？

这里的一切改变缘于新龙村的路通了、桥连了。今天，一条路面平坦整洁、路两旁鲜花盛开、绿树成荫的通村公路，从新龙村的3个自然村一一穿过，新龙村与白沙村中间隔着的前溪，也由新龙大桥把两岸连接起来，路通桥连让新龙村变成了一座“兴隆村”。

路通了，桥连了，如同千万条毛细血管，原来孤独偏僻的新龙得以融入杭州、浙江乃至全国的经济圈。村里的自然环境突然变成了一种财富，种植无公害蔬菜的农业公司来了，造度假公寓的开发商来了，资金源源不断地流进来了。物资和资金的流入，让这儿告别了穷乡僻壤，村民们走上了脱贫致富之路。

在新龙村的七彩百合花特色庄园里，300多亩的百合花海在分水江边荡漾，一个周末就来了上万名游客。同时，八曲茶庄、溪畔农家乐、榆榕庄、九龙郡等项目的相继落户、建设和竣工，使新龙成为一个新兴的乡村游目的地。

村民叶洪波就是被家乡的这片美丽吸引回来的。他离村28年，回家办起了“忆庐”精品民宿，向一拨拨前来探访的自驾游客说着新龙村的变化。

近年来，交通部门坚持问题导向、需求导向、效果导向，高水平、高质量推进“四好农村路”建设，以“设计上领先、绿化上提升、整治上从严、设施上完善、庭院上整治、色彩上丰富、节点上出彩、线型上美丽、文化上特色”等方面为重点，将群众满意作为运营好农村公路的目标，推动“走得了、到得了”向“走得好，走得舒畅”转变。比如借助杭黄铁路通车机遇，调整优化县城客运站布局。开通重点乡镇（街道）与县城直通线路。在城乡公交建制村通达率100%的基础上。把“四好农村路”建设当作一项长期而艰巨的任务，重在常抓不懈，贵在持之以恒，努力将农村路化为潇洒桐庐的美丽风景线、人文历史线、生态富民线。

“美丽公路是桐庐生态如画、城乡如画、和谐如画，打造现实版富春山居图过程中的骨架和基础，对于桐庐而言更是通达路、景观路、致富路、文明路和惠民路。”2016年7月20日，时任县委书记毛溪浩在会见“看尽‘浙’一路风景”媒体采风团时，如是阐述他对美丽公路的理解。他表示，桐庐是浙江美丽公路建设的“样板县”，未来桐庐更要将美丽进行到底。

2018年11月20日

柒

拥有现在 展望未来

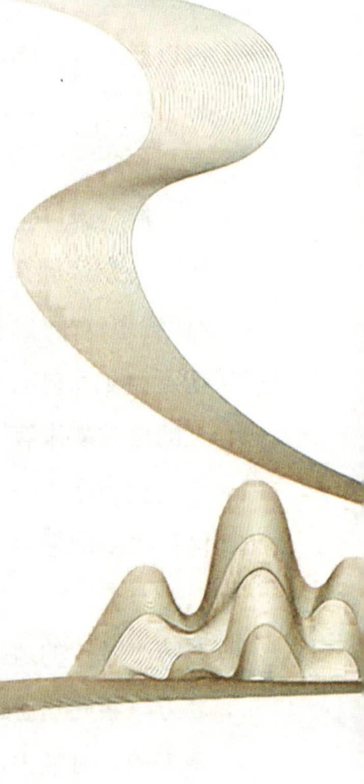

2021年7月是中国共产党建党100周年，也是1934年7月桐庐县首条公路建成通车87周年。沧海桑田，神州巨变，100年的光辉历程，走出了一条亘古不变的真理：中国共产党是时代的中流砥柱，是中华民族的脊梁，而桐庐的公路事业从无到有，更是发生了翻天覆地的变化，并且迎来了前所未有的发展机遇。

美丽公路串联诗画名胜

“天下商埠之兴衰，视水陆舟车为转移。”人类的生存与社会发展自古以交通为基础，一个区域的经济和城镇体系的发展与它的运输通道密不可分。而在一定区域内，以旅游业为优势产业， 构建全域旅游发展大格局尤其如此。

桐庐素以“奇山异水，天下独绝”而著称，从当年的“以舟为车、以楫为马”，到今天杭黄高铁、杭千高速、320国道、302省道、208省道、210省道等干线骨架的形成，如果把这些干线公路比作人体的主动脉，而把延伸在乡村的一条条农村公路形容成人体的毛细血管，那么桐庐县版图上的血脉从未有过如此的细密和畅通。桐庐交通事业在改革开放中得到了长足的发展，交通人为创建“中国优秀旅游名县”“国际休闲乡村示范区”“中国最美县城”做出了应有的贡献。

今天，站在桐庐1800年历史的坐标之上，我们完全可以自豪地说，没有哪个时代的道路能像今天这般的四通八达。如果说当年“费长房有缩地之方，秦始皇有鞭石之法”的话，那么今天所看到的完善公路网络为人们带来的神奇魅力，给全域旅游的催化作用，他们的“缩地”“鞭石”之法也就微不足道了！

一

完善交通体系，助力全域旅游。如果说当年320国道的开工建设，掀开了桐庐国省道干线公路建设这本书的扉页，那么后来“交通西进”“干线畅通”“乡村康庄”“美丽公路”“四好农村路”等一个个工程的启动，就是这本书的篇篇彩页了。

善弈者谋局。进入21世纪后，随着杭州市“旅游西进”战略的实施，以及“交通西进”和“干线畅通”发展战略的相继提出，要求改善交通干线到各大景区“最后10公里”的道路状况，使旅游车辆能够顺畅地出入景区景点。桐庐县交通部门在上级交通主管部门大力支持下，及时绘就了一幅高标准、高起点、大视野，实现跨越式发展的“交通西进”宏伟交通蓝图。

“交通西进”和“干线畅通”工程，是在“接轨大上海，融入长三角”大背景下提出来的发展战略，这是一个历史性机遇。桐庐交通人以其特有的抢抓机遇敏锐性，首先把连南贯北、承东启西，在桐庐交通运输网络中占举足轻重地位的208省道（原16省道）、302省道（原05省道）列入拓宽改建的议事日程。

如今，展现在我们面前的这两条现代化公路，如黑色的蛟龙，穿越在青山绿水的桐庐大地；更似一条绚丽的彩练，把桐庐富春江北面的山山水水、乡乡村村和旅游景点系在了一起；而那座座桥梁更像“飞来千丈玉蜈蚣，长卧青山秀水间”，一头枕着南岸，一头连着北边，天堑变通途，天涯成咫尺，使桐庐西北部的边缘山村与县城和省城一下缩短了距离。

杭千高速公路　黄强慑

“杭千高速公路”6个字刚在媒体上出现，就令桐庐人个个心喜若狂。因为这6个字寄托了一个构建发达交通网络、发展崛起的梦想啊。

路是历史的长河，路也是民族的脊梁，路更是大自然最美的诗，而今天的杭千高速公路桐庐境内段可算是诗中的极品了。一条现代化的高速公路，又把桐庐的山山水水与杭州、上海等大城市系在了一起，使桐庐与“长三角”的时空距离不再像过去那么遥远。

210省道（原20省道）桐义线是与山水自然相融的一条公路，给人有一种“车在路上行，人在画中游”的感觉。这条公路一头连着高楼大厦的城市，一头通向枫岭石舍的山村；左边飞瀑小溪，右边巉岩峭壁，沿途文化底蕴深厚，并有古村古迹一路美景。这条公路为富春江慢生活体验区的开发创造了良好的条件。

四通八达的农村公路是桐庐县改革开放以来变化中最具代表性的缩影。提到出行，人们思绪此起彼伏，感慨万千。他们不会忘记，当年乡间那曲折蜿蜒的羊肠小道、那坑洼不平泥泞不堪的山村小道了，人们多么想改变这落后的面貌啊。

浙江省委、省政府实施“乡村康庄工程”战略之后，桐庐县迎来了农村公路建设的新高潮，其势头波澜壮阔。县交通部门把“乡村康庄工程”作为帮助农民告别贫困、发展经济的大事及实践“三个代表”重要思想的具体体现。他们积极做好农村公路再提高这篇文章，从而保障“乡村康庄工程”的顺利推进。

公路是现代文明的主要窗口。孙中山先生曾经说过：“道路者，文明之母也，财富之脉也。”“乡村康庄工程”不仅改善了贫困地区的道路交通条件，而且还使公路沿线的人民群众开阔了眼界，转变了观念，促进了乡村经济建设和精神文明建设，推动了社会进步。

桐庐县交通运输局坚持以“绿水青山就是金山银山”作为美丽公路建设的落脚点，不断把“美丽公路”的潜在优势转化为发展“美丽经济”的强大推动力。桐庐境内依托当地有利的山水优势，大力发展乡村休闲旅游，一大批农家乐、高端民宿和乡村休闲景点像雨后春笋般地涌现出来。

交通人为贯彻落实好习总书记的重要指示精神，根据交通运输部、省市各级对“四好农村路”建设的工作要求，他们补短板，破瓶颈，拉高标杆，再接再厉，高水平地推进桐庐“四好农村路”建设，为高质量助推乡村振兴战略、助力全域旅游发展提供了重要的支撑。2018年桐庐县被评为全国“四好农村路”示范县。

一条条蜿蜒平坦的公路，会带着你去远方；而一个个美丽舒适的公路驿站，会吸引你留下来。桐庐交通人在打造一条条畅、安、舒、美、绿农村公路的同时，还打造了一个个富有特色的公路驿站、候车亭、观景平台、停车休息处等，使其融入一路的景色，成为公路转角处一道道别致的风景线。

改革开放以来，无论是道路运输基础设施建设，还是道路运输发展环境及运输工具的变化，都让人刮目相看。尤其随着实现城乡客运一体化和全域旅游的发展，境内构筑起城乡公共交通大体系，客运服务也朝着安全、舒适、便捷、协调的方向发展。今天，桐庐不仅与上海、杭州等周边大城市有着多条线路的快客营运，而且县城至各乡村、旅游景区景点均有不间断的公交车或班车营运，人们的出行实现了前所未有的便捷。这也是桐庐交通近年来的一大新亮点。

道路一头担着过去，一头连着未来，随着国家经济的日益繁荣，国力的不断壮大，人民生活水平的日益提高，公路的地位也将越来越重要，作用也越来越显著。桐庐交通沐浴着改革开放的春风，踏着如歌岁月的足迹，几经蜕变，从羊肠小道到康庄大道，从封闭走向四通八达，从落后走向超前发展，已焕发出了勃勃生机。

二

公路四通八达，串联名胜古迹。苏东坡有诗赞曰：“三吴行尽千山水，犹道桐庐更清美。”桐庐山清水秀、空气清新，优越的自然禀赋和源远流长的文化积淀，为县域旅游发展提供了广阔的生态承载空间与文化底蕴；而优越的地理位置和便捷的交通条件，又为桐庐全域旅游的崛起、高质量发展，提供了优势条件与强大推力。

以公路串起风景旅游景点在桐庐有着先见之明的思路。1931年桐庐严子陵钓台当时被列为全省17处名胜之一后，1934年7月桐庐境内建成第一条杭兰线公路（即后来的320国道）的同时，芝厦至旗门底6.24千米通往严子陵钓台的旅游支线也相继建成通车。又比如1982年10月开始拓宽改造208省道（原16省道）桐庐至阳普段公路，它为瑶琳仙境的开发插上了腾飞的翅膀，使瑶琳仙境景区有“全国诸洞冠”之美誉，而且还被国家旅游局评为“中国旅游胜地四十佳”。

杭千高速公路和320国道是桐庐境内两条东西向并行的干线公路，这两条公路把沿途的风景名胜像珠子般地串在一起，为沿途的旅游发展创造了良好条件。杭千高速桐庐境内4个出口匝道，每个出口处都可以让人看到一个个美丽的风景点。

国家4A级江南古村落景区就在杭千高速进入桐庐境的第一个匝道出口处，该景区由深澳、环溪、徐畈、荻浦4个村组成。粉墙黛瓦胜水墨，古韵新风拂面来，仅深澳村就有明清时期和民国时期的古建筑200多处，古建筑外拙内秀，雕刻十分精美；同时还有较为完好的明代古水系，部分明沟暗渠和坎井至今仍在使用。

第二个匝道出口处的翙岗村，也是“国家级传统村落”和“省级历史文化村落”，该村有大批古建筑群，传统聚落形态和典型建筑保存尚好，具有鲜明的地域特色。人们行一段翙岗古街，感受刘伯温、李康等名人文化，在白墙黛瓦飞檐中恍如在穿越时光。

从杭千高速第三匝道出口便进入桐庐主城区了。放眼望去，绿树红花与鳞次栉比的高楼互为映衬，犹如太阳编织的一道美丽彩虹。桐庐县城是一座富有诗意的城市，“城在山水中，山水在城中”，悠久的历史与绝版的山水完美融合，使这片美丽的土地充满了诗画般的色彩，把这里誉为“中国最美县城”“国际花园城市”可谓实至名归。

著名的大奇山国家森林公园和桐君山景区就在桐庐县城的南北两地，到景区的道路交通十分方便。大奇山国家森林公园系龙门山余脉一隅，史称“江南第一名山”，境内有山峦、怪石、峡谷、溪瀑，以雄、险、奇、秀、幽而著称，是一处集江南山水与草原风光于一体的综合性森林公园。

305省道（原23省道）富衢线穿越县城的北面城区，桐君山和千年古刹圆通寺紧挨着这条公路。桐君山一峰突兀，高60余米，位于富春江与分水江汇流之处，如翠玉浮水，故有“小金山”“浮玉山”之称。清末梁启超赞其为“峨眉之一角”，而康有为则誉之“峨眉诸峰不及此奇”。

桐君山系中药鼻祖桐君老人结庐炼丹、悬壶济世之地，山巅建有桐君祠，祠东有一高20余米的千年白塔。塔之左右有亭两座，左为钟亭，内置百龄大钟一口；右为四望亭，步入亭，举目四望，四周群峰环绕，翠峰如簇，富春、分水两江萦绕，跃入眼帘的桐庐县城会让你古韵新风扑面而来。

杭千高速第四个匝道出口为富春江镇，这儿离一个叫旗门底的地方很近，去严子陵钓台的游轮码头就设在这里。自七里泷建了富春江电厂大坝后，这里就成了高山平湖。乘着游轮去严子陵钓台，但见两岸秀峰连绵，山环水绕，层层如画。当游轮来到严子陵钓台时，举目之处，东西两台巍峨对峙，耸天而立；台下建筑粉墙黛瓦，飞檐翘角，阁楼相拥，既古朴又庄重，见景生情，一股急切拜谒先贤的心情油然而生。

钓台古迹的生辉在于历史上名人荟萃和风光的独佳。自汉以来，唐、宋、元、明、清历代文人，曾留下了1000余篇有关严子陵钓台的诗文，这几乎是一部浓缩了的中国文学史。舟行“小三峡”，一路水光山色扑面而来，富春江穿过这里时，江面变得无比的宁静，天光水色柔和极了，青山环翠，泷水绕碧，山亦无可再明，水亦无可再秀。

302省道（原05省道）新淳线由富阳境进入桐庐后便有琴溪香谷风景区。这儿奇特的山地小气候，冬暖夏凉，十分宜人；峡谷内漫山遍野的桂花树，蝶飞蜂舞，满峡飘香；峡谷岩溶地貌奇特，在绿树与古藤的掩映下，伴有大批裸露的石苞、石芽和悬崖石壁。晚唐诗人施肩吾和徐凝曾在此龙门寺同窗求学，同举进士，其中施肩吾高中状元。

省道新淳线途经瑶琳境内，此处是溶洞景观的聚集之地，最著名的有瑶琳仙境、垂云通天河、瑶琳国家森林公园、红灯笼景区等。瑶琳仙境景区面积达50万平方米，曲折有致的洞势地貌、瑰丽多姿的钟乳立柱、锦绮云霞般的嶙峋怪石，让人感叹大自然的鬼斧神工，故被誉为“全国诸洞之冠”。画家叶浅予夸其“中国少有，世界罕见”。

垂云通天河是一条沉睡亿万年、富有神秘色彩的地下岩溶暗河。小舟进入暗河的洞门后，河道弯弯曲曲，时而宽宽，时而又窄窄；一会儿洞顶低垂低头而过，一会儿洞穴又变得十分高大，洞内钟乳石形态各异，在彩色灯光的照射下，五颜六色，熠熠生辉，让人大饱眼福。

新淳线省道途经百江镇后，有一条叫百富公路的支线直达天子地生态景区，该景区享有“深山老林中的绿色明珠”之美称。高阔的洞天、幽深的暗河、悬空的瀑布、密集的钟乳石，似万千神斧凿就，千奇百怪，汇成气势雄伟的洞穴大观。这里又有争奇炫异的自然奇观，登高揽胜，抬眼白云飘逸，俯视群山风姿，云雾缭绕，峰巅时隐时现，让人流连忘返，是观光胜地和度假福地。

三

“四好农村路”催化美丽经济。“绿水青山就是金山银山”是习近平总书记对人与自然关系的哲学解读，也是对经济发展与生态保护两者之间辩证统一关系的生动表述。将生态环境优势转化为经济优势，促进绿水青山与金山银山的良性循环，发展乡村旅游就是最好的路径和方式之一了。

近年来，桐庐县交通运输部门以打造美丽公路、景观公路为出发点，将公路沿线的美丽乡村、历史保护重点村落、农家乐与民宿集聚村等人文自然景观连点成线，用颇具个性的“四好农村路”串联起一条条精品旅游线路，为催生“乡村美丽经济”发挥了具大的作用。

县道徐七线是一条体现畲乡风情魅力的公路。比如有一条通往大山深处的乡道潘戴线，公路建成通车之后，戴家山自然村发生了翻天覆地的变化，尤其是近年来随着“四好农村路”建设的推进，这个偏远小山村一下子吃香起来，变成人们发思古之幽情的地方。

阳山畈村通往桃园景区的公路

戴家山办起了一个个高端民宿、农家乐，这儿已成为人们纵情山水、寻胜访古、体验畲家民族风情、休闲度假的精神家园。不仅上海、杭州等大城市的一批批客人赶来，甚至连外国人也寻到了这里。云夕戴家山还成了国内六大经典特色民宿之一，其中一家被CNN评为“中国最美的书店”——南京先锋书店——的分店也开到了戴家山。

九龙潭是一个藏在崇山峻岭、人迹罕至的自然景观，这儿的龙涎顶海拔931米，高耸的峦峰直插云霄，山峦层层叠叠，连绵起伏。在公路没有通之前，这里的山水资源最多也只是遇上干旱年份，附近老百姓作为一个祈雨的场所而已。

县道柴雅线修通之后，尤其雪水岭隧道贯通和沿线公路等级的改造提升，山门一经打开，连九龙潭的水也“活”了起来，成了桐庐县东部的登高游览胜地。

天龙九瀑景区从龙涎顶下泻的清泉，随山势落差下跌，或曲折幽深，穿石破崖；或银河泻落，雷霆龙吟。水雾四散，溅起晶莹的水花，使人感觉在雪霰之下。这儿的瀑布落差有高有低，碧潭也大小不一，各有秋色，令人陶醉神往、魂牵梦萦。

白云源大龙门瀑布原本是无人涉足之地。连接210省道（原20省道）桐义线建成一条芦梅线旅游公路后，这儿的自然资源优势就凸现了出来。白云源风景区有一处宽13米、垂直落差70多米、呈S形磅礴而下的大龙门瀑布，瀑布下方是一个宽500多平方米、深约2米、俗称龙潭的大碧潭。潭中鱼嬉渊底，清澈可见；而潭中溢出的水流拥银堆雪般流过一块块巨石，轻轻舒展地流向远方。大龙门除有飞瀑外，四周古树苍绿，老藤乱攀，山花映红，鸟雀鸣啾，不啻为一幅佳景美图。

县道湾茆线经过湾里、芦茨、茆坪等村庄，沿线山清水秀，风光旖旎，画家黄公望的《富春山居图》、李可染的《家家都在画屏里》实景地就在这儿，连央视《远方的家》等栏目组也将镜头对准了这儿，这是一条穿越芦茨慢生活体验区的公路，也是一条历史人文底蕴厚重的公路，当然，更是一条催生美丽经济的公路。

富春江乡村慢生活体验区以芦茨、茆坪、石舍3个古村落为节点，与严子陵钓台景区、白云源自然风景区交相辉映，依托区域内独特的山水景观和深厚的文化底蕴，集生产、生活、生态为一体的多功能产业区，其引入的业态突出一个“慢”字，使其成为都市人放慢脚步、放飞心灵、回归自然的首选之地。慢生活体验区还有一条绿道，串起了整个体验区，可以让人享受慢骑、慢享、漫游的滋味。

如今很多地方的农村在逐渐走向落寞，有的甚至出现了“空壳村”，而旧县街道合岭村则人气旺盛，成了人们喜欢聚集的地方，就连湖南卫视推出的大型生活服务纪实节目《向往的生活》第二季也赶到这里来拍摄，使这里变成“网红之地”。

合岭村的面貌改变，一切缘自县道旧钟线公路的修通，尤其这条公路成为“四好农村路”示范路之后，道路交通条件不断改善，大巴车也一辆接着一辆地开进来了。游客蜂拥而至，尤其节假日这段时间，不仅这里的农家乐常常客满，就连那些价位数千的高端民宿也几乎订不到房间。

分老线是一条傍山沿溪穿越在西北部山区的县道公路，在分老线上有一条合大线支线，这条支线今天已成为桐庐生仙里风景区的景观公路，公路在瑶溪峡中穿行，沿途依山傍水，村庄靓丽，山林丰美，奇石林立，溪流萦绕；昂首便是怪石嶙峋，低头可见流水潺潺，远眺又是满目茂林耸翠。

合大线原本是解决高凉亭村出行难而修建的通村公路，今天，在高凉亭村的大山深处已经引进了两家大型旅游企业，当地村民还开起了农家乐与高端民宿。可以说是公路的嬗变，促进并带动了高凉亭村的嬗变，使这儿的美丽资源因路而变身美丽经济，为这里村民创造了财富。比如瑶溪峡谷具有开发激流探险的资源优势被人利用之后，如今仅激流探险的年收入就达3000万元以上，其中最高峰的那一天有8700多人漂流。雅鲁激流探险不仅带动了合村乡的全域旅游发展，也推动了这里道路交通的再提升。

该文原载 2020 年 6 月 17 日《中国改革报》

展望未来，我们一路引吭高歌

中共十五大报告中首次提出“两个一百年”奋斗目标：到建党100年时，使国民经济更加发展，各项制度更加完善；到世纪中叶新中国成立100年时，基本实现现代化，建成富强民主文明的社会主义国家，达到中等发达国家水平。

“两个一百年”奋斗目标，将中国梦的宏伟蓝图和光明前景具体化，而实现“两个一百年”奋斗目标则是实现中国梦的基础。习近平总书记说：“现在，我们比历史上任何时期都更接近中华民族伟大复兴的目标，比历史上任何时期都更有信心、有能力实现这个目标。”

杭黄高铁 黄强摄

2021年7月是中国共产党建党100周年，也是1934年7月桐庐县首条公路建成通车87周年。沧海桑田，神州巨变，100年的光辉历程，走出了一条亘古不变的真理：中国共产党是时代的中流砥柱，是中华民族的脊梁，而桐庐的公路事业从无到有，发生了翻天覆地的变化，并且迎来了前所未有的发展机遇。

今年6月28日，我有幸参与桐庐县综合立体交通网规划（2021~2050年）的讨论。参与这个规划的讨论，我的心像一壶刚烧开的沸腾的水一样，激动得要溢出来了。桐庐县公路事业一个崭新的起跑线又划出来了，未来30年一种全智能化的公路即将出现。

历史巨轮滚滚前行，过去了的终究过去，当初的期待实现与否，也同样被时光带走了。回望过去，我们付出了汗水，付出了努力，也收获了喜悦，收获了成功，在我们桐庐交通人五彩斑斓的人生涂上了重重一笔。对于未来，交通人又将挥起勤奋双臂加油干了，桐庐县为实现建设交通强国样板县的总体目标，将着力构建更加高效便捷、内畅外联的现代综合立体交通网络体系。

2020年至2025年，统筹推进轨道交通、综合路网、美丽交通、数字交通等特色工程，完成有效投资600亿元。至2025年，现代公路网总里程将超过2100千米。

其中，重点建设完成湖州至杭州西至杭黄铁路连接线工程、杭温铁路二期杭州至义乌桐庐段建设工程，共计38.8千米；加快谋划推进杭州经三江口至建德市域铁路桐庐段建设，里程31千米。

加快高速公路、普通国省道、农村公路等多层次公路网建设，打通县界断头路，加强各级公路之间的互联互通，交通设施的覆盖度和通达度进一步提升，全面实现“人享其行，物优其流”。

在杭州亚运会前，钱塘江、富春江、新安江一线将全面贯通绿道。其中，位于富春江南岸起自东舒线江南镇横山埠村与富阳交界处，与富阳区已建绿道相接，终点富春江三桥，全长10.8千米。未来人们从桐庐出发，可一路骑行到杭州主城区。

紧挨这条绿道的疏港公路，就是未来优化国省道网布局“两纵四横”的其中一横，即规划中S310奉化至桐庐公路的其中一段。疏港公路桐庐综合码头至江南镇荻浦村全长14.317千米。该项目由主线和接线组成，其中主线长13.293千米，双向四车道，设计速度为每小时80千米

该项目富春江三桥至舒川段工程全长1.4千米，目前已进行沥青路面摊铺，预计今年将具备通车条件；舒川至古城段工程全长2.15千米，路基工程与桥梁下部结构基本完成，目前正在进行桥梁上部结构梁板架设、水稳试验段摊铺，预计今年底完成各项主体工程，明年4月份全面完工；接下去将实施古城至荻浦段，该项目建成后，县城与凤川街道、江南镇往来也将更便捷。同时，桐庐与富阳之间的交通将会更加方便。

打造高效便捷的轨道网。一是构建“一横一纵”的高速铁路线网布局。在已打通杭黄高铁通道的基础上，又开始打通湖温等方向的高铁通道。“一横”为杭横高铁；“一纵”为杭温高铁，增设桐庐东站至桐庐站接线，预留通行线位。

杭温高速铁路是浙江省内实现杭州都市圈、金华-义乌都市圈和温州都市圈1小时达到的最快捷通道，也是长三角高速铁路圈的重要组成部分。湖杭铁路二期桐庐段自江南镇窄溪村引入桐庐境内，于窄溪村中部新建桐庐东站，经莲塘村后折入凤川街道，依次经过翙岗村、园林村，之后进入城南街道仁智村，于东兴村接入桐庐站。然后，经小源溪景区进入金华浦江，在义乌站连接杭温铁路一期。

杭温铁路二期是一条建在桥梁上和隧道里的铁路，新建正线长度58.394千米，桥隧总长达55.971千米，占全线95.85%；全线设桥梁21座、隧道22座，平均不到3公里就有一座桥梁和一条隧道。

其中富春江特大桥是湖杭铁路的控制性节点工程，也是国内首座设计时速350千米／小时的4线无砟轨道高低塔斜拉桥，一跨跨度达300米。无砟轨道是当今世界先进的轨道技术。湖杭铁路是2022年杭州亚运会重要对外交通保障工程，自2019年9月开工建设以来，目前正在紧张施工之中。

更让人惊喜的是，桐庐除了有“一纵一横”高速铁路以外，基于杭州

市“一环八射三联多支”超700千米的大型市郊铁路网规划，未来还将规划构建桐庐境内“两横一纵”市郊铁路布局，强化与杭州、富阳、建德、临安等市（区）的联系。其中，“两横”即杭州至建德市域铁路；富阳至淳安县域铁路；“一纵”即临安经桐庐至牌头（诸暨）市域铁路。

打造外联内畅的道路网是未来发展的趋势。一方面将推进高速路网的完善，进一步加强桐庐与周边区县(市)的联系，支撑杭城西郊交通枢纽建设，规划形成“两纵两横”高速公路网布局，桐庐境内高速公路总里程达143千米。“两纵”即临建高速公路规划建设；桐义东高速(温义合高速)。“两横”即现有杭新景高速公路；规划建设杭淳开高速公路。

“两纵”之一的临建高速公路已于2020年1月动工建设，该公路起于浙皖交界的千秋关隧道，经临安、桐庐、建德，终于杭新景高速安仁枢纽，全长约85.4千米，其中桐庐境内36.2千米，按照双向四车道标准建设，设计限速为100千米。桐庐段主线设置桥梁7.6千米/29座，隧道19.5千米/17座，并设分水、瑶琳、横村三处互通立体交叉与瑶琳服务区。

临建高速公路是打通浙江、安徽的省际高速公路大通道，对桐庐的发展尤其是中西部地区的崛起具有重大意义。开工以来，由于受疫情的影响，各个标段的施工均受到了延误，有的延误一个多月，而四标段的隧道开工被迫推迟到5月。

3月3日，在经过严密的“体检”后，临建高速四标项目的分水江主线桥墩柱施工现场，挖掘机挥臂，运输车穿梭，工人们戴着口罩、手套忙碌的身影和机器的轰鸣声，奏响了项目建设的“复工曲”。

五标段项目经理李敬伟表示:“虽然受疫情影响，延误了一个多月的工期，但目标不变，任务不减，通过资源优化，加大投入，确保把疫情期间耽误的工期赶回来”。随着临建高速桐庐段建设的全面复工，境内4个标段建设正加足马力，火力全开，为项目如期建成通车开启“加速度”。

8月5日上午10时许，随着一声爆破声，六标段中心坞左洞隧道顺利贯通，这也是临建高速桐庐境内首个贯通的隧道。按照计划，临建高速有望于2022年杭州亚运会前贯通。

另一方面，桐庐还将进一步优化普通国省道网布局。结合浙江省国道网规划方案以及省道网规划调整方案研究成果，为加强国省道体系在桐庐县域的合理布局，加强重点乡镇街道间的联系，支撑桐庐全县经济社会发展，县境内普通国省道路网将规划形成“两纵四横”布局，境内普通国省道里程达220千米

“两纵”，规划S218安吉至洞头公路(即境内23省道、柴雅线)、规划S219临安至苍南公路(即境内现16省道、20省道)；“四横”，规划G320、规划S214吴兴至建德公路(即境内现新龙线、徐七线)、规划S309普化公路(境内现05省道)、规划S310奉化至桐庐（境内现疏港公路、23省道）。

“两纵”之一的规划S218安吉至洞头公路，其中柴雅线先行提前实施的肖岭隧道于2019年8月28日开工。肖岭隧道路线全长1.612千米，隧道建筑限界：宽10.0米（左人行道1.0米+左路缘带0.5米+行车道2×3.5米+右路缘带0.5米+右人行道1.0米），高5.0米。为双向两车道二级公路标准，设计时速60千米/小时，投资额约1.5亿元。目前隧道已完成900多米，工期为2年。

柴雅线凤川至新合段改建工程主线起点位于凤川街道翔岗村，途经肖岭、高家、西毛村、东毛村、戴家畈、双坑坞至雪水岭，利用已建成的雪水岭隧道，路线继续经湖田、旧庄、新合、引坑村，终点位于与浦江交界的新合乡引坑村，全长36.452千米。该项目完成后，以后去凤川、新合等地，甚至诸暨、浦江都将更加方便，行车更加舒适。

深化“四好农村路”建设，将是未来一项重要的任务。未来将继续推进具有桐庐特色的“四环九线”的“四好农村路”建设，全方位打造“畅、安、舒、美、绿、智”的“自然风景线”“历史人文线”“生态惠民线”。至2050年规划将新改建“四好农村路”1600公里，进一步优化全域出行条件。

届时，按功能需求还将重点支持较大人口规模自然村（组）通硬化路，并努力提高建制村通双车道公路的比例，改善与提升资源路、旅游路、产业路建设，以“打通断头路”为重点，完善路网联通达度，打破公

路瓶颈路段，优化现有路网结构，强化安全生命防护工程与危桥（隧）改造，提升公路网运行效率，妥善处理“通”与“达”的关系，强化桐庐与杭州、建德、义乌、诸暨、浦江的快速通联，推进联网公路建设。

预计到2050年，全县综合交通线网合理规模约3000千米，其中新增里程1000千米。

盘点成绩，我们满怀欣喜；展望未来，我们激情澎湃。怀抱新的憧憬，我们又开始构建新的规划和畅想，让我们一起用信心和勇气，筑梦远航，去书写一个更加灿烂的未来吧！

2020年7月22日

長路飛歌

CHANGLUFEIGE

公路诗赋碑记

『宝剑锋从磨砺出，梅花香自苦寒来。』改革开放以来，经过全体交通人艰辛的搏浪苦泅，终于到达结满累累硕果的彼岸。在桐庐县公路建设的这艘航船里，满载的是一批批极其珍贵的收获。桐庐境内初步形成以国省道干线公路为主骨架、县乡公路为主动脉、通村公路为毛细血管的区域性公路交通网络。

每一条公路都是一首诗，诗句行间记载着公路人的酸甜苦辣。公路人的脚印是诗行最生动的平仄，公路人的汗水是诗魂最美的韵脚，他们写出时代腾飞的史诗，伴随我们满怀憧憬走向远方。

江南公路赋

江南者，桐江之南是也。斯地占县域三成人口，且无公路耶。行路之难，阡陌如羊肠。冬寒春愁，夏酷秋怆。时至壬子秋，始有桐浦公路。绕壑跨涧，蜿蜒峭壁，穿越崇山峻岭，开启县域东南之门。

逢盛世，春风飘扬。江南筑路，迎来希望。绘就壮阔画卷，谱写华丽篇章。立愚公移山志，炮钎榔头平山岗。树精卫填海心，肩挑手搬填沟塘。披荆斩棘兮，推开危崖千层障。改天换地兮，贯通绝岸悬飞梁。柴新公路兮，穿过群山连僻乡。江南公路兮，连接十乡百村庄。通村公路兮，牵手万家奔小康。国道公路兮，串起众省万里长。高速公路兮，畅游九洲任腾骧。路网辐射兮，通达四面八方。

看今朝，国道高速东西横贯，桐江天险凌湍悬梁。县道省道四面辐射，乡村公路处处康庄。车轮滚滚，商贾辐辏。经济腾飞，百业隆昌。

壮哉！赢来彩练当空舞，任凭车轮满路驱。天下神州无绝塞，江南大地皆通衢。

美哉！公路再添景观，扮成绿色长廊。注入文化韵味，塑造四好榜样。

戊戌年中秋

畲乡公路赋

莪山，峙龙峰诸山而挺秀，汇莪溪众水而流长。于戊辰年冬，成立畲族之乡。观其三十载之历程，嬗变令人慕仰。春风化雨，奋翅而腾骧。

叹当年，竹寮茅房。路难行，阡陌似羊肠。公路数，不足七里长。晴舞尘，雨天起泥浆。道崎岖，行者甚踉跄。路弯窄，苦雨凄风凉。途阻万般无奈，路通百业隆昌。欲思变，山哈群情激昂。思想不封闭，趁势把帆扬。敢叫崎岖变通衢，谱写畲乡新篇章。

逢盛世，春风扬。政府擘画，引领者古道热肠。部门扶掖，众乡贤善举共帮。逢山开大路，挥臂铸辉煌。彩练舞苍穹，乌龙绕山岗。车马已无阻，行者不彷徨。

欣哉！山寨通康庄。促进民族自信，风貌已经变样。草寮改成别墅，乡村扮靓新妆。塑起图腾，遍舞凤凰。田间盘歌，家有酒香。泥腿穿鞋，务工经商。小车代步，直奔小康。村落成景，民宿开张。财源广进，畲家庆觞。

壮哉！东与城市连接，西和邻乡相望。通衢四面辐射，路网千山无障。

美哉！四好农村公路，扮成绿色长廊。彰显文化底蕴，打造美丽畲乡。

戊戌年中秋

合岭公路赋

斯地，屏清冷而重峦，峙两山而合岭。崎岖历阡陌，十门九寂静。途阻万般无奈，处处皆是瓶颈。路通百业可兴，旗合一心施逞。民心所向，乡人憧憬。

逢盛世，如沐春风。引领者古道热肠，众乡贤共襄丰功。舍其崎岖阡陌，共谋康庄之梦。壬申春月，择吉鸠工。挥动铁肩膀，逢山路开通。癸酉初夏，斯路完工。天舞银练，地织彩虹。朝迎紫气来，晚送落霞红。春雷又激荡，斯地将喜逢。打造美丽公路，合岭魅力无穷。

欣哉！四通八达，彩练舞苍穹。道路盘旋，大山无嵱嵷。车马无阻，尹峰不穹崇。路达其福至，途通财兴隆。湖畔水边，几多渔人钓翁。峰巅岗上，无数人钻花丛。山村民宿，家家喜迎贵宾。熙来攘往，旅者游人闹哄。公路成佳景，合岭甚丰融。现有丰碑在，赫日耀当空。

壮哉！东与城市连接，西和畲乡阖拢。清冷不再峰高，银练挥舞苍穹。

美哉！美丽农村公路，沿途绿意葱茏。彰显文化底蕴，东西南北畅通。

戊戌年仲秋

桐庐县交通勘察设计有限公司企业赋

天下商埠之兴衰，视水陆舟车为转移。遥想穆王筑路，西域得征；秦修驰道，威加海内；唐开丝路，恩泽远盟。桐邑唐时拓路，明清设驿，壬申年始通公路。乙丑年，自有交通勘察设计室迄兹，历时三十五载矣。

忆往昔，感慨万千。江湖拥梦，抓铁有痕深；山中穿越，踏石留印沉。定线放坡；荒野駣征；断面测量，斩棘披荆。绘图设计，守夜熬更；检测监管，去粗取精。嗟乎！九层之台，起于累土；前尘影事，历历可睹。车轮滚滚，人心鼓舞；吾土繁华，其功必甫也。

至若时维庚辰，序属三春。蒙政府之高瞻擘画，沐体制之改革春风，企业转制，活力无穷。善弈者谋势，事必成功；同仁合力，高飞鹄鸿。斯业：交通设计，巧夺天工；工程咨询，专业精通。勘察检测，尽瘁鞠躬；监理管理，举正清忠。占得天时，雪霁春融；顺势而为，业界认同。舵手谨把航向，众人奋棹而呼；利源藉此倍增，企业日异月殊也。

喜看今朝，高速东西横贯，天险凌湍悬梁；公路四面辐射，乡村处处康庄。时遇己亥，斯企业华厦落成。颂曰：高楼耸立，喜气满堂；图开胜境，再续华章。为励后人承前人之鸿功茂绩，亦策来者而奋发有为，余应嘱请，恭抒芜词，聊凑一赋。己亥年春分。桐江许马尔撰。

荡江岭桥碑记

壶源溪，又名壶源江，源出浦江县天灵岩西北麓高塘，邑内曲折北流，经诸暨，入富阳，于清江口注富春江。桐浦之界，壶源溪横其中，夹岸重峦叠翠，如屏遥对，有岭曰荡江，古为要冲，人舆至此，近在咫尺，望溪兴叹。

清乾隆年间，引坑里人于壶源溪，筑坝引水，溉济农田，为人涉行，堰上垒石二百七十余，始有趸步。然汛期泛涨，溪水激湍，仍成绝路矣。民国五年，钟凤金等乡贤募捐置田，创义渡会，旅人过往，以舟为济。至乙丑冬月，乡人钟辛堂募捐，于瓦檐潭建独石亭。丙申舟废渡停。戊戌年，钟宜根等醵资造船复渡。庚子季秋，洪魔肆虐，船毁渡废，以筏济渡。堰坝趸步，年久辄废。至癸丑秋，易石为路，旱通衢，汛路止，日有覆溺者。乡人欲修往来之桥，其计之远，虽有志焉，而力未逮矣。

乙酉岁冬，蒙政府高瞻擘画，省市交通扶掖，投巨资，建荡江岭桥。匠师监修，竭力年余，于丙戌末，长四十六丈有奇宽三丈之大桥，幸获功成。

喜看今朝，桐浦郡邻，山林丰美，原野锦绣，长桥卧波，姿若虹霓，固南北通衢，畅车舆人流，为山水争秀色，供百姓便行旅，福泽广布，万民欣哉。鸿功茂绩，泐石镌载，是以为记。桐江许马尔撰。

桐庐县交通局

二〇〇七年元月吉旦立

为雪水岭隧道写的碑记

雪水岭隧道为桐庐县第一座上等级的公路隧道。该工程于2003年4月20日开工建设，2004年1月10日贯通，2005年1月18日竣工通车。雪水岭隧道通车前夕，时任新合乡党委书记的钟樟仁同志，要我为竣工后的雪水岭隧道写篇碑文。此类文体的碑文我是没写过，再说自己水平也有限，本想推却，最后还是盛情难却，担起了碑文撰写的任务。此碑文现立于隧道东。

附：雪水岭隧道志

柴雅公路达新合而通诸暨、浦江，为我县通东南之要冲,途中唯雪水岭南阻，一山迤逦，叠嶂危崖，岭险路穷，盘山越岭6000米有余，旅人叹息，交通甚是不便。

物换星移,上级政府有关部门及中国老区促进会、原金萧支队老同志们的鼎力支持与热心帮助，政府于雪水岭山脚修筑公路隧道，免越岭，缩行程，以改善革命老区新合乡的交通条件。

2002年11月4日，县人民政府成立柴雅线雪水岭隧道工程建设领导小组，工程于2003年4月20日动工建设。隧道长1952米，辅隧道72米，隧道总宽10.5米, 其中行车道宽9米, 人行道2×0.75米，净高5米，路基接线1003米，桥梁两座64米，总投资4300万元。隧道的参建者们，克难攻坚，精心施工，于2004年1月10日隧道主体贯通，2005年1月18日竣工通车。

工程由中国公路工程咨询监理总公司设计，中铁隧道集团有限公司承建，杭州畅顺交通工程监理咨询有限公司承担工程监理。

隧道，是山的跨越，路的飞翔。如今，雪水岭隧道从大山的胸膛穿过，昔日险路，终成通衢，驱车其间，行旅称便，百姓受益，万民欣哉！

雪水岭隧道的建设，得到了国家发展改革委员会、省交通厅等部门的大力支持。邑人郑亚莉、方贤华、阮根尧也慷慨捐助。

盛世之举，立碑为记。桐江许马尔撰。

潘联大桥碑记

潘联村位于县城西北三十里，因钱塘江潮汐上溯至此，昔称潮逆，今属瑶琳镇。其地峰峦叠翠，江水绿绕；物华天宝，人杰地灵；民风淳朴，乃宋兵部尚书潘宗衡之故里也。

吾村枕山臂江，与瑶母村隔岸相望。溯当年，旅人过往，以舟为济。雨骤兮，则波逢汹涌，水急舟难渡，骑者下，步者止，荷者释其担，南北愁望，以待沧桑之变也。

庚午年冬月，众乡贤合力，易渡为低水位桥，并筑路堤于漫滩。戊子年，桥拓宽至 8 米。然旱通衢，汛路止，洪魔肆虐，常有风波之恐，覆溺之虞矣。乡人重建大桥之计甚远，徒有其志，而力未逮焉。

欣逢盛世，蒙政府扶掖，引领者古道热肠，振臂一呼，众乡贤共襄善举，舍其旧而新是谋。于甲午年冬月，择吉鸠工，寒暑越年余，丙申年孟夏，舆梁功成。斯桥长 338 米，宽 8.5 米，下部系桩柱式桥墩，上部为 30 米 ×11 跨预应力混凝土简支 T 梁，名曰：潘家大桥。

喜今朝，一桥飞架南北，如新月出云，似长虹饮涧，朝迎紫气，晚送落霞，行人常颂利济，过客不患崎岖，济四远而无阻，乡民莫不抚膺称幸也。余应洪展君嘱托，欣述颠末，爰将捐款诸君书于左，勒石铭记，以垂久远云。桐江许马尔撰。

潘联村村民委员会

二〇一六年五月吉旦立

楹联

潘家大桥馨德亭楹联

背倚景堪山处处龙飞凤舞；
门迎潮逆滩时时霞蔚云蒸。

潘家大桥馨德亭楹联

槛外一桥起舞，终成新气候；
檐前四路生歌，大作妙文章。

洛口埠大桥何宋村口楹联

西山石壁，仍留千佛迹踪旌孝义；
北渚江流，已得一桥姿韵显门闾。

东辉村港湾式停靠站楹联

亭占四时春，青山绿水添新景；
境怀三路客，晓日晴烟送旅人。

岭源村港湾式停靠站楹联

青山入画，朝迎旭日千家浮紫气；
玉宇凌云，晚送落霞万户溢祥光。

牛水坞港湾式停靠站楹联

瑶溪美景显幽，人梦秀水青山里；

峡谷奇观称绝，客醉诗情画意间。

百岁坊港湾式停靠站楹联

青山耸南北，新楼枕清波似屏遥对；

大路贯西东，拱桥连绝岸如脉畅通。

合岭港湾式停靠站楹联

亭中且憩，看槛外湖山处处明明秀秀；

檐下稍留，喜乡间道路条条畅畅通通。

茆坪站港湾式停靠站楹联

路美桥也美，车舆载旅人，同怀热血闯南北；

来匆去亦匆，廊亭暂留宾，各有志向赴西东。

邓家站港湾式停靠站楹联

南接峻岭以扬辉龙飞凤舞；

北临青溪而增秀霞蔚云蒸。

公路诗词

七绝·题桐浦界上荡江岭大桥

春到壶江白鹭来，浦桐邑界瓦檐台。
云移荡岭朝含日，路接长桥畅往回。

七绝·题再访雪水村有感

雪水龙涎九瀑潭，云山隧道北连南。
人游此处看奇景，我访当年有旧谈。

七绝·潘联大桥

不觉洪涛震耳隆，川平桥势若晴虹。
通逵四远今无阻，来往车人扫郁忡。

七绝·题小洪岭盘山公路

天然屏障似无途，柳暗花明又复趋。
玉带缘坡频绕缭，车声笛韵任驰驱。

七绝·题两江大桥

飞来千丈玉蜈蚣，架起多条彩蝃蝀。
南北往还无阻隔，江河朝暮不愁风。

七绝·题杭黄高铁

逢山削壁凿坚顽，遇水飞桥破险关。
岚重终归全让道，路长岂碍我追还。

七绝·题乡道芦梅线公路

飞瀑深藏青嶂里，奇峰竞秀白云间。
乌龙绕涧相流转，车马悬崖自往还。

七绝·题杭千高速

交通旧貌换新颜，感慨今朝高速穿。
满路车驰南北近，遂衢顺畅四方连。

七绝·题省道桐义线改建

阡陌从来坎坷盈，浦桐公路显真情。
斯人有意圆乡梦，领导关怀改道程。

七绝·题四好农村路湾茆线

匠心对景蓬莱造，沿路看花画里行。
访古骑游生乐趣，网红打卡此成名。

赞在公路上溯涉的交通人

虽然，我不能冲在第一线抗疫，
也不能和同事们一起，
在抗击疫情的最前方冲锋陷阵，
但我的心却在远方，
在桐庐境内那一条条的公路上，
因为我时刻在关注我们的交通人。

今天，会显得那么苍白无力，
英雄竟然也会有无用武之地。
为此，我只能拿起手中之笔，
来寻找最美、最真挚的句子，
用最朴实的语言文字，
讴歌一下我们交通人的职业伟大。

逢山开路，遇水架桥，
这是我们这代人的神圣职责。
而在今天的路上，却溯涉着一批人，
你们却干着另一番神圣职责。
为了抗击疫疠，风餐兼露宿，
也为着人民的安康而在挥洒热血。

抗疫第一线的白衣天使很伟大，
为护佑灾难中的武汉而勇于担当。
但我们的交通人今天同样不简单，
为守护我们家园的安康而勇于担当。
辰昏，在布帐耐春寒站岗放哨，
昼夜，在交通大动脉上野旷巡防。

在防控的路上，你们能耐风急夜冷；
在阻疫的路上，你们不怕春寒料峭。
坚守在纵横交错的一个个路口，
防卫在东西南北的一个个站房。
检测、清消、宣传、送医、劝返，
一个个在做抢前一步切断传染源。

交通人与各条战线的同志携手并肩，
筑牢了一道道坚不可摧的防疫阵线。
你们的心都撒在了路上，把希望寄托在前方，
也把一个个梦筑在路上，梦见阳光普照。
春天——就在我们面前了，
就在桐庐一条条万紫千红的路上。

桐庐老公路人许马尔素描

（湖州　俞玉梁）

不愧是“本土明星”，
导演帽，到底也没摘下来。
古铜色的脸，棱角分明，
还真有些像，
桐庐大溪峡谷中那块“笑客岩”山石，
天天向人微笑，
永远负势竞上。

“水上漂流族”，
船上人家的出身，
部队当兵的经历，
培育了不怕吃苦的风骨和精神。
几十年多个岗位担任领导，
是对您最简洁的诠释、有力肯定。

为了公路建设，
跟着领导，带着同事，
踏勘线路，翻山越岭，
“凡是有人烟的地方，百分之九十我都到过了！”
还登上了海拔 1246.5 米高度的桐庐最高峰，
最得意的事就是“走到哪儿都有饭吃”，
饿到下午二时的午饭，“锅焦饭”“咸菜卤烧毛笋”，
几十年后仍津津有味。
也有“惊恐的记忆”：前脚刚刚踏进农户家中，
一个炸雷紧跟而来，农户家中电灯闪火，
屋后一堵墙应声倒地……

印象更深的是，
感受着村民们热切期盼的眼神：
五保户把枕头下压了多年的 300 元钱交给村里修路；
全家已出了 2700 元，又把过年要用的 300 元捐给修路事业；
已远嫁他乡的女儿们凑钱回村修路；
身患绝症的村书记，生命的最后一天仍坚守在修路的工地上……
“每一条公路都有多少故事啊”，
“我要选五十条公路写五十篇文章，
已完成了四十多篇，
我要把杭育杭育的声音传给后来人。”
“我们不能忘了这些镜头呀！”
短暂的时间里，您向我重复了两次，
那么深沉、动情。

桐庐交通的“活地图”，
一辈子的公路人。
五十年，比一般人多工作了整整十年，
全县的公路好像都是您关心的孩子。
略带皱纹的手指，
叩敲全县交通地图，
仿佛还能触摸到每一条道路的温热寒冷，
伸出手去，一盏盏路灯会次第亮起。
路，又转了一个弯，
您的心，轻轻一颤。
弯弯的路，
在您的眼里都是音符，
五线谱一样，
两车道，四车道，
委婉或者雄伟，
晨岚里激情昂扬演奏，
山水共舞，峰鸣谷应。

小学三年半的学历，
却写了那么多的文字，
出书，摄影，美食。
主笔编写的《桐庐县农村公路建设后评估报告》，
研究成果总体达到国内领先水平。
呵，展望家乡的那一片苍茫，
退而不休，又在为地方文化出力。
《山水推富春》《桐庐桥韵》，
《桐庐古建筑》《桐江美食》。
一次巧遇，您又成为桐庐的民俗土专家，
十六回切家筵，是非遗传承人。
茶文化研究　氤氲香芬，
感恩的心，在博客中也熠熠生辉，
不忘每一个帮助过自己的人。

“生来在水上漂流，一生在山间奔走。”
这真是一匹出色的“马儿”，不知疲倦。
责任和承担，让人魁梧高大，
事业和热情，令您青春永驻！

“现在，我退休了，
离开了这深爱着的公路事业，
但我这一辈子无怨无悔。
因为仅仅这三十几年的工夫，
在我们的手里，桐庐的公路已经发生了翻天覆地的变化。
百姓家门口的路，
已经与县城、与省城，与北京连在了一起，
我满足了，我可以笑得灿烂如烟！”

原刊2012年1月16日《浙江日报》，省委宣传部、省作协、省交通厅专题采风活动之一。

后 记

1984 年，桐庐县交通局编写《桐庐交通志》，时任桐庐航运公司经理的我，当时负责水运口碑资料的收集。我召开几次老船工座谈会后，收集到了许许多多当年船民的生存资料。

就在这一刻，我感悟到了肩上的使命，能看到上一代的历史，这是自己的幸运，而把这段历史通过文字记录下来交给下一代，则是自己的责任。

2011 年 7 月，离开工作岗位整整 9 个年头了，作为一名在公路战线干了几十年的老交通，我目睹了改革开放以来桐庐县公路发展的整个过程，并且还亲身融入到了公路建设的这股新潮流中。就是在这个生机勃勃的行业中，我放飞着自己的梦想，挥洒着耕耘的汗水，续写着奋斗的篇章。30 多年难以忘怀的日子，让我真切地感悟到：作为一名桐庐公路人，真的非常自豪！

今天，当我们驾车行驶在桐庐境内的一条条公路上时，心中就会充满无比的喜悦与兴奋。当年尘埃卷道的那种烦心场面，早被那宽阔舒坦的沥青公路所替代了。见到 40 多年来的公路变化，我的心中就会升腾起一种无尽的感动和自豪。这宽阔平坦、畅洁绿美、风景如画的公路，就是我们公路人不懈追求和无私奉献的见证。它承载着一代代人的青春与活力，也承载着劳动人民的勤劳与成就。

我是一名公路人，因在公路延伸中平添了桐庐公路人的真我风采。

1976 年 10 月自接触公路工作以来，我和同事们用自己的年华作笔，以心血为墨，在人生岁月的长河中描绘出桐庐最美最好的公路图画。

今天，虽然人已经退休了，但我的心仍系着桐庐的公路，我要兑现当年曾经许下的承诺，以我对公路的那一份情感，记录下桐庐公路的辉煌历程。

2021 年 7 月，是中国共产党建党 100 周年，也是桐庐境内第一条公路竣工通车 87 周年。中国共产党的成立，深刻改变了近代以后中华民族发展的方向和进程，深刻改变了中国人民和中华民族的前途和命运，深刻改变了世界发展的趋势和格局。

为展示中国共产党百年光辉历程、伟大成就和宝贵经验，向第二个百年奋斗目标进军。今天，我把桐庐县百年来由古代道路、近代道路和现代公路三个时期的历程，重点是改革开放 40 多年来的公路发展历程给记录了下来，我觉得这是庆祝中国共产党成立 100 周年的最好选题，也是一件最有意义的事情。

冯骥才先生曾经说过："只有在民间中、在田野里、在大众的生活里，我们才能感受到我们这个民族的深厚和可爱，而且，这种感觉你都能呼吸得到。"书中文章的很多素材，都是我平时深入到公路战线的生活之中，进行长期的挖掘、搜集、整理而得到的。

本书是应桐庐县档案局之约而整理出版，对局领导的高度重视和大力支持深表感谢。该书的出版同时得到历任县交通运输局领导的高度重视与支持，并组织人员对书稿内容进行审核，对此深表感谢。该书由许马尔统稿主编，由森月影像校对。桐庐籍著名军旅书法家在 10 多年前就为本书题写了书名。书中所采用的照片，除标注摄影者的以外，其余皆为作者本人拍摄。在此对提供图片者，对所有关心和帮助此书出版工作的领导、专家、朋友，表示深深的谢意！

限于编著者水平，书中讹误在所难免，敬请读者诸君海涵并批评指正。